"......주인님."

"둘이 사이좋게 살 수 있도록
나도 힘내야겠네."

쿠로노 전기 4
이세계 전이한 내가 **최강**인 건
침대 위에서만인 것 같습니다

타이가
레오의 부하로, 돌격대장으로서 싸우는 호랑이 수인.

리저드
과묵한 백부장 리자드맨.

레오
쿠로노를 무력으로 지탱하는 백부장 사자 수인.

"다들, 살아서

미노
쿠로노의 부관을 맡는 미노타우로스.

호르스
마음 약한 백부장 미노타우로스.

쿠로노
무훈을 세워 에라키스 후작이 된 소년.
두 번째 전쟁에 차출당하게 된다.

시로&하이이로
충성심이 두터운 백부장 늑대인간 콤비.

돌아가자."

"아, 쿠로노. 마음의 준비를
하게 해주지 않겠어?
나한테도 마음의 준비라는 게──"

쿠로노 전기 4
Record of Kurono's War

isekaiteni sita boku ga saikyou nanoha

이세계 전이한
내가
최강
인 건

침대 위에서만
인 것 같습니다

일러스트 무츠미 마사토
사이토 아유무

커버 그림, 본문 일러스트 | **무츠미 마사토**

Record of Kurono's War
isekaiteni sita boku ga saikyou nanoha
bed no uedake no youdesu

제국력 430년 12월 초순── 쿠로노가 연병장에 가니, 미노가 신병을 매도하고 있었다.

듬직한 모습이다. 당장이라도 뛰어가고 싶었지만, 평정을 가장하며 걸어서 다가갔다.

그러자, 이쪽을 알아차린 것이리라. 미노는 신병을 매도하는 것을 멈추고 이쪽으로 뛰어왔다.

"대장, 어쩐 일이심까?"

"제도에서 소집 영장이 날아왔어. 군사 500을 이끌고 보급을 담당하래."

"상대는 신성 아르고 왕국임까?"

쿠로노는 고개를 끄덕였다. 서한에는 8개 반의 대대를 소집하고, 거기다 근위기사단을 동원하겠다고 적혀있었다.

근위기사단은 군의 최고 엘리트다. 어지간한 일로는 동원되지 않는다. 제국은 진심이다.

"일시에 관해서 지정은 있었슴까?"

"12월 중순까지 노우지 황제직할령에 소집이라고 하네."

"제법 서두르는군요. 그래서는 출발까지 2, 3일밖에 유예가 없슴다."

미노는 수상쩍다는 듯이 미간을 찌푸렸다. 확실히 갑작스러운 이야기지만——.

"마음은 이해하지만, 탐색은 나중에 하자. 지금은 우리 일에 전념해야 해."

"알겠슴다."

미노는 고개를 끄덕이고, 파우치에서 투명한 구체—— 통신용 매직 아이템을 꺼냈다.

"레이라, 나는 지금부터 쿠로노 님과 상의를 하고 오겠다. 뒷일은 맡기지."

「⋯⋯⋯⋯⋯알겠습니다.」

잠시 후 통신용 매직 아이템에서 레이라의 목소리가 울렸다.

"자, 가시지요."

"인수인계 안 해도 괜찮겠어?"

"레이라한테 맡겨 두면 잘 대응해 줄 겁다. 그런데, 상의는 저희 둘만으로?"

"시터 씨도 같이 껴서 할 거야. 그리고 저녁에 회의를 열고 싶은데, 괜찮으려나?"

"저녁때까지는 어느 정도 준비를 해둘 수 있을 거라고 생각함다."

다행이다, 하고 쿠로노는 가슴을 쓸어내렸다. 물론 안심하고만 있을 수는 없다.

모든 건 이제부터—— 이제부터 준비를 진행하고, 관계 각처에 사전협의와 교섭을 해 나간다.

그리고 자신들이 부재중인 동안 누가 대리를 맡을지도 결정해
야만 한다.

쿠로노는 마음을 굳게 다잡고 걷기 시작했다.

쿠로노 전기

이세계 전이한 내가 **최강**인 건

침대 위에서만인 것 같습니다

저녁—— 쿠로노는 회의실에서 부하가 도착하기를 기다리고 있었다. 이전에 촌장들을 모아 회의를 한 방이다. 교탁과 비슷한 단상이 있고, 긴 책상이 2열 5단으로 늘어서 있다. 교탁에 기대어 계속 다리를 떨고 있었더니, 회의실 구석에 서 있던 미노가 입을 열었다.

"대장, 조금은 진정해 주십쇼."

"윽, 미안······."

"핫하~! 우리가 1등으로 도착이고!"

"포상을 받고 싶은 것 같은! 아이스크림을 소망하는 것 같은!"

쿠로노의 말을 가로막듯이 아리데드와 데네브가 뛰어 들어왔다. 그대로 창가 맨 끝자리로 직행했다. 성격이 훤히 드러나 보이는 선택이다. 자리를 지정할 걸 그랬다.

"그런데, 오늘은 무슨 볼일 같은?"

"침대에 불러준다면 대환영이고."

"그럴 예정은 없지만, 들으면 깜짝 놀랄 거야."

"오오! 그건 기대되는 것 같은!"

"벌써 기대해 버리고! 그때까지 축 늘어져 있을 거고!"

두 사람은 기쁜 듯이 말하며, 긴 책상에 엎드렸다. 아무래도 정보는 아직 새지 않은 모양이다.

"실례하겠습니다!"

늠름한 목소리가 울렸다. 레이라의 목소리다. 그녀는 방에 들어오더니 빠릿빠릿한 움직임으로 복도 쪽 맨 앞줄에 앉았다. 뭔가 말하고 싶어 하는 듯한 눈으로 이쪽을 봤지만, 말을 꺼내지는 않았다. 호르스가 들어온 것이다. 그 뒤에는 리저드가 있다.

"오늘도 줄창 달리기만 해서 지쳤대이. 아~, 내일도 달려야만 한대이⋯⋯."

"아직 사회 물이 안 빠진 거냐!"

"━━━━!"

미노가 일갈하자, 호르스는 등을 쭉 폈다.

"앉아라!"

"아, 알았대이!"

호르스는 당황한 기색으로 복도 쪽 맨 뒷자리에 앉았다. 리저드는 그 옆이다. 다음으로 온 것은 케인과 페이였다. 서둘러서 온 것이리라. 두 사람 다 흙먼지 범벅이었다.

"미안, 늦었어."

"페이 물리파인, 지금 달려왔습니다!"

케인은 호르스와 리저드 앞자리에 앉으려 했지만, 페이가 그 앞을 뛰어 지나갔다.

하앗! 하고 도약하여 창가 맨 앞줄 긴 책상에 매달렸다.

"케인 경! 확보했습니다! 자리를 확보한 것입니다!"

"나 참, 넌 어린애냐?"

"그건 아닙니다!"

케인이 한숨을 쉬며 말하자, 페이는 기세 좋게 몸을 일으켰다.

"만일을 위해 묻겠다만, 뭐가 아니라는 거지?"

"어린애는 이렇게 필사적이지 않습니다!"

"그러니까, 자리 잡기에 그렇게 필사적이지 않아도 되잖냐."

"안 됩니다! 저는 물리파인가를 다시 일으킬 사명이 있는 것입니다! 고작해야 자리를 잡는 것이라고 해도 소홀히 할 수 없는 것입니다. 장래, 그때 건성으로 하지 않았더라면 하고 후회하는 건 싫습니다!"

"뭐, 심정은 이해하지 못할 것도 아니지만 말이다. 자리 잡는 걸로 후회라니, 어떤 상황이냐고."

케인은 곤혹스러워하고 있는 것처럼 말했다. 하지만 오다 노부나가의 신발을 품에 넣어 따뜻하게 만든 도요토미 히데요시의 예도 있다. 출세하기 위해서는 그 정도의 기개가 필요한 느낌도 든다.

"성실하게 노력하고 있다고 쿠로노 님께 어필하는 게 중요한 것입니다!"

"알았으니까 앉아."

"넵, 알겠습니다!"

페이가 덜컥덜컥 소리를 내며 앉았고, 케인은 약간 뒤늦게 착석했다. 다음은, 하고 쿠로노는 문을 바라봤다. 천천히 문이 열렸다. 문을 연 것은 레오였다. 레오는 어깨로 바람을 가르는 것처럼 걸어와, 의자에 털썩 앉았다. 호르스와 리저드 앞자리다.

잠시 후 우당탕하는 소리가 복도에서 들려왔다. 문 앞쪽 언저리에서 소리가 딱 멎었다. 다음 순간, 문이 기세 좋게 열리고 시로와 하이이로가 뛰어 들어왔다.

"우리, 지각! 그래도."

"꼴등, 아니다! 안심!"

시로와 하이이로는 휴, 하고 안도의 한숨을 내쉬고는 케인과 페이 뒤에 앉았다.

"나머지는 골디와……."

이름을 입에 담자, 다시 복도에서 소리가 들려왔다. 쿵쾅쿵쾅하는 묵직한 소리다. 골디일까. 발소리가 멎고, 문이 열렸다. 예상대로 문을 연 것은 골디였다.

"늦어서 죄송합니다."

"공방 관리나 개간 일을 돕느라 큰일일 테니, 그렇게 신경 쓰지 않아도 돼."

"그렇게 말씀해 주시니, 몸 둘 바를 모르겠습니다."

골디는 미안한 듯이 어깨를 움츠리고는 레이라 옆에 앉았다.

"이걸로 다 모인 것입니다."

"아직 다 안 모였어."

"누가 안 온 것입니까?"

페이가 의아하다는 듯이 고개를 갸웃한 그때, 문이 열렸다.

"날 회의실에 불러내다니——!"

엘레나는 불평을 투덜투덜 내뱉으며 입실하다가, 흠칫하여 몸을 움츠렸다.

"잠깐, 이렇게나 많이 모인다는 말은 못 들었——!"

"자, 자, 멍하게 서 있지 말라고."

엘레나는 마지막까지 말을 잇지 못했다. 등 뒤에서 여주인이 촙을 먹인 것이다.

"왜 때리는 거야!"

"멍하게 서 있는 게 잘못이야."

엘레나가 양손으로 머리를 누르며 항의했지만, 여주인은 아랑곳하지 않았다.

"갑자기 남의 머리를 때리는 쪽이 잘못이라구."

"그래, 그래. 나중에 얼마든지 사과해 줄게. 그러니까 얼른 자리에 앉도록 해."

"제대로 사과해야 해."

엘레나는 으르렁거리듯이 말하고는 걷기 시작했다.

"좀 더 빨리 걸어."

"꺄앗!"

여주인이 엉덩이를 찰싹 때리자, 엘레나는 귀여운 비명을 지르며 펄쩍 뛰어올랐다. 엘레나는 뒤돌아서 여주인을 노려봤다. 하지만 여주인은 가슴을 강조하는 것처럼 팔짱을 끼고, 정면으로 시선을 받아냈다. 역시라고 해야 할지, 먼저 시선을 돌린 건 엘레나였다. 가진 자와 가지지 못한 자의 비애가 그곳에 있었다.

"큭! 기억해 둬."

"벌써 잊어버렸는걸."

으그극, 하고 엘레나는 신음하며 레이라 뒤에 앉았다. 그 옆에 여주인이 앉는다.

쿠로노는 교탁 앞에 서서 회의실에 있는 멤버를 둘러봤다.

"이제야 회의 시작인 것 같은."

"침대로 부르는 일은 없을 것 같고. 분하고 원통한 것 같은."

"모두가 다 모였으니 회의를 시작하겠습니다."

아리데드와 데네브가 몸을 일으키고, 쿠로노는 회의 시작을 선언했다.

"실은, 신성 아르고 왕국과 전쟁을 하게 되었습니다."

"어? 뭐라고 한 것 같은?"

"'ㅈ'으로 시작해서 'ㅇ'으로 끝나는 불길한 말을 들은 느낌이 들고."

아리데드와 데네브가 귀에 손을 대고 되물었다.

"신성 아르고 왕국과 전쟁을 하게 되었습니다. 출발은 글피, 사흘 뒤입니다."

"이야, 하하하, 쿠로노 님은 농담이 능숙하고. 나이스 조크. 엄청 웃기고."

"저, 저번에 싸우고 나서 그렇게 시간이 지나지도 않았고. 농담이라고 말해줬으면 하는 것 같은."

"농담이었다면 좋았을 텐데 말이야."

쿠로노가 한숨을 내쉬자, 아리데드와 데네브는 침묵했다.

"그렇게 되었으니, 전쟁입니다."

"꾸, 꿈이고! 이건 꿈이고!!"

"어, 어, 어어, 엄청나게 질 나쁜 꿈 같은!"

"……아리데드, 데네브."

""————!!""

조용히 이름을 부르자, 두 사람은 앉은 자세를 바로 고쳤다. 회의실이 정적에 감싸인다. 전원의 시선이 쿠로노에게 집중됐다. 쿠로노는 두 사람을 보며 말했다.

"깜짝 놀랐어?"

""당연하고!!""

쿠로노의 말에 두 사람은 몸을 내밀며 소리쳤다.

"둘 다 진정해라."

텅, 하는 소리가 울렸다. 레오가 책상을 친 것이다. 팔짱을 끼고, 이빨을 드러냈다.

"신성 아르고 왕국과 싸우는 건 결정되었다. 인제 와서 소란을 피워도 바뀌는 건 없어."

"그건 그렇긴 하지만 같은."

"내 몸에 닥친 불행을 한탄할 권리를 인정해 줬으면 하고."

어딘가 초연한 분위기가 감도는 레오에게, 두 사람은 신음하는 듯한 목소리로 항의했다.

"이렇게 생각해라. 이건 동료의 원수를 갚고, 우리의 힘을 증명할 기회라고."

""지나치게 긍정적이라서 무리고.""

아리데드와 데네브는 양손으로 얼굴을 덮고 고개를 숙였다.

"찬물을 끼얹은 것 같아서 미안하지만, 우리는 보급부대니까 활약할 기회는 많지 않다고 생각해."

""하아~, 다행이고.""

"그런가. 그건, 유감이군."

쿠로노의 말에 아리데드와 데네브는 휴, 하고 안도의 한숨을 내쉬었고, 레오는 유감스럽다는 듯이 목소리를 냈다.

"하지만, 세상사는 생각하기 나름이다. 쿠로노 님을 지킬 기회가 찾아왔다고 생각하면 나쁘지 않다."

"가능하면 그런 사태가 되지 않았으면 하는데 말이야."

"나 역시 쿠로노 님을 위험으로 내몰고 싶은 건 아니다. 그래, 이건 기분의 문제다."

기분이야? 하고 나도 모르게 되물었다. 가능하면 조금 더 고상한 이유였으면 했다.

"기분은 중요하다. 나는, 아니, 우리는 명령으로써만 싸울 수 있다."

"뭐, 병사가 제멋대로 움직이면 전쟁을 할 수 없으니 말이지."

"그 말대로다. 하지만, 나는 납득할 수 있는 싸움을 하고 싶다. 명령으로 마지못해 싸우는 게 아니라, 말이다."

"즉, 일에 보람이 있었으면 한다는 거야?"

"그런 거다. 쿠로노 님을 위해 싸운다는 건 내게는 그만큼의 가치가 있다."

"마음은 기쁘지만, 죽음을 재촉하지는 말아 줘."

"물론이다. 죽으면 쿠로노 님을 지킬 수 없으니까 말이다."

레오가 이빨을 드러냈고, 엘레나가 손을 들었다.

"잠깐 괜찮아?"

"말해 봐."

"고마워. 전쟁이 시작되는 건 알았는데, 그래도 우리는 필요 없는 거 아니야?"

"응, 그거 말인데……."

쿠로노는 엘레나의 옆—— 여주인을 봤다. 그러자, 그녀는 가슴을 감싸듯이 팔을 교차시켰다.

어째서일까. 무척 경계당하고 있는 듯한 느낌이 든다.

"여주인한테는 모두의 식사를 만드는 일을 맡기고자 해."

"그야, 밥을 만들라고 한다면 전장에서도 만들겠지만, 몇 명분 만들면 되는데?"

"500인분."

"뭐야, 그 정도는…… 아니, 만들 수 있을 리가 없잖아!"

여주인은 가슴을 쓸어내리다가 갑자기 거친 목소리로 말했다.

"뭐야? 못하는 거야?"

"500명이라니, 준비만으로 하루가 끝나 버린다고……."

엘레나가 놀리듯이 말하자, 여주인은 넌덜머리가 난 듯한 어조로 대꾸했다.

"몇 명 있으면 만들 수 있어?"

"나 이외에 최소한 네 명은 더 필요하겠네. 다만, 인원수가 인원수다 보니 말이지. 쿠로노 님께 항상 내는 수준의 요리는 아무리 발버둥 쳐도 만들 수 없어."

"그거면 충분해. 그럼, 인원 모집부터 부탁해도 될까?"

"조금 어렵네. 여하간 전장에서 밥을 짓는 일이야. 목숨의 위험뿐만이 아니라, 뭐라고 할지, 여러 가지로 민감한 문제가 있잖아?"

여주인은 우물거리며 말했다.

"적 병사나, 상황에 따라서는 아군한테 덮쳐질 가능성이 있다는 말인가?"

"뭐, 뭐어, 그런 거야."

여주인은 머뭇거리면서 대답했다. 확실히 그녀의 걱정은 지당하다.

"그럼 얼마를 쥐여 주면 사람을 모을 수 있겠어?"

"돈으로 해결할 생각이야?"

쿠로노의 말에 반응한 것은 엘레나였다. 불쾌하다는 듯이 얼굴을 찌푸리고 있다.

"시간이 없으니까. 돈으로 해결할 수 있는 문제라면 돈으로 해결할 거야, 나는."

"내가 불려온 건 이게 이유인가."

엘레나는 내뱉듯이 말하고는, 고개를 획 돌렸다. 쿠로노는 쓴 웃음을 지을 수밖에 없었다.

"어디 보자, 전장에 얼마나 묶여 있을 거 같아?"

"글쎄? 한 달이 걸릴지, 두 달이 걸릴지……."

"그러면, 한 달에 금화 열 닢으로 어때?"

"금화 열 닢이라니, 될 리가 없잖아?!"

엘레나는 여주인을 향해 소리쳤다. 병사의 월급이 금화 두 닢이라는 걸 생각하면 상당한 금액이다.

하지만 그게 목숨에 걸맞은 가치인가 하면 고개를 갸우뚱하지 않을 수 없다.

"나는 쿠로노 님한테 말한 거야. 애초에, 네가 돈을 내는 게 아니잖아."

"아, 알고 있어. 단지, 경리 담당으로서 한마디 해 두고 싶었던 거야."

여주인이 지긋지긋하다는 듯이 말하자, 엘레나는 삐친 것처럼 입술을 삐죽였다.

"알았어. 금화 열 닢으로 하자."

"만일을 위해 말해두지만, 한 사람당 금화 열 닢이야. 그리고 만약 한 달이 안 되어서 끝나더라도 무조건 금화 열 닢은 내야 해."

"알고 있어. 뭣하면 선급이라도 괜찮아."

"통이 크네~. 물론, 나도 포함이겠지?"

"철두철미하기도 하셔라."

엘레나가 불쑥 중얼거렸지만, 여주인은 태연하다.

"여주인한테는 특별 보너스로 금화 열 닢을 내줄게."

"그건 급료에 더 얹어서 준다는 말이겠지?"

여주인은 몸을 쑥 내밀며 말했다. 눈이 반짝이고 있다.

"하~, 요리를 만들고 금화 열 닢인가."

"왜, 너도 와서 할래?"

엘레나가 투덜거리듯이 말하자, 여주인은 도발적인 미소를 띠었다.

"난 요리 같은 거 못 한다구."

"그렇겠지. 이걸로 쓴맛을 봤다면 조금은 요리 공부를 하도록 해. 그렇게 하면 너 같은 거라도 받아주는 사람이 있을 테니까 말이야."

큭, 하고 엘레나는 분한 듯이 신음했고, 어째서인지 쿠로노를 노려봤다. 아마 쿠로노가 이것저것 한 탓에 더 이상 시집갈 수 없다든가, 그런 생각을 하는 것이리라. 쿠로노는 다소 미안한 마음이 들었다. 그때, 레이라가 손을 들었다.

"쿠로노 님, 질문드려도 괜찮을까요?"

"괜찮아."

"네, 보급을 담당한다고 하셨습니다만——"

"저요! 저요! 제가 말하는 것입니다!"

페이가 레이라의 말을 가로막았다. 먼저 발언시켜도 돼? 하고 쿠로노는 시선을 향했다.

그러자 그녀는 작게 고개를 끄덕였다.

"말해 봐, 페이."

"예! 페이 물리파인, 입후보하는 것입니다!"

쿠로노가 재촉하자, 페이는 흥분한 표정으로 말했다. 옆에서 케인이 깊이 한숨을 내쉬었다.

"각하하겠습니다."

"어째서인 것입니까?!"

"페이는 내가 없는 동안 기병대를 이끌었으면 하거든."

"제가 기병대장입니까? 그, 그런 것입니까."

어지간히 기뻤던 것이리라. 페이는 칠칠치 못하게 싱글벙글한 표정을 짓고는, 퍼뜩 깨달은 듯이 케인을 봤다.

"제가 기병대장이라는 건 케인 경이 전장에 가는 것입니까?"

"당연하다고 하면 당연한 인선이잖냐."

이런이런, 하고 케인은 머리를 긁적였다. 미소를 띠고 있지만, 눈동자에 깃든 빛은 예리했다.

"아니, 케인도 여기 남길 거야."

"그건 무슨 의미인 것입니까?"

"나도 묻고 싶군."

페이가 의아하다는 듯이 고개를 갸웃했고, 케인이 진지한 표정으로 말했다.

"케인에게는 영주 대리를 맡기고자 해."

"좀 봐달라고. 이런 건 시터 씨가 적임이잖아. 뭣 때문에 나 같은 게……."

"시터 씨에게는 다른 일이 있고, 거친 일에 익숙하지 않으니까 말이지."

"만일을 위해 묻겠는데, 거부권은 있는 건가?"

"도저히 싫다면 생각해 보겠는데……."

"알았어. 영주 대리 건은 받아들이지. 하지만 말이야, 난 그렇게 어려운 판단은 할 수 없다고."

"한심하네."

"면목 없군."

엘레나가 야유하다시피 말하자, 케인은 겸연쩍은 듯이 머리를 긁적였다.

"지금은 농한기고, 예산 편성도 끝났으니까 그렇게 어려운 안건은 없을 거야. 게다가 업무의 절반은 시터 씨에게 맡길 거고."

"그 말을 들으니 조금 안심이 되는군."

케인은 가슴을 쓸어내렸다. 쿠로노는 다시금 레이라를 바라봤다.

"쿠로노 님, 지금까지의 이야기를 들은 한에서는, 전장에 나가는 자와 에라키스 후작령에 남는 자로 대대를 나누시는 것 같은데, 인선은 이미 끝난 것일지요?"

"응, 미노 씨와 상의해서 결정했어."

등을 쭉 폈다. 그러자 그 자리에 있던 전원이 마찬가지로 등을 쭉 폈다. 조금 긴장된다.

"보급대는 고참 병사를 주축으로 500명. 상세는 보병 100, 중장보병 200, 궁병이 200."

"누가 지휘를 맡지?"

레오가 그렇게 물었다. 이미 자기가 선정되리라는 걸 확신하고 있는 것만 같은 어조였다.

"전체 지휘는 나, 보좌는 미노 씨지만 보병 지휘는 레오에게 맡기겠어."

"맡겨다오. 쿠로노 님은 반드시 지켜 보이겠다."

"나뿐만이 아니라 물자도 부탁해."

"물론이다."

레오는 힘차게 고개를 끄덕이고 팔짱을 꼈다. 배짱이 두둑한 태도지만, 지금은 그게 믿음직하다.

"중장보병 지휘는 호르스와 리저드에게 맡기겠어."

"……알겠다."

리저드가 간결히 대답했다. 호르스의 대답은 없었다. 난 의아해서 호르스를 봤다. 그는 묵묵히 의자에 앉아 있었다. 리저드가 눈앞에 손을 댔지만, 호르스는 꿈쩍도 하지 않았다. 그러기는커녕, 눈조차 깜빡이지 않았다.

"……기절."

호르스…… 하고 쿠로노는 신음했다. 그는 기절한 상태였다. 그것도 눈을 크게 뜬 채로.

"……구타."

"불쌍하니까 기절한 채로 내버려 두자."

주먹을 꽉 쥐는 리저드를 제지했다.

"궁병은 아리데드와 데네브가 지휘해 줘."

"출세했다고 생각했더니, 이건 너무하고!"

"너무 놀라서 심장이 멈출 것 같고!"

쿠로노는 책상을 땅땅 두드리고는 두 사람을 바라보며 말했다.

"호르스 뒤라서 그런지 임팩트가 좀 부족하네."

"서, 설마 했던 부족한 점 질책!"

"기절 같은 건 노려서 할 수 있는 게 아니고!"

두 사람은 눈물을 머금은 눈으로 아우성쳤다.

"미노 씨는 부관으로서 내 서포트를, 레이라는 에라키스 후작령에서——"

덜컥, 하는 소리가 쿠로노의 말을 가로막았다. 레이라가 일어선 것이다. 안색이 나빴다.

필시 자기도 함께 간다고 생각한 것이리라. 물론, 쿠로노도 그럴까 생각했지만…….

"레이라는 에라키스 후작령에서 미노 씨 대신 부대 운영을 맡아줘. 괜찮지?"

"…………알겠, 습니다."

길고 긴 침묵 뒤에 레이라는 고개를 끄덕였고, 의자에 앉았다.

"시로, 하이이로. 레이라의 지시에 따르는 거다?"

"우리들, 빈 영지 방어, 슬프다."

"하지만, 쿠로노 님이 없는 동안, 지킨다."

시로와 하이이로는 시무룩해져 있다. 꼬리도—— 힘없이 늘어져 있다.

"저는 뭘 하면 되겠습니까?"

"우선은 화살을 만들어줘. 그리고, 부상자가 나올 테니까 그것도 부탁해."

"그것? 아아, 그것이로군요. 잘 알겠습니다. 달리 할 일은 없겠습니까?"

"일단은 이 두 가지려나. 뭔가 있으면 그때 부탁할게."

"알겠습니다."

골디가 고개를 끄덕였고, 쿠로노는 다시금 회의실에 있는 멤버를 바라봤다.

"나는 이상인데, 미노 씨는 연락 사항 없어?"

"없슴다."

쿠로노는 휴, 하고 안도의 한숨을 내쉬었다. 아무래도 의논했던 대로 회의를 끝낼 수 있었던 모양이다.

"그럼, 글피까지 각자 인수인계를 끝마칠 수 있도록…… 해산!"

전원이 일어섰고, 케인과 골디가 잰걸음으로 회의실을 나갔다. 이후의 일을 부하와 상담할 생각이리라. 골디가 무리하지 않을지 조금 걱정이다.

"므홋, 기병대장인 겁니다, 기병대장."

"대리잖아, 대리."

페이가 그 자리에서 빙글빙글 회전하자, 엘레나가 어이없다는 듯이 말했다.

"예전처럼 실패하지 말라구. 내 방에서 훌쩍거리면서 우는 건 민폐니까."

"엘레나 경은 태도가 너무 쌀쌀맞은 것입니다. 친구란, 좀 더 이렇게……."

"친구?"

"치, 친구인 것이지요?"

"어쩌려나?"

"기, 기다려 주었으면 하는 것입니다!"

엘레나가 히죽 웃고는 걸음을 내딛자, 페이는 당황해서 뒤를 쫓았다.

"아~, 또 전장이고. 백부장으로 출세했는데."

"이번에도 살아서 돌아올 자신은 없는 것 같은."

"둘 다 뭘 침울해져 있는 거야. 그래서는 살아서 돌아올 수 없어."

어깨를 푹 떨구는 아리데드와 데네브에게 여주인이 말을 걸었다. 그러자…….

"아~, 여주인 때문에 살아서 돌아올 수 있을 듯한 느낌이 안 들고."

"하~, 죽으면 여주인 탓이고."

두 사람은 양손으로 얼굴을 덮었다. 힐끔, 힐끔 하며 손가락 틈으로 여주인을 보고 있다.

"그래서, 둘 다 뭘 해줬으면 하는 거야?"

"'아이스크림!'"

여주인의 물음에 두 사람은 희색이 가득한 얼굴로 대답했다.

"그래그래, 만들어주겠는데, 너무 많이 먹지는 말라고."

여주인이 걷기 시작하자, 아리데드와 데네브는 그 뒤를 따라갔다.

"시로, 하이이로, 도와다오."

"호르스, 옮긴다."

"우리들, 돕는다."

시로와 하이이로가 레오에게로 갔다.

"리저드, 부탁하지."

"……알겠다."

리저드가 호르스의 겨드랑이에 손을 넣어 의자에서 내렸다. 그 찰나에 혀가 삐죽 튀어나왔다. 눈이 까뒤집혀 있다. 무섭다고 할지, 기분 나쁘다.

"내가 오른쪽 다리를 들지. 시로와 하이이로는 왼쪽 다리다."

"알았다. 왼쪽 다리."

"왼쪽 다리, 든다."

리저드가 호르스의 상반신, 레오가 오른쪽 다리, 시로와 하이이로가 왼쪽 다리를 떠받쳤다. 어지간히 무거운 것이리라. 네 사람은 비틀비틀하며 회의실을 나갔다.

"대장, 저는 이걸로."

"수고했어. 오늘은 느긋하게 쉬어."

"예이, 내일부터 기합 넣고 일하도록 하겠슴다."

미노가 머리를 숙인 뒤 회의실을 나갔다. 정적이 내려왔다. 사람이 없어진 탓인지, 실내 온도가 단번에 내려간 듯한 느낌이 들었다. 쿠로노는 가만히 서서 레이라를 바라봤다.

"……레이라."

"어째서인가요?"

쿠로노가 다가가자, 레이라는 낮게 억누른 듯한 목소리로 중얼거렸다.

"레이라를 두고 가는 거?"

"예. 쿠로노 님은 항상 공사를 혼동하지 말라고 말씀하셨지요. 그런데 이건——!"

"공사 혼동이 아니야."

쿠로노는 레이라의 말을 가로막았다.

"알고 있겠지만, 내 능력은 구멍투성이야."

"그렇지는……."

않아요, 라고 레이라는 모깃소리 같은 가냘픈 목소리로 말했다. 그 작은 목소리가 자신의 말을 긍정하고 있는 것처럼 느껴져서 쿠로노는 쓴웃음을 지었다. 쓴웃음을 짓는 것밖에 할 수 없었다.

"미노 씨가 그 구멍을 메워 줘야만 해."

"아리데드와 데네브 대신 저를 데리고 가면 안되는 건가요?"

"레이라, 나는 정말로 공사를 혼동하고 있는 게 아니야."

어째서 이해해 주지 않는 걸까 하고 생각하며 애써 부드러운 목소리로 말을 건넸다.

"미노 씨와 이야기를 나눠서 결정한 거야. 모두를 하나로 모아 에라키스 후작령의 치안을 지킬 수 있는 건 레이라밖에 없다고 말이지. 이해하지?"

자기가 한 말이지만, 비겁한 말투라는 생각이 들었다. 동의를 구하고 있는 것처럼 보이지만, 사실상 강제하는 것이니까.

더욱이 질 나쁘게도, 쿠로노한테는 레이라가 고개를 끄덕이리라는 확신이 있었다.

"⋯⋯⋯⋯알겠습니다."

"이해해 줘서 기뻐."

귀를 만지고자 손을 뻗었다. 하지만 레이라는 몸을 살짝 경직시켰다. 언짢게 만들 뿐인가 하는 생각에 손을 내렸다. 그러자, 레이라는 놀란 것처럼 눈을 크게 떴다. 그리고 심한 충격을 받은 듯한 표정을 띠고는 고개를 푹 숙였다.

"죄송, 합니다. 기분이 안 좋기에⋯⋯."

"응, 알았어. 몸조심해."

"⋯⋯⋯⋯네, 실례하겠습니다."

길고 긴 침묵 뒤에 레이라가 고개를 끄덕이고, 회의실을 나갔다.

쿠로노는 아무도 남지 않은 회의실에서 깊은 한숨을 내쉬었다.

※

　다음 날 아침── 쿠로노는 깡, 깡, 하는 소리에 눈을 떴다. 망치를 두드리는 소리다. 아무래도 골디와 동료들은 오늘도 열심히 일하고 있는 모양이다.

　눈을 돌려 옆을 봤지만, 그곳에 레이라의 모습은 없다. 당연한가. 어젯밤, 레이라는 쿠로노의 방을 찾아오지 않았으니까.

　"……일어날까."

　합, 하고 쿠로노는 기합을 넣어 몸을 일으켰다. 직후 통통, 하는 소리가 울렸다. 너무 약하지도 않고, 너무 강하지도 않은 절묘한 힘 조절이다. 앨리사가 분명하다.

　"들어와."

　쿠로노가 목소리를 높이자, 달칵 소리와 함께 문이 열렸다. 예상대로 문 너머에 서 있던 건 앨리사였다. 그녀는 공손하게 고개 숙여 인사한 뒤 방에 들어왔다.

　"내가 늦잠을 잤나?"

　"아니요, 늦잠이라고 할 정도까지는. 세라에게서 주인님을 깨워줬으면 한다고 부탁받았기에."

　"세라?"

　"요리사인, 안주인의 이름입니다."

　"그건 알고 있어. 그게 아니고, 어느새 그렇게 사이가 좋아진 건가 싶어서."

"이전에는 셰라 님이라 부르고 있었습니다만, 등이 근질근질해 진다고 하시기에."

그때의 일을 떠올리고 있는 것일까. 앨리사는 미세하게 쓴웃음을 띠고 있다.

"주인님, 머리카락이……."

앨리사가 조심스럽게 말을 건넸다.

"뻗친 머리카락이라면 나중에 정리할게."

"잠깐 시간을 내주실 수 있다면 제가……."

"그럼, 부탁할까."

쿠로노는 침대에서 내려와 책상으로 향했다. 의자에 앉자, 앨리사가 책상 서랍에서 빗을 꺼내 머리카락을 빗겨주기 시작했다. 부드럽고 섬세한 빗질이다.

"아프지 않으신가요?"

"괜찮아. 그것보다도 내 머리카락은 어때?"

"……조금 상해 있는 것 같습니다."

앨리사는 약간 뜸을 두고 대답했다. 아무래도 쿠로노의 의도는 전해지지 않았던 모양이다.

어쩔 수 없다. 좀 더 직설적인 표현을 쓸 수밖에 없는 듯하다.

"영주가 되고 나서 마음고생이 끊이질 않는데, 머리카락은 드문드문해지지 않았습니까?"

"주인님, 어째서 정중한 말투를?"

"탈모라든가, 탈모라든가, 탈모 같은 건 없습니까?"

앨리사의 물음을 무시하고 질문했다.

"없습니다."

"정말로?"

"네, 없습니다."

다행이다, 하고 쿠로노는 가슴을 쓸어내렸다. 그렇기는 해도, 앨리사는 메이드다. 쿠로노의 기분을 살펴 상냥한 거짓말을 하고 있을 가능성이 있다. 손거울을 사서 스스로 확인해야만 할까.

"주인님은…… 아뇨, 아무것도 아닙니다."

"남자는 머리숱이 적은 걸 신경 쓰는 생물이야."

"저기, 그런 의미는 아니기에."

앨리사는 망설이는 듯한 어조로 말했다. 그동안에도 손은 움직이고 있다.

"그러고 보니 앨리슨의 머리카락은 앨리사가 땋아 주고 있어?"

"네, 엄마로서 해줄 수 있는 일이 그다지 없으니까요. 하다못해, 머리카락 정도는."

그렇지는 않다고 생각한다. 확실히 한때는 건강이 나빠져서 일할 수 없었지만, 지금은 메이드장으로 훌륭하게 딸을 키우고 있다. 그때 앨리사가 아침부터 밤까지 후작 저택에서 일하고 있다는 사실을 깨달았다. 즉, 앨리사가 엄마의 일에 전념하지 못하는 건 쿠로노 때문이다.

"오랜 시간 일하게 해서 미안해."

"아뇨! 아니요! 주인님께서 사과하실 필요는 없습니다!"

앨리사는 손을 멈추고 소리쳤다. 갑작스러운 일이었기에 깜짝 놀라고 말았다.

죄송합니다, 하고 모깃소리 같은 목소리로 말하고는 손을 움직이기 시작했다.

"주인님께는 정말로 감사드리고 있습니다. 저희 모녀를 보호해 주셨을 뿐만 아니라, 일자리와 집까지 마련해 주셔서. 이만한 은혜를 입었는데도 사과를 하시면, 도리어 제가 면목이 없습니다."

"그렇게 미안하게 생각할 필요는 없어. 나는 앨리사를 위해서……."

"——!!"

앨리사가 숨을 삼켰고, 두피에 고통이 느껴졌다. 놀라서 머리카락을 뽑아 버리고 만 것이다.

"죄, 죄송합니다!"

"아니야. 내 표현이 나빴어. 나는 메이드 일에 밝은 사람이 필요해서 두 사람을 보호한 것뿐이야. 그러니까 그렇게 마음에 둘 필요는 없어."

"주인님의 의도가 어떠하였든 간에, 저는 이 은혜를 평생에 걸쳐 갚아 나가야만 한다고 생각하고 있습니다."

"너무 심각하게 생각하지는 마."

네, 하고 앨리사는 뜸을 두고 대답한 뒤 다시 손을 움직이기 시작했다.

"그런데, 앨리슨은 어때?"

"앨리슨 말인가요?"

딸 이야기가 나와 놀란 것이리라. 머리를 빗는 속도가 살짝 떨어졌다.

"응, 별일은 없어?"

"최근에는 공부에 힘을 쏟고 있는 모양이에요."

"흐음~, 그렇구나. 교우 관계는 어때?"

"그게 저기, 그다지 친구가 없는 모양이라. 일전에는 개가 친구라면서……."

"아아, 그건 시로랑 하이이로를 말하는 거야. 그 왜, 늑대인간 수인인."

"그런 것이었나요. 멍멍이라고 하기에 진짜 개인가 싶었습니다."

앨리사는 휴, 하고 안도의 한숨을 내쉬었다. 역시 어머니구나 하는 걸 느꼈다.

"둘이 사이좋게 살 수 있도록 나도 힘내야겠네."

"……주인님."

머리를 빗는 속도가 또다시 떨어졌다. 손이 떨리고 있는 듯한 느낌이 든다.

"왜 그래?"

"아니요, 힘든 시기임에도 불구하고 주인님 자신이 아니라 저희를……."

앨리사는 메여 가는 목소리로 말했다. 아무래도 그녀는 눈물이 많은 모양이다.

"머리카락은 이제 정리됐어?"

"아, 네. 끝났습니다."

바람이 살랑 흐른다. 앨리사가 떨어진 것이다. 쿠로노가 일어서자 앨리사가 마음을 굳힌 것처럼 말했다.

"주인님, 옷을 갈아입는 걸 돕게 해주실 수 없을까요?"

쿠로노는 뒤돌아봤다. 진지한 표정이다. 기분 탓인지 눈동자가 촉촉한 것처럼 보인다. 물론, 거절할 수도 있지만……

"부탁할 수 있겠어?"

"네, 맡겨 주세요."

앨리사는 당장이라도 울기 시작할 듯한 표정으로 고개를 끄덕였다.

※

쿠로노가 식당에 들어가니 여주인이 테이블 앞을 왔다 갔다 하고 있었다. 테이블 위에 놓인 아침 식사는 빵, 수프, 소시지를 담은 메뉴다. 다만 만들고 나서 시간이 지난 모양이라 김은 솟지 않고 있다. 불현듯 여주인이 멈춰 서서 말했다.

"늦어! 뭘 하다——"

"죄송합니다."

여주인이 말을 채 끝내기보다 빠르게, 앨리사가 머리를 깊이 숙였다. 여주인은 갸우뚱하고 있다.

"주인님의 머리카락을 정리하는 데 시간이 걸리고 말아서……."

"아~, 그래그래. 알았어."

"하지만……."

"알았으니까 고개를 들어 줘."

앨리사는 계속해서 더 말하려 했으나, 여주인은 질렸다는 기색으로 말을 가로막았다.

"죄송합니다."

"그러니까, 이제 됐대도."

앨리사가 다시금 머리를 숙였고, 여주인은 한숨 섞인 어조로 중얼거렸다. 혼나는 걸 각오하고 있었는데, 훌륭한 수완이었다. 기선을 제압한다는 건 무도만의 극의는 아닌 모양이다.

"그러면 주인님. 저는 이걸로."

"응, 시간을 빼앗아서 미안했어."

"아니요, 주인님께 헌신하는 것이 제 기쁨이니까요."

앨리사는 그렇게 말하고는 발걸음을 되돌렸다. 쿠로노는 잠자코 그녀의 뒷모습을 지켜본 뒤, 여주인을 봤다. 부루퉁해진 듯한 표정을 띠고 있다. 분노가 다시 타오른 모양이다.

"멍하게 서 있지 말고 앉는 게 어때?"

"그래."

쿠로노가 자리에 앉자, 여주인은 짜증이 난 듯한 기색으로 맞은편 자리에 앉았다.

"잘 먹겠습니다."

"그래, 얼른 먹어."

쿠로노는 빵에 손을 뻗었다. 여주인을 힐끔힐끔 보면서 빵을 두 쪽으로 나누어 한쪽을 입에 넣었다. 여주인이 짜증을 내고 있기 때문인지 그다지 맛있게 느껴지지 않는다.

"……늦어져서 미안해."

"진짜 말이야. 나 역시 바쁜데 말이지."

여주인은 고개를 팩 돌렸다. 대체 뭐에 삐친 것일까. 그런 생각을 하며 이번에는 수프를 마셨다. 여주인이 이쪽에 힐끔 시선을 향했다.

"그래서, 무슨 일 있었던 거야?"

"무슨 일이라니, 뭐가?"

"무슨 일은 무슨 일이야. 그, 앨리사랑……."

여주인은 우물우물하며 대답했다. 귀여운 반응이다. 자기도 모르게 입가에 절로 미소가 지어지고 만다.

"그, 그래서, 아무 일도 없었던 거겠지?"

"앨리사가 내 머리를 빗겨주고, 옷 갈아입는 걸 도와준 것뿐이야."

"갈아입는 걸 도와준다니, 어린애도 아니고."

"뭐, 어쩌다 보니 그렇게 됐어."

여주인은 미심쩍은 듯이 눈살을 찌푸렸다. 뭐가 어쩌다 보니 그렇게 되었다는 건지 이해하지 못하고 있는 것이리라.

"아무 일도 없으면 됐어, 없으면."

"무슨 일 있으면 곤란해?"

"그야! 같은 직장에서 일하고 있으니까. 무슨 일이 있으면 어떤 얼굴을 하고 보면 좋냐고."

여주인은 목소리를 높였지만, 목소리는 뒤로 갈수록 점점 작아져 갔다.

"벌써 그런 걱정 하지 않아도……."

"좀처럼 식당에 오질 않으니까 괜히 의심하고 말았단 말이야."

"날 좀 더 믿어도 괜찮은데."

"어디에 신용할 요소가 있다는 건지."

여주인은 발끈한 듯이 말했다. 곤란하다. 화제를 바꿔야만 한다.

"그러고 보니, 어느새 앨리사와 이름으로 부르는 사이가 됐어?"

"어느새냐니, 그야 빈번하게 얼굴을 마주치고 있으니까."

"그렇게 접점이 있었던가?"

"같은 저택에서 일하고 있으니까. 접점이야 얼마든지 있지."

"둘이서 있을 때는 어떤 이야기를 해?"

"그야, 일 이야기를 하거나, 새로 만든 과자에 관해 비평을 받거나 하고 있어."

"흐음~, 그렇……."

맞장구를 치던 도중에 멈췄다. 두 사람 다 성실하구나~ 하고 흘려넘길 뻔했지만——.

"안주인, 그건 한담(閑談) 아닌가?"

"무슨 말이야? 우리는 일 이야기를 하는 거야, 일 이야기."

"난 새로 만든 과자를 먹은 기억이 없는데?"

"그다지 잘 만들어지지 않아서 말이지. 아무리 그래도 실패작을 먹일 수는 없는 노릇이잖아."

여주인은 자못 당연하다는 듯이 말했다.

"뭐, 괜찮지만. 아아, 과자라고 하니 아리데드와 데네브는 어땠어?"

"그 둘이라면 아이스크림을 와구와구 먹고, 신작 과자를 강탈해 갔어."

"신작 과자라니?"

"알사탕이야, 알사탕. 모처럼 앨리사한테 선물로 안겨 주려고 생각했는데."

"흐음~, 알사탕인가."

"쿠로노 님도 먹고 싶어? 정말, 영주님이라고 해도 아직 한참 어린애네~."

"아니, 그게 아니라 보급대에 건네줄 수 없을까 싶어서."

"알사탕을 500명 몫이나 만들라는 거야?"

여주인은 얼굴을 찌푸렸다. 그야 500명 몫의 알사탕을 혼자서 만들게 하는 건 악마의 소행이지만⋯⋯.

"응, 다들 기뻐할 거 같아서. 피로 해소에도 도움이 될 테고. 어때려나?"

"그런 버려진 강아지 같은 눈으로 보지 마."

여주인은 쿠로노한테서 고개를 돌렸다. 잠시 후──.

"…………알았어."

"와~이, 고마워. 안주인 진짜 좋아."

"정말이지, 나도 참 무르다니까."

여주인은 양손으로 얼굴을 덮고 다시 한숨을 내쉬었다.

"사탕을 만들어주면 내가 대신 어깨 주물러 줄게."

어깨? 하고 여주인은 이쪽을 보고는, 다스 단위로 벌레를 씹은 듯한 표정을 띠었다.

"대체 어떻게 어깨를 주무를 건데?"

"뭔가 문제 있어?"

"손바닥을 위로 향한 채로 어떻게 어깨를 주무를 수 있는 건지 묻고 있는 거야."

"글쎄? 시험해 볼 가치는 있지 않을까?"

쿠로노가 손바닥을 위로 향한 채 아래위로 움직이자, 여주인은 또다시 한숨을 내쉬었다.

"없어, 없어없어. 있을까 보냐."

"안주인은 매정하네~. 그렇게나 서로 사랑을 나눈 사이인데."

"그렇게 주무르고 싶다면 레이라 아가씨 걸 주무르면 되잖아."

큭, 하고 쿠로노는 신음했다. 그러자 여주인은 놀란 듯이 눈을 휘둥그레 떴다.

"뭐야, 다투기라도 한 거야?"

"다퉜다고 할지, 안전 보장상의 문제로 의견 대립이…….."

"까다롭게 말하고 있지만, 요컨대 다툰 거잖아."

네, 하고 쿠로노는 고개를 끄덕이고는 어깨를 푹 떨궜다.

"곧있으면 전장에 가야 한다고. 얼른 사과해 버려."

"말이야 쉽지……."

하아~, 하고 쿠로노는 한숨을 내쉬었다. 그러자 여주인은 흐흥, 하고 콧소리를 냈다.

"어째서 코웃음을 치는 거야?"

"쿠로노 님이 생각하고 있는 걸 맞혀 볼까? 자기는 잘못한 게 없다, 맞지?"

눈을 살짝 크게 떴다. 어떻게 안 것일까.

"어떻게 알았냐는 얼굴이네."

"두 번 놀랐어. 어떻게 안 거야?"

"자기가 잘못했다고 생각했다면 다투지 않았을 테니까. 그러니까, 얼른 사과해 버려."

"아니, 일단은 나도 엄청나게 생각한 끝에 낸 결론이라고?"

"나 참, 쿠로노 님은 여자 마음을 모르네. 논리적으로 옳은지 어떤지는 아무래도 좋은 거야. 문제는 레이라 아가씨의 마음을 소홀히 했다는 점이라고."

윽, 하고 쿠로노는 다시금 신음했다. 확실히 레이라의 마음을 무시하고 말았다.

"그렇군. 하지만 어떻게 사과하면 좋을지……."

"그야 뻔하지. 너의 마음을 생각하지 않아서 미안해, 라고 말하면 돼."

"거참 쉽게 말하네~."

"남녀 사이가 틀어지는 원인 따위 간단하니까."

쿠로노가 중얼거리자, 여주인은 가볍게 어깨를 으쓱였다.

"더 삐치기 전에 사과해 버려. 더는 사과할 기회가 없을지도 모르니까 말이야."

"알았어. 노력해 볼게."

"사람은 솔직한 게 제일이야. 자, 얼른 밥 먹도록 해."

여주인이 만족스러운 듯이 고개를 끄덕였고, 쿠로노는 빵을 입에 물었다.

※

쿠로노가 후작 저택을 나오자, 골디의 공방에서는 망치를 두드리는 소리가 울렸고 종이 공방에서는 수증기가 솟아오르고 있었다. 이런 때이기 때문일까. 익숙한 광경에 안도감을 느낀다.

"우선은 병원에 가고, 다음으로 픽스 상회인가. 그리고 레이라한테 사과해야겠지."

쿠로노는 공방 앞에서 멈춰 섰다. 골디와 망토를 걸친 리저드가 있었기 때문이다.

"둘 다 뭘 하고 있어?"

"오오, 쿠로노 님이시군요. 지금 리자드맨이 쓸 동계 장비를 확인하던 참입니다."

"동계 장비? 저 망토 말하는 거야?"

"그렇습니다."

골디가 손짓하자, 리저드가 가까이 다가와 쿠로노 앞에서 빙글 회전했다.

"어떻습니까?"

"잘 어울리는 것 같은데? 그런데 왜 굳이?"

"리자드맨이 추위에 약하기 때문이려나요."

"그런가, 역시 추위에 약했구나."

추우면 움직임이 둔해진다는 걸 알고 있었는데, 하고 쿠로노는 머리를 긁적였다.

"게다가!"

골디가 외치자, 리저드가 망토를 펼쳤다. 장비가 드러났다. 리저드는 브레스트 플레이트와 허리 보호대를 착용하고 있었다. 팔은 토시로, 다리는 다리용 갑주로 뒤덮여 있다.

"브레스트 아머가 아니네. 체인 메일도 없고."

"리자드맨들에게는 영 평가가 좋지 않아서 말입니다."

"……춥다."

리저드가 중얼거렸다. 과연, 추위에 약한데 금속제 장비는 가혹한가. 체온을 빼앗기고 만다.

"그래서 가죽제 브레스트 플레이트와 망토가 등장했습니다. 뭐, 브레스트 플레이트는 금속으로 보강했지만 말입니다."

"음~, 방어력은 괜찮은 거야?"

"가죽은 내구성이 높은 소재이니 말이지요. 어중간한 공격으로는 브레스트 플레이트는커녕, 망토조차 꿰뚫지 못할 겁니다. 만약 이 둘을 동시에 꿰뚫고 싶다면 제 공방에서 만든 무기가 필요합니다."

"가까이에 꿰뚫을 수 있는 무기가!"

쿠로노는 단검을 만졌다. 이 단검은 골디가 공방에서 만든 무기 1호로서 헌상해 준 물건이다. 비전문가의 눈으로 봐도 대단한 무기임을 알 수 있다.

"그렇게나 굉장한 무기구나."

"힘을 제대로 주면 브레스트 아머라도 꿰뚫을 수 있습니다."

"내 경우에는 궁리가 필요하겠네. 참, 다른 이야기인데, 그건 어때?"

"순조롭습니다."

골디는 공방을 봤다. 시선 끝에서는 눈물방울 모양의 금속 기구가 가열되고 있다.

"얼마나 걸릴 것 같아?"

"출발 직전까지 작은 통 한 개 분량은 만들 수 있겠지요."

"충분하군. 만일을 위해 내 몫은 빈 와인병에 채워 놓아 주지 않겠어?"

"잘 알겠습니다."

"그럼 난 병원에 갔다 올게."

"어허, 설마 몸 상태가——!"

"아니아니, 군의관 건이야. 사전에 이야기해 두는 건 시터 씨에게 부탁했지만, 중요한 스태프를 빼 가는 거니까 얼굴 정도는 대면해 둬야겠지."

"그런 것이었습니까. 안심했습니다."

"이번에야말로 갈게."

"조심하십시오."

"……주의."

그럼, 하고 쿠로노는 손을 들었다. 그러자 골디와 리저드도 손을 들었다. 두 사람의 배웅을 받으며 후작 저택 문을 빠져나온 다음 순간──.

"“쿠로노 님, 발견한 것 같은!”"

아리데드와 데네브한테 좌우에서 팔을 붙잡혔다.

"이런 곳에서 기묘한 우연 같은."

"맞아맞아, 운명을 느껴 버리고."

"왜 숨어서 기다리고 있었던 거야?"

"수, 수수, 숨어서 기다리고 있었다니 남이 들으면 오해하겠고."

"그, 그렇고. 우리는 숨어서 기다리고 있지 않았던 것 같은."

"뭔가 부쉈어?"

"우리는 어린애냐, 같은!"

"그렇고! 아무것도 망가뜨리지 않았고!"

두 사람은 쿠로노한테서 떨어지고는 목소리를 높였다. 쿠로노는 '우리는 어린애냐, 같은!'이라고 말한 쪽을 쳐다봤다. 예상대로라면…….

"뭘 부쉈는지 솔직히 말해, 아리데드."

"아니, 나는 데네브고."

"미안, 데네브. 사과의 의미로 귀를 만져 줄게."

"그 정도로 사과라니…… 라고 말하면서도 만지작만지작의 매력에 저항할 수 없는 것 같은."

쿠로노가 부드럽게 귀를 만지자, 자칭 데네브는 간지러운 듯이 웃었다.

"역시 아리데드잖아."

"데네브고. 나를 아리데드라고 한다면 증거를 제시해 줬으면 하고."

자칭 데네브는 못내 아쉬워하는 듯하면서도 쿠로노에서 떨어져 정면으로 돌아 나왔다.

"아리데드는 귀를 만지면 간지러워하지만, 데네브는 눈이 촉촉하게 젖는단 말이지."

"그런 건 증거가 안 되고!"

"그 말이 맞고! 그 말이 맞고!"

"그리고 지금까지의 패턴 상, 이야기할 때는 아리데드가 먼저 입을 열어."

""——!!""

두 사람은 합, 하고 숨을 삼켰다.

"으그극, 그건 증거가 아니고."

자칭 데네브는 아직도 항변했다. 어떻게 할까 하고 이리저리 생각하다가, 묘안을 떠올렸다. 쿠로노는 지갑에서 은화를 꺼내 아리데드(자칭)에게 내밀었다.

"언제나 수고가 많아, 아리데드. 이걸로 맛있는 거라도 사 먹어."

"와~이, 고마워 같은!"

아리데드(자칭)는 은화를 받으려고 했지만, 받을 수 없었다. 자칭 데네브가 옆에서 쿠로노의 팔을 붙잡은 것이다. 자칭 데네브는 아차, 하는 표정을 띠고 있었다.

"데네브, 나는 아리데드한테 용돈을 주려던 건데?"

"으, 으윽, 그건……."

자칭 데네브는 말을 머뭇거렸다. 비지땀이 삐질삐질 흐르고 있다. 자신이 아리데드임을 인정하는 게 그렇게나 고통인 건가 하는 생각이 안 드는 것도 아니다. 자칭 데네브는 가만히 서 있었지만——.

"아~! 진짜! 알았고! 내가 아리데드고!"

자칭 데네브—— 아리데드는 결국 소리쳤다.

"그러니까, 은화를 주세요."

"솔직하게 인정하지 않았으니까 안 돼."

"아아, 너무하고."

쿠로노가 은화를 지갑에 넣자, 아리데드가 머리를 푹 떨궜다.

"그런데, 어째서 여기 있는 거야?"

"보급대 멤버는 비번이 된 것 같은."

"딱히 할 것도 없었으니까 놀러 왔고."

아리데드가 삐친 듯한 어조로 말했고, 데네브가 뒤이어 말했다.

"놀러 왔다고 한들, 나도 일이 있으니까 말이지."

"예를 들면 어떤?"

데네브가 귀엽게 고개를 기울였다. 아리데드는 토라져서 고개를 돌리고 있다.

"병원에 가거나, 픽스 상회에 가거나."

"방해가 안 된다면 따라가고 싶고."

"재미있지 않을 텐데, 그래도 괜찮으면."

"그래도 괜찮고."

"그럼 갈까."

쿠로노가 걸음을 내딛자, 데네브가 쿠로노의 팔에 자신의 팔을 감았다. 직후, 반대편 팔이 확 잡아당겨졌다. 아리데드가 자신의 팔을 감은 것이다.

"왜 그래, 자칭 데네브?"

"으그극, 쿠로노 님은 심술궂고."

쿠로노는 아리데드와 데네브를 옆에 끼고 걷기 시작했다.

※

쿠로노 일행이 병원의 담을 따라 걷고 있자, 호르스가 병원 정문으로 나왔다. 레오와 타이가의 부축을 받고 있다. 이쪽을 알아차린 것이리라. 세 사람이 멈춰 섰다.

"셋 다 무슨 일이야?"

"호르스가 몸이 좋지 않다고 하기에 의사의 진찰을 받고 나오던 참이다."

레오가 호르스에게 시선을 향했다. 확실히 고개를 푹 숙이고 있는데…….

"그래서, 어땠어?"

"아무렇지도 않았다. 꾀병이다."

"꾀병은 말이 지나친 것이외다."

내뱉듯이 말한 레오를 타이가가 나무랐다. 그러자 호르스가 고개를 들었다.

"글태이, 글태이. 내는 진짜로 몸이 안 좋은 기다. 꾀병 취급이라니 너무하대이."

"아침을 몇 그릇이나 더 먹고 있던 주제에 몸 상태가 안 좋다니, 웃기는군."

"그 뒤에 몸이 안 좋아진 기다. 아아, 왠지 먹었던 게 올라올라칸대이. 우, 우웨에엑…….."

호르스는 몸을 앞으로 기울이고 구역질을 했다. 우웨에엑, 우웨에엑 하고 거듭 구역질을 한다. 하지만 쿠로노는 호르스가 기대에 찬 눈으로 이쪽을 본 순간을 놓치지 않았다.

"그렇게나 전쟁에 나가기 싫어?"

"그런 기 아이대이. 참말로 몸이 안 좋다 안카나."

호르스는 힘없이 고개를 내저었다. 아마도 몸이 안 좋다는 것도 마냥 거짓말은 아니리라. 꾀병으로 학교를 쉴 때, 기분이 안 좋다고 말하는 사이에 진짜로 기분이 안 좋아지기 시작하는 그거다.

"그럼, 오늘은 숙소로 돌아가서 느긋하게 쉬어."

"알았대이."

호르스가 눈물 띤 눈으로 고개를 끄덕였다. 간다, 하고 레오는 짧게 말한 뒤 호르스를 질질 끌며 걷기 시작했다.

"“쿠로노 님, 상냥한 것 같은.”"

"마음은 이해하니까 말이지. 뭐, 데리고 가는 건 변함없지만."

"“쿠로노 님, 엄청 엄격하고.”"

쿠로노 일행은 병원 정문을 밑을 지났다. 문 앞까지 가자, 아리데드와 데네브가 쿠로노에게서 떨어져 문을 열었다. 그 너머에는 하얀 로브를 입은 여성이 서 있었다. 병원 간호사다. 놀란 듯이 이쪽을 보고 있었다.

"에, 에라키스 후작님!"

"오랜만입니다. 원장 선생님은 계십니까?"

"아, 네. 조금 기다려주세요."

간호사는 발걸음을 되돌려 잰걸음으로 걷기 시작했다. 다섯 걸음 정도 나아간 뒤 이쪽을 향해 돌아서서——.

"이쪽으로 오시죠. 응접실까지 안내하겠습니다."

"감사합니다."

"아니요, 천만의 말씀입니다."

간호사는 어색한 걸음걸이로 걷기 시작했다. 등 뒤에서 찰싹하는 소리가 울리고, 부드러운 감촉이 위팔에 닿았다. 아리데드와 데네브가 다시 팔을 감은 것이다.

쿠로노는 간호사의 뒤를 따랐다. 복도 도중에서 간호사가 멈춰 서서 문을 열었다. 그곳은 무릎 정도 높이의 테이블을 사이에 끼고 소파가 서로 마주 보듯이 배치된 방이었다.

"여기서 기다려 주십시오."

"알겠습니다."

쿠로노 일행은 응접실에 들어가 소파에 앉았다. 문이 닫히고, 므흣—— 하는 소리가 들렸다. 옆을 보니 아리데드가 작은 가슴을 펴고 있었다.

"왜 가슴을 펴고 있어?"

"간호사의 태도에 대만족이고. 마치 잘난 사람이 된 기분 같은."

"사람들은 그걸 가리켜 호가호위라고 하는 것 같은."

아리데드가 당당한 기세로 말하자, 데네브가 딴지를 걸었다. 너무 우쭐거려도 곤란하기에 못을 박아 두기로 했다.

"아리데드, 예의는 중요해."

"그건 알지만, 조금쯤은 잘난 척해도 천벌은 안 받을 것 같은."

"천벌은 받지 않을지도 모르지만, 처벌은 할 거야."

에? 하고 아리데드가 이쪽을 봤다.

"귀여운 부하가 조금 잘난 척한 것 정도로 처벌이라니 말도 안 되고!"

"귀여운 부하를 처벌하면 모두에 대한 경고가 되겠네."

"우오오오오오! 쿠로노 님이 악마 같은 말을 하는 것 같은!!"

아리데드는 짐승처럼 소리 질렀다.

"나로서는 귀여운 부하를 처벌하고 싶지 않은데, 아리데드는 어때?"

"시, 싫다아 참~ 같은. 농담이고, 약간 센스 있는 조크 같은."

"다행이네. 믿고 있을 테니까 말이야?"

"도, 도무지 믿는 눈이 아니고."

쿠로노가 미소 짓자, 아리데드는 몸을 뒤로 뺐다.

"대답은?"

"네, 잘난 척하지 않겠다고 맹세하겠습니다 같은."

아리데드는 진지한 표정으로 고개를 끄덕였다. 너무 약발이 잘 들었나, 하고 약간만 반성했다. 처벌이라는 말이 곤란했나. 좀 더 가벼운 표현은…….

"……징계?"

"잘난 척하지 않겠다고 맹세한 직후인데 징계라니 너무하고!"

쿠로노가 불쑥 중얼거리자, 아리데드는 울상이 되어 매달렸다.

"데네브데네브데네브으!! 언니가 위기 상황이고!"

"나, 나까지 끌어들이지 말아 줬으면 하고!"

"고통이나 슬픔, 불행을 함께 나눈다고 약속했던 것 같은!"

"실수한 책임은 자기가 져야만 하고!"

"이, 이이, 이 냉혈녀!"

아리데드는 소리치면서 쿠로노의 허벅지 너머로 데네브를 붙잡으려 들었다. 다음 순간, 달칵 하는 소리가 울리고 두 사람은 움직임을 멈췄다. 소리가 난 쪽을 보니 수염을 기른 남성이 문을 연 자세 그대로 멈춰 있었다. 그 뒤에 있는 마른 체형의 청년은 놀란 듯이 눈을 휘둥그레 뜨고 있다. 수염 남자가 원장, 젊은 남자가 군의관 후보가 틀림없다.

잠시 후 원장은 걸음을 내디디고 쿠로노 맞은편 자리에 앉았다. 상당히 뒤늦게 젊은 남자도 움직이기 시작했다. 젊은 남자가 원장 뒤에 섰고, 아리데드와 데네브가 앉은 자세를 바로 고쳤다. 이쪽의 움직임이 멈추자 비로소 원장이 입을 열었다.

"처음 뵙겠습니다. 원장인 라하르라고 합니다. 뒤에 있는 것이…….."

"마, 만나 뵙게 되어 기쁩니다. 클레이라고 합니다."

라하르와 클레이는 서로 맞춘 것처럼 같은 타이밍에 머리를 숙였다. 머리를 드는 타이밍도 딱 맞았다. 혹시 부자지간일까.

"저야말로, 만나게 되어 기쁩니다. 사실은 좀 더 빨리 와야 했겠지만…….."

"아닙니다, 쿠로노 님께서…… 아아, 에라키스 후작님이라고 부르는 편이 좋겠습니까?"

"어느 쪽이든 편하신 쪽으로."

"그러면, 쿠로노 님이라 부르도록 하겠습니다. 역시, 에라키스 후작이면 전임자의 이미지가 강하기에."

라하르가 몸을 앞으로 뻗어 손을 내밀었기에, 쿠로노는 그 손을 마주 잡았다. 누가 먼저랄 것도 없이 손을 놓고, 라하르가 소파에 앉았다.

　"이야기는 시터 경에게서 들었습니다. 듣자니 군의관을 필요로 하신다고."

　"예, 알고 계실지도 모르겠습니다만, 5월에 일어난 신성 아르고 왕국과의 전투에서는 군의관이 없었기 때문에 수많은 병사가 사망했습니다."

　"잘 알고 있습니다. 정말로, 가슴 아픈 일입니다."

　라하르는 작게 고개를 끄덕였다. 침통한 표정이다. 가슴이 아프다는 말에 거짓은 없다고 생각됐다.

　"그래서, 어떨지요? 만약 어렵다고 하신다면……."

　"기다려 주십시오."

　라하르는 손바닥을 향하고 쿠로노의 말을 가로막았다.

　"그 건에 관해서는 받아들일 생각입니다."

　"감사합니다!"

　쿠로노는 기세 좋게 머리를 숙였다. 이렇게 쉽게 결정이 나다니 기쁜 오산이다.

　"하지만, 누구를 군의관으로 삼을지는 제가 선택하게 해주셨으면 합니다."

　"그건 물론입니다."

　쿠로노가 제안을 받아들이자, 라하르는 가슴을 쓸어내렸다.

"저는 클레이를 군의관으로 추천합니다."

"————!"

숨을 삼킨 것은 뒤에서 대기하던 클레이였다.

"아버, 아니, 원장님. 제게는 무리입니다."

"무리라 말하고 있습니다만?"

쿠로노는 라하르에게 시선을 향했다. 아버지라고 말하려다 말았으니, 부자지간인 모양이다.

"실력은 확실합니다. 다만, 배짱이 부족하지요. 쿠로노 님……."

"무엇인지요?"

"쿠로노 님은 신성 아르고 왕국군 1만을 겁내지 않고 맞서 싸웠다고 들었습니다."

누가 그런 말을, 하고 쿠로노는 신음했다. 그러자 어째서인지 아리데드와 데네브가 몸을 움찔 떨었다. 그러고 보니 두 사람은 묘한 소문을 퍼뜨리고 있었다. 그때 제지하지 않았던 게 지금에 와서 효과를 발휘할 줄이야…….

"부디, 아들을 남자로 만들어 주십시오."

라하르가 머리를 깊이 숙였다. 남자가 되고 싶다면 창관에 가라고 말하고 싶었지만, 꾹 참았다. 기껏 확보한 군의관을 놓칠 수는 없는 노릇이다. 하지만 본인에게 의욕이 없다면 손쓸 방도가 없다. 애초에 어째서 군의관으로 추천한 것인가. 부모라면 자식의 성장보다도 목숨을 소중히 여겨야 하는 것 아닐까. 아니, 이것도 부모의 마음인가.

군의관이 되면 경력에 관록이 붙는다. 게다가 영주와 가까워질 수 있다. 이 기회를 놓칠 수는 없으리라. 그렇게 생각하니 사리에 맞는 느낌이 들었다. 문제는 어째서 클레이는 싫어하고 있는지다. 살짝 속을 떠볼까, 하고 쿠로노는 자세를 바로 고쳐 앉았다.

"……클레이."

"네, 넵. 쿠로노 님."

쿠로노가 부르자, 클레이는 등을 쭉 폈다.

"솔직히 이건 괜찮은 이야기라고 생각해. 만약 네가 군의관을 맡아준다면 원하는 보수를 약속해도 좋아. 유학하고 싶다고 한다면 유학 비용을 마련해 줄 거고, 원장 지위를 바란다면 가능한 한 진력하겠다고 약속하겠어."

"————!!"

라하르가 숨을 삼켰다. 가능한 한 진력하겠다는 것은, 원장 자리에 앉히겠다는 의미다. 여하간 쿠로노는 영주다. 그 정도의 일은 할 수 있다. 원하던 보수가 나와서 그런지 라하르의 눈이 형형하게 반짝였다.

클레이는 고개를 돌렸다. 욕망으로 점철된 아버지의 모습을 보고 싶지 않은 것이리라. 쿠로노도 동종의 인간이라 여겨졌을 가능성도 있지만, 그의 마음속을 헤아릴 수는 있었다.

"클레이, 나는 말이야. 노동에는 그에 걸맞은 보수가 필요하다고 생각해."

"하, 하아, 그렇습니까……."

클레이는 이쪽을 힐끔힐끔 보면서 건성으로 대답했다.

"너는 병원 내부의 정치에는 흥미가 없을지도 모르지만 말이야."

"————!!"

클레이는 깜짝 놀란 표정으로 쿠로노를 봤다.

"너는 이 보수를 받아들여도 좋고, 받아들이지 않아도 좋아. 지금은 쓰지 않고 몇 년인가 후에 써도 좋아. 전부 네 자유야. 그걸 감안하고 너에게 묻고 싶어. 너는 의사인지, 아니면 자신이 모르는 곳에서 사안이 결정되어 가는 것에 반발하는 어린애인지를."

"————!!"

클레이의 얼굴이 빨갛게 물들었다. 수치 때문인지, 아니면 분노인지. 어느 쪽이건 쿠로노는 그의 민감한 부분에 파고들고 만 모양이다. 좀 지나치게 무신경하게 파고들었으려나 하고 반성하면서, 몸을 내밀었다.

"어쩌려나?"

"저, 저는…… 의사입니다. 적어도 의사의 본분을 다하고 싶다고 생각하고 있습니다."

"그래서?"

"의사로서 종군하겠습니다."

"그럼, 결정됐군."

쿠로노는 손을 맞부딪쳐 소리를 냈다. 이걸로 언질은 확보했다. 나중에 싫다고 말해도 소용 없다.

쿠로노는 일어서서 클레이에게 손을 내밀었다.

"클레이, 상세한 건 또 연락하겠지만, 잘 부탁할게."

"저야말로 잘 부탁드립니다."

클레이는 강하게 쿠로노의 손을 맞잡았다.

※

쿠로노는 아리데드와 데네브를 거느리며 상업구의 세련된 거리를 나아갔다. 제국 유수의 상회── 그 지점이 늘어선 구역인 만큼 사람의 왕래는 그리 잦지 않다.

"조금 전의 쿠로노 님은 멋있었고."

"맞아맞아, 새삼 반해 버린 것 같은."

"고마워. 하지만 여기서는 아무것도 안 사줄 거야."

쿠로노는 고맙다고 말하면서도 못을 박았다. 노점에서라면 얼마든지 사줄 수 있다. 하지만 상업구에서는 무리다. 우쭐해져서 막 사줬다가는 지갑이 텅 비어 버리고 만다.

"그런 흑심은 없고."

"맞아맞아, 본심인 것 같은."

그런 말을 하며 두 사람── 아니, 아리데드가 팔을 확확 잡아끌었다.

노점이 늘어선 광장에 가려 하는 것이다.

"노점은 나중이야."

"으그극, 쿠로노 님은 의외로 힘이 세고. 자신의 연약한 몸을 저주할 수밖에 없는 것 같은."

아리데드는 분한 듯이 신음했고, 순순히 걷기 시작했다. 그러는 가 싶었는데, 미련이 남은 듯 쿠로노를 광장으로 유도하려 했다. 그녀에게 저항하며 픽스 상회에 도착했다. 쿠로노 일행이 가게로 들어가자 니콜라가 달려왔다.

"이거, 쿠로노 님 아니십니까."

"시터 씨에게서 이야기를 들으셨다고 생각합니다만……."

"예, 알고 있습니다. 이쪽으로 오시지요."

니콜라의 안내를 받아 가게 안쪽에 있는 응접실로 이동했다.

"여기 앉아 주십시오."

"감사합니다."

쿠로노 일행이 앉자, 니콜라는 맞은편 자리에 앉았다. 그리고 조용히 입을 열었다.

"식량과 천장이 있는 마차를 준비해 달라는 이야기였습니다만, 맞을는지요?"

"예, 틀림없——"

"마차라니, 무슨 말이야 같은!"

"설마, 우리도 마차에 탈 수 있는 거야 같은!"

쿠로노의 말을 가로막고 아리데드와 데네브가 소리쳤다.

"둘 다 진정해."

""네~에!""

아리데드와 데네브가 소파에 다시 앉고, 니콜라가 쓴웃음이 섞인 표정을 띠었다.

"노우지 황제직할령까지는 거리가 있으니까 말이야. 마차로 이동하려고 생각했어. 돈은 들지만, 전장에 도착하기도 전에 기진맥진해서야 본말전도니까."

"쿠로노 님은 여러 가지로 생각하고 있는 것 같은."

"도보로 행군하지 않아도 되는 것만 해도 다행이고."

"그렇게 말해주니 고마워."

두 사람이 감탄한 듯이 말하고, 쿠로노는 웃었다. 다시 니콜라에게 시선을 향했다.

"틀림없습니다. 그래서, 어떨까요?"

"마차 준비와 식량에 관해서는 문제없습니다."

"감사합니다."

"아뇨아뇨, 이게 저희 일이기에."

쿠로노가 머리를 숙이자, 니콜라는 곤혹스러워하는 듯한 표정을 띠었다.

"그렇게 따지자면 저도 일이지요."

"쿠로노 님은 의무를 다하시는 게 아닌지요?"

"마찬가지라고 생각합니다. 니콜라 씨가 이 가게를 맡게 된 것처럼, 저도 에라키스 후작령을 맡게 되었지요. 뭐, 다소 덤으로 이득을 보는 건 있습니다만, 마지못해서 해야만 하는 일 역시 많습니다. 고용살이 신세는 피차 힘들지요."

"예, 확실히 상사가 있는 일은 힘든 법입니다."

니콜라는 조용히 고개를 끄덕였다.

"쿠로노 님, 주제넘은 말 같기는 합니다만……."

"무엇입니까?"

"상회 회장인 도미니크 앞으로 이행 보증서를 한 장 쓰시는 게 어떨는지요?"

"상회 회장 앞으로 이행 보증서를 말입니까?"

쿠로노는 고개를 갸웃했다. 물자 준비에 관한 권한은 군무국이 쥐고 있기에, 보증서를 쓴다 한들 뭔가 할 수 있는 건 아니다.

"군의 제도는 이해하고 있습니다만, 손에 쥐고 있는 패는 많은 편이 좋지 않으시겠습니까?"

"과연. 하지만 공짜로 해주시는 건 아니겠지요?"

"싸게 해드리기는 하겠습니다만, 이쪽도 장사이기에."

쿠로노가 만약을 위해 확인하자, 니콜라는 난처한 듯이 웃었다.

"물론 알고 있습니다. 그럼, 부탁드리지요."

"예, 이쪽이야말로 잘 부탁드립니다."

쿠로노가 손을 뻗자, 니콜라가 쿠로노의 손을 꽉 맞잡았다. 솔직히 말하면 이 패를 쓰게 되는 사태는 되지 않았으면 하는데…….

※

밤—— 쿠로노는 욕실에서 돌아와 침대에 벌렁 자빠졌다. 완전히 녹초다. 그 뒤에 아리데드와 데네브와 헤어져 집무실에 돌아오니 책상 위에 서류의 산이 있었다. 사무관들의 마음은 이해하지만, 용서할 수 없는 것도 있었다. 긴급성이 낮은 안건——꽃병이 필요함, 깃펜이 필요함 등등——이 섞여 있었던 것이다.

"……레이라한테 사과하지 못했네."

침대에 엎드린 채 중얼거렸다. 지금이라도 사과하러 가야 하는 것 아닐까 하고 생각한 그때, 문을 두드리는 소리가 울렸다.

"네~에, 조금 기다려주세요."

쿠로노는 몸을 일으키고 목소리를 높였다. 침대에서 내려와 문으로 향했다. 문을 여니 그곳에는 완전히 초췌해진 모습의 레이라가 서 있었다.

"레이라? 무슨 일이야?"

"……."

부드럽게 말을 건넸지만, 레이라는 말이 없다. 하지만 그녀가 몹시 괴로워하고 있다는 건 알 수 있었다. 그 원인이 자신에게 있다는 것도——.

"저, 저는, 쿠로노 님께……."

"괜찮아, 레이라."

레이라가 고개를 확 들었다. 안색이 좋지 않고, 눈동자는 눈물로 젖어있었다. 그녀를 이렇게 괴롭게 만든 건 자신이다. 그렇게 생각하니 가슴이 아프다.

"레이라의 마음을 생각하지 않아서 미안해. 내가 잘못했어."

"————!!"

레이라는 숨을 삼켰다. 놀랐다고 하면 쿠로노도 마찬가지다. 이렇게 쉽게 사과할 수 있다면 그동안의 고민은 뭐였던 것일까. 잠시 후 레이라는 고개를 가로저었다.

"아니요! 쿠로노 님은 잘못하신 게 없어요! 제가, 제가——!"

"괜찮아. 이제 됐어."

쿠로노는 레이라를 다정하게 끌어안았다. 그대로 방에 들이고 문을 닫았다. 땀 냄새가 콧구멍을 자극한다. 하지만, 그것뿐만이 아니다. 달콤하고, 녹아내릴 듯한 냄새가 난다. 바로 가까이에서 몇 번이고 맡았던 냄새다. 그 냄새를 맡는 사이에——.

"……쿠, 쿠로노 님."

"미안."

레이라가 쭈뼛쭈뼛 말문을 열었고, 쿠로노는 솔직하게 사과했다. 진심으로 미안하다고 생각하지만, 냄새를 맡는 사이에 불끈불끈해지고 만 것이다.

"레이라 씨, 괜찮겠습니까?"

"저기, 그게, 오늘은 멱을 감지 않아서……."

"괜찮겠습니까?"

"……네."

쿠로노가 다시금 묻자, 레이라는 망설이는 것처럼 침묵한 뒤에 고개를 끄덕였다. 어깨에 팔을 감아 침대로 유도했다. 어째서일까. 몇 번이고 살을 맞댔는데도 두근거렸다.

"아, 앉아."

"네, 넵."

살짝 높은 목소리가 나오고 말아 입을 억눌렀다. 하지만 레이라는 신경 쓰는 기색도 보이지 않고 침대 가장자리에 걸터앉았다. 레이라 앞에 서서 그녀를 내려다본다. 귀가 처진 채, 안절부절못하고 있다.

사랑스러운 감정이 솟구쳐 오른다. 하지만, 그러나, 쿠로노에게는 부드럽게 사랑을 나눌 여유가 없었다. 처음으로 맺어졌던 날과 마찬가지로 레이라를 자빠뜨렸다.

"쿠로노 님, 가능하면 부드럽게――!"

"무리일 것 같습니다."

쿠로노는 레이라 위에 올라타, 그녀의 얌전한 가슴을 군복 위로 손댔다. 아니, 단순히 손댔다고 하기엔 너무 거친가. 레이라를 힐끔 봤다. 금색 눈동자에 겁먹은 기색은 없었다. 그렇기는커녕, 녹아버릴 것처럼 황홀한 표정을 띠고 있었다. 키스하고자 입술을 가까이 대고, 뾰족한 귀를 가볍게 깨물었다. 레이라가 몸을 움찔 떨었다.

"귀로 느끼는 거야?"

"아, 아뇨, 그렇지는 않을…… 거예요."

"확인해볼까."

"――!!"

쿠로노가 귀를 가볍게 깨물자, 레이라는 또다시 몸을 떨었다. 깨물고, 핥고, 또 깨물고, 귀 끝부분을 괴롭혀 봤다. 잠시 후, 레이라는 축 늘어져 있었다. 효과는 매우 컸던 모양이다. 몸을 일으켜 스커트 안에 손을 넣었다. 그러자 레이라는 정신이 번쩍 든 듯이 이쪽을 봤다.

"쿠로노 님! 제가 벗을게요!"

"이미 늦었어."

매듭을 풀고, 팬티를 스르륵 내렸다. 레이라는 아아, 하며 양손으로 얼굴을 덮었다. 쿠로노는 팬티를 일별하고는 씨익 웃었다. 팬티에서 손을 떼고 레이라의 다리를 벌렸다.

"레이라, 지금 심정은?"

"부, 부끄러워요."

"그럴까?"

쿠로노는 바지를 벗고 레이라를 가볍게 쿡쿡 찔렀다. 몇 번인가 반복했다. 그럴 때마다 레이라는 몸을 떨었다. 이윽고 손가락을 벌리고는 이쪽을 봤다.

"왜 그래?"

"심술부리지 말아 주세요."

"아니, 심술부리려는 생각은 없어. 그렇지. 처음 맺어졌을 때랑 마찬가지로 어떻게 하면 좋을지 가르쳐 주지 않겠어?"

"──!!"

레이라는 숨을 삼켰다. 하지만 점점 한계가 오고 있다는 건 알고 있다. 잠시 망설인 뒤, 하반신에 손을 뻗었다.

"제 이곳에, 쿠로노 님의 것을……."

레이라가 작은 목소리로 중얼거렸다. 애태우고 싶었지만, 인내력이 남아있지 않았다. 쿠로노는 레이라를 거칠게 찔러 댔다.

※

이틀 뒤——마침내 출발하는 날이 찾아왔다. 오고 말았다. 쿠로노는 배를 눌렀다. 배의 상태가 안 좋다. 그걸 알아차린 것이리라. 미노가 귀엣말을 했다.

"대장, 화장실에 가시는 게 어떻습니까?"

"아무리 그래도, 이 타이밍은……."

쿠로노는 얼굴을 들었다. 후작 저택 정원에는 부하와 사용인이 모여 있다.

"도중에 지리는 게 더 곤란하다고 생각함."

"아마, 괜찮을 거야."

"힘내 주십쇼."

미노가 쿠로노에게서 떨어지자, 케인이 다가왔다. 모두를 대표하여, 인 것이리라.

"쿠로노 님, 무운을."

"케인도 힘내."

"제가 뭘 할 수 있을지는 모르겠습니다만, 전력을 다할 생각입니다."

케인은 등을 쭉 펴고 대답했다.

"시터 씨——"

"다음은 저인 것입니다!"

쿠로노의 말을 가로막고 페이가 다가왔다. 케인은 하아, 하고 작은 한숨을 내쉬었다.

"쿠로노 님, 무운을 비는 것입니다!"

"페이, 사브한테 폐 끼치면 안 돼."

"물론인 것입니다."

페이는 가슴을 탁 두드렸다. 어째서일까. 바닥을 알 수 없는 불안감이 느껴지는 건.

"다시금. 시터 씨, 케인의 서포트를 잘 부탁드립니다."

"맡겨 주십시오, 네. 확실히 서포트하도록 하겠습니다, 네."

시터가 손수건으로 땀을 닦으며 고개를 끄덕였고, 쿠로노는 앨리사에게 시선을 향했다.

"앨리사, 메이드들과 저택은 맡겼어."

"잘 알겠습니다. 주인님의 귀환을 기다리고 있겠습니다."

앨리사는 떨리는 목소리로 말했다. 눈물을 참고 있는 것이리라.

"골디, 공방을 잘 부탁해."

"알겠습니다. 쿠로노 님이 계시지 않은 동안에도 완벽하게 공방을 가동해 보이지요."

"너무 무리하지는 마."

"이전부터 말씀드린 대로——"

"너무 많이 일해서 죽은 사람은 없다는 거지?"

"그렇습니다."

쿠로노가 골디의 이야기를 가로막고 말하자, 골디는 가슴을 폈다. 다음으로 엘레나를 봤다. 그녀는 꽃·병, 하고 입을 움직이더니 움찔하며 몸을 움츠렸다. 역시, 엘레나가 그 요망서를 쓴 모양이다. 생환해서 벌을 줘야만 하겠어, 하고 쿠로노는 주먹을 꼭 쥐고는 레이라에게 시선을 향했다.

"……레이라."

"쿠로노 님, 무운…… 아뇨, 무사하시기를 기도하고 있겠습니다."

레이라는 기도하는 것처럼 손깍지를 꼈다. 마음 하나로 어떻게 될 정도로 전장은 녹록지 않지만…….

"반드시 살아서 돌아올게."

"네, 기다리고 있겠습니다."

"우리들, 기다린다."

"쿠로노 님, 기다린다."

시로와 하이이로가 기도하는 것처럼 손깍지를 끼고 말했다. 가능하면 분위기를 파악해 줬으면 했다.

"걱정하지 마라. 쿠로노 님은 내가 데리고 돌아온다. 그렇지?"

"물론이다. 나는 쿠로노 님을 지켜 보이겠다. 목숨과 맞바꾸어서라도, 다."

미노가 걸어 나와 눈짓하자, 레오는 강하게 고개를 끄덕였다.

"물론, 우리도 힘낼 거고. 레이라도 진흙 배에 탔다고 생각하고 안심하고 기다리는 것 같은."

"거기서는 진흙 배가 아니라 큰 배라고 하는 거고."

데네브가 아리데드한테 딴지를 걸었다.

"내, 내도, 히, 힘내겠대이. 꼭 살아서 돌아올 거대이."

"……생환."

호르스가 절박한 목소리로 말했고, 리저드가 혀를 날름거리며 말했다.

"그럼, 갔다 올게."

쿠로노는 발걸음을 돌리고, 뒤에 서 있던 마차로 향했다.

이리하여, 쿠로노는 다시 전장으로 가게 되었다.

쿠로노 전기

이세계 전이한 내가 **최강**인 건

침대 위에서만인 것 같습니다

제 2 장 『군량』

제국력 430년 12월 하순—— 케인은 서류에 서명하고, 이미 서명이 끝난 서류 위에 겹쳐 올려놓았다.

의자 등받이에 기대어 깊은 한숨을 내쉰다.

"나는 영주에는 맞지 않는군. 몸을 움직이는 편이 성미에 맞아."

"아뇨아뇨, 훌륭한 영주 대리로서의 모습입니다, 네."

케인이 투덜거리자, 어느새 다가왔는지 시터가 손수건으로 땀을 닦으며 대답했다. 깜짝 놀라 몸을 일으켰다. 방에 들어온 것조차 알아차리지 못하다니 경솔했다. 익숙하지 않은 일로 감이 둔해진 것일까.

"추가 업무입니다, 네."

"진짜냐."

"거짓말은 하지 않습니다, 네."

시터는 그렇게 말하고는 새로운 서류를 아직 서명되지 않은 서류 옆에 두었다. 젠장! 하고 케인은 악다구니를 내뱉은 뒤 새로운 서류를 추려냈다.

"하~, 여유가 있으면 사브를 도와줄까 하고 생각했는데 말이지."

"페이 경은 잘하고 있다고 들었습니다, 네."

"그야, 사브랑 다른 녀석들이 필사적으로 서포트하고 있으니까."

케인은 손을 멈췄다. 서포트라고 하면 자신도 그렇다. 시터가 사무를, 레이라가 마을 경비를 잘 처리해 주는 덕분에 어찌어찌 영주 대리 일을 감당해 내고 있다.

"그러면 저는 이걸로, 네."

시터는 서명이 끝난 서류 다발을 손에 쥐고, 집무실을 나가려 했다. 하지만 그 도중에 휘청거렸다. 넘어지지는 않았지만, 조금 비틀거리고 있다.

"이거야 원, 죄송합니다, 네."

"너무 무리하지는 말라고."

"네, 그러면."

시터는 머리를 긁적이고 이번에야말로 집무실을 나갔다. 케인은 다시 의자 등받이에 기대어 깊이 한숨을 내쉬었다.

"……힘들어 보이는군."

천장을 올려다본 채로 중얼거렸다. 황제의 붕어, 티리아 황녀의 병, 그리고 전쟁. 이만한 요소가 갖추어져 있다면 제도에서 무슨 일이 있었다는 건 알 수 있다. 지금 시터를 비롯한 사무관들은 기로에 서 있다. 에라키스 후작령에 남을지, 제도에 돌아갈지 결정해야만 한다. 전자야 어쨌건, 후자는 힘들 것이다. 제도에 돌아간다고 하더라도 기다리고 있는 건 굴욕과 인내의 나날이다. 그렇기에 그들은 망설였고, 그들을 말리고자 시터는 고생하고 있다.

"남 걱정을 하고 있을 때가 아닌가."

케인은 몸을 일으키고는 업무를 재개했다.

※

"——확인해 주십시오."

"어디 보자, 보리가⋯⋯."

쿠로노는 클립보드 대신으로 쓰는 나무판에 고정해 둔 납품서를 보며 눈앞에 쌓인 군량의 수를 확인했다. 병사는 하루에 1,000g의 밀과 고기 150g, 소금 12g을 소비한다. 그게 1만 2천 5백 명 분량 있어야 한다. 거기에 말의 먹이도 필요하다. 말은 하루에 보리 5,000g, 건초와 짚을 4,000g씩 소비한다. 이게 천 마리 분량 필요하다. 솔직히 수를 확인하는 것만으로도 상당한 수고가 든다. 그나마 위안이 되는 것은 물에 관해 생각하지 않아도 되는 것이다.

확인 작업을 끝내고 납품서에 서명한 뒤, 거기다 그 밑에 있는 표에 필요 사항을 기입한다. 지금까지 납품된 물자와 그 소비량, 재고를 기록한 표다. 이 표로 재고 관리를 하는 것인데, 이게 또한 고생이다. 전자계산기가 그립다.

"⋯⋯잘 확인했습니다."

"확실히 받았습니다."

쿠로노가 납품서를 내밀자, 잘 만들어진 옷을 입은 남자——픽스 상회 회장인 도미니크는 미소를 띠고 받아 들었다. 도미니크를 찬찬히 쳐다봤다.

"제 얼굴에 무언가 붙어있습니까?"

"아뇨, 회장님이 이런 곳에 있어도 괜찮은 건가 싶어서 말이죠."

"하하, 솔직한 분이시군요."

도미니크는 쾌활하게 웃었다. 좋은 미소다. 출세하는 남자는 웃는 얼굴도 다른 걸까.

"제 일은 대략적인 흐름을 정하는 것이기에, 가게를 비워도 문제없습니다."

"그렇습니까."

"물론 바람직하게 생각하지 않는 사람도 있습니다만, 상회의 미래가 걸려있다면 이야기는 별개입니다."

쿠로노는 하아, 하고 맞장구를 쳤다. 솔직히 상회의 미래라고 말해도 와닿는 바가 없다.

"무슨 말인지 이해하지 못하신 것 같군요. 종이입니다, 종이."

"그렇게나 대단한 거였습니까?"

"지금까지 자유도시 국가군이 부르는 값으로 살 수밖에 없었던 것을 싸게 살 수 있게 된 겁니다. 굉장한 일이라고 생각하지 않습니까?"

"뭐, 듣고 보니 굉장한 것 같은 느낌이 드는군요."

도미니크는 쓴웃음을 지었다. 그것이 얼마나 대단한 일인지 쿠로노가 이해하지 못하고 있다는 걸 알았기 때문이리라.

"역시, 당신은 재미있는 분입니다. 가능하면 앞으로도 좋은 관계를 맺고 싶군요."

"설마, 저한테 인사하기 위해 군무국에 손을 썼다든가 그런 말은 하지 않겠지요?"

"하하, 인사를 위해 그렇게까지 했다가는 저희가 망하고 맙니다."

도미니크는 쾌활하게 웃었다.

"그래서, 어떨지요?"

"그러게요. 좋은 관계를 맺고 싶군요."

"그야 물론. 저희 픽스 상회의 모토는 친절과 정성이기에."

그럼, 하고 도미니크는 공손하게 고개 숙여 인사한 뒤 발걸음을 되돌렸다. 떨어진 장소에 세워 둔 마차에 도미니크가 올라타자, 미노가 말을 건넸다.

"대장, 평소 옮기던 곳으로 운반하면 되겠슴까?"

"응, 잘 부탁해."

"좋아! 자식들아! 얼른 옮겨 버리자!"

미노가 목소리를 높이자, 멀리서 에워싼 채 보고 있던 부하——호르스가 이끄는 미노타우로스가 줄줄이 다가왔다. 미노타우로스들은 보리가 든 포대나 나무통을 짊어지고 창고로 옮겼다.

"얼른 옮기는 거대이. 옮기고 나서 쉴 거대이~."

"……저 자식."

호르스가 나무통을 짊어지고 눈앞을 가로지르자, 미노는 불쑥 중얼거렸다.

"자자, 기운 차렸으니까 됐지 뭐."

"대장이 그렇게 말씀하신다면 눈감아 주겠지만 말임다."

쿠로노가 달래자, 미노는 한숨을 내뱉듯이 말했다.

"그런데, 대장은 괜찮으신 검까?"

"설사랑 빈뇨, 불면증에 시달리고 있습니다."

쿠로노는 하늘을 올려다보며 한숨을 내쉬었다. 시야 한구석이 흙먼지로 노랗게 물들어 있다. 군사 연습을 하는 탓이다. 탁한 공기에 더해 멀리서 들려오는 말발굽 소리나 검이 부딪치는 소리, 게다가 날이 갈수록 커지는 긴박감, 그리고——.

"숫자만 쳐다보고 있는 것도 영향이 있을지도."

"그렇게나 큰일임까?"

자, 하고 쿠로노는 나무판을 내밀었다. 읽을 수 있을지 걱정이었지만, 미노는 나무판을 손에 쥐고 페이지를 넘겼다. 그리고 커다란 한숨을 내쉬었다.

"이렇게 보니 하루 소비량은 무시할 수가 없겠슴다."

"제9, 제12 근위기사단이 더해지면 소비량이 한층 더 늘어날 거야."

쿠로노는 작게 한숨을 내쉬었다. 현재 전선 기지에 있는 건 레온하르트가 이끄는 제1 근위기사단, 타우르가 이끄는 제2 근위기사단, 제국 각지에서 소집된 9개 대대, 거기에 쿠로노의 부대를 더한 1만 5백 명이다. 여기에 2천 명이 한층 더해지면——.

"2백 포대 남짓 되는 보리가 하루 만에 없어지겠네."

"인제 와서 새삼 2, 30포대 정도 늘어도 변할 거 없는 느낌도 들지만 말임다. 그리고 보니, 저희가 본대에 따라가면 누가 군량을 전선에 옮기는 검까?"

"누구려나? 우리가 오가는 건 어렵겠지?"

"저희만으로는 옮기는 것만으로도 고작이지 말임다."

"그렇지. 나중에 확인해볼게."

"부탁드림다."

미노가 고개를 꾸벅 숙였다.

"그러고 보니……."

"왜 그러심까?"

"미노 씨한테 고맙다고 말해 둬야겠다 싶어서 말이야. 어제, 군량을 훔치는 녀석이 있을지도 모른다고 말해 줬잖아? 덕분에 도둑을 붙잡을 수 있었어. 그건 그렇고 군량을 훔치려 하는 병사가 있다니……."

"뭐, 병사란 건 그런 법입죠."

쿠로노가 푸념하자, 미노는 달관한 듯한 어조로 대꾸했다. 베테랑다운 어조다.

"그런데, 대장."

"작전 개시는 연초가 될 거야."

쿠로노는 목소리 톤을 낮추고 말했다. 미노가 발밑을 힐끔 봤다.

"대장?"

"우선, 우리는 원생림을 빠져나가 그 너머에 있는 가도를 향할 거야. 원생림을 행군 경로로 선택한 건 자유도시 국가군을 자극하지 않기 위해서야. 자칫 잘못하면 그쪽을 자극해서 정면으로 두 곳을 상대해야 하는 차마 눈 뜨고 못 볼 작전이 되어 버리기 때문이지. 가도에 도착하면 협공당하는 걸 막기 위해 본대와 별동대로 갈라질 거야. 별동대는 제2 근위기사단과 1개 대대로 편성되고, 본대는 서쪽으로 진군하여 마르카브를 공략할 거야."

"대장, 제가 말씀드리고 싶은 건——"

"물론 별동대를 이끄는 건 타우르 경이야."

쿠로노는 미노의 말을 가로막았다. 별동대의 병사 수는 2천. 규모로서는 2개 대대다. 평범한 2개 대대라면 불안하게 느껴질 것이다. 하지만 타우르는 '철벽'이라는 이명을 지닌 역전의 강자다. 그라면 신성 아르고 왕국군을 막아내 줄 터다.

"나머지는 군량 문제네. 여기서 마르카브까지 나흘 정도 거리인데, 순조롭게 풀릴 거라는 보장은 없으니까 군량을 이레분 준비할 예정이야. 그렇다고는 해도 이레분 군량을 옮기는 것만으로도 짐수레가 2백 대 필요하지만. 신성 아르고 왕국은 습지가 많으니 물을 확보하는 데 고생할 것 같지는 않다는 게 위안이려나."

"대장, 제가 여쭙고 싶은 건 아리데드와 데네브에 관한 것임다."

"아리데드? 데네브?"

"쿠로노 님, 엄청나게 화내고 있다는 건 알겠지만, 노골적으로 무시당하는 건 괴롭고."

"슬슬 자비심을 보여주었으면 하는 것 같은."

발밑에서 목소리가 들려와 시선을 기울였다. 그러자 아리데드와 데네브가 '저희는 창고에서 식량을 훔치려 했습니다'라고 적힌

픗말을 목에 매단 채 정좌하고 있었다.

"반성하고 있어?"

"추, 충분히 반성하고 있고. 정강이에 파고드는 자갈이 반성을 촉구하고 있고."

"처음에는 정좌만으로 용서해 주다니 상냥하다든가 하고 생각했는데, 터무니없었고."

"아직 여유가 있는 것 같네. 저녁까지 연장해 볼까."

"무, 무리고! 저녁까지 연장이라든가 무리고!!"

"자갈이 정강이에 파고드는 소소한 고통과 구경거리가 되는 치욕에 이미 마음이 꺾이려는 중이고!"

아리데드와 데네브는 울상이 되어 항의했다. 용서해야 할 것인가, 용서해서는 안 될 것인가. 쿠로노는 두 사람 앞을 왔다 갔다 하다가, 발밑에 있는 돌을 알아차렸다. 누름돌로 딱 좋아 보이는 크기다.

"도, 도도, 돌을 들게 한다든가 그런 말을 꺼낼 것 같은 분위기고."

"아와와, 이렇게 될 줄 알았으면 식량을 훔치려고 하지 말걸 그랬을 것 같은."

"정말로 반성하고 있다면 정좌할 수 있겠지? 설령 그게 지면 위이건, 설령 돌을 껴안은 상태이건, 설령……."

"'설령?'"

쿠로노가 말을 끊자, 두 사람은 쿠로노의 말을 똑같이 따라 하며 중얼거렸다.

"설령 그것이 살이 지져지고, 뼈를 태우는 가열된 철판 위라고 할지라도."

"무, 무무, 무리고! 그런 짓을 당했다가는 죽어 버리고!"

"그, 그건 그냥 고문이고! 반성의 수준이 아니고!"

아리데드와 데네브는 눈물이 그렁그렁해져서는 서로를 끌어안았다.

"더는 안 그럴 거지?"

""안 그러겠습니다!""

확인의 의미로 묻자, 두 사람은 서로를 부둥켜안은 채 소리쳤다.

"대장, 겁을 너무 심하게 주셨슴다."

"……둘의 반응이 재미있어서 말이지."

"그, 그 뜸이 신경 쓰이고."

"우리를 내려다보는 눈에 바닥을 알 수 없는 공포를 느낀 것 같은."

쿠로노가 조금 뜸을 두고 대답하자, 두 사람은 겁을 먹은 듯한 눈으로 이쪽을 봤다.

"농담이야, 농담."

"어라, 정말로 농담이었어?"

부드러운 알토 목소리가 귀청을 울렸다. 뒤돌아보니 리오가 미소를 띠며 서 있었다.

"안녕, 리오. 한 달 정도만인가?"

"무정한 대답이네. 나는 만나고 싶어서 견딜 수가 없었는데."

리오는 쿠로노에게 다가가 어색하게 쿠로노의 팔에 자신의 팔을 감았다.

"대장, 이분은 누구십까?"

"그녀는 리오 케이론 백작. 제9 근위기사단 단장이야."

"연인이라고 소개해 주지 않는구나."

"잠깐 기다리는 것 같은! 그녀라고 소개했는데, 그 사람은 남자고!"

"좋은 냄새가 나지만, 남자라 판단되고!"

리오가 삐친 듯이 말하자, 아리데드와 데네브가 따지면서 바싹 다가섰다.

"좋은 냄새?"

""아앗――!!""

쿠로노가 리오의 목덜미에 코를 가까이 대서 냄새를 맡자, 아리데드와 데네브가 소리쳤다.

"확실히, 좋은 냄새가 나네."

"무도회에서 쿠로노가 향수 냄새가 너무 진하다고 했으니까 새로운 걸로 바꾼 거야. 가능하면 거기 있는 두 사람한테 지적당하기 전에 알아차려 줬으면 했는데."

리오가 지면을 힐끔 봤다. 시선 끝에서는 아리데드와 데네브가 큰 충격을 받아 좌절한 것처럼 지면에 두 손과 무릎을 꿇은 자세로 엎드려 있었다.

"어, 엄청난 패배감을 느끼고. 하지만, 머리카락의 윤기라든가 매끄러운 피부 결 같은 부분에서 지고 있고."

"좋은 냄새라서, 이건 져도 어쩔 수 없을지도 모른다고 생각해 버렸고. 이것이 귀족."

두 사람은 분한 듯이 신음하고는 쿠로노를 올려다봤다.

"어째서 남자한테 손을 댄 것 같은?"

"납득이 가는 설명을 부탁하는 것 같은."

"어째서라니, 여러 가지로 사정이 있었어."

"그야 여러 사정이 있지 않으면 곤란하고!"

"우리가 요구하는 건 좀 더 상세한 설명이고!"

"리오가 무도회에서——"

""단적으로!!""

아리데드와 데네브는 쿠로노의 말을 가로막고, 지면을 팍팍 찼다.

"알았어. 단적으로 말하자면…… 불끈불끈해져서 덮쳤어."

""짐승!""

아리데드와 데네브는 소리쳤다.

"자기 나름대로 레이라를 사랑하고 있다고 말한 주제에 터무니 없는 짐승이고!"

"조금 감동한 우리의 마음을 돌려줬으면 하는 것 같은!"

아리데드와 데네브가 지면을 퍽퍽 찼다.

"……대장."

미노가 불쑥 중얼거렸다. 시선을 향하니 미노가 뒤로 물러났다. 곤란하다. 오해받고 있다.

"미노 씨, 대화를 하자."

"저도 남자이기에 대장의 마음은 이해함다."

"그러면 어째서 뒷걸음질 치고 있는 거야?"

"그, 그건……."

미노의 눈이 바쁘게 움직였다. 어떻게 이 궁지를 벗어날지 생각하고 있는 눈이다. 빨리 오해를 풀어야 한다고 생각했는데, 먼저 움직인 건 미노였다. 눈을 크게 확 떴다.

"저는 클레이 씨한테 가서 응급 처치 교습 준비를 하고 오겠슴다!"

"잠깐 기다려! 이야기를 나누자고!"

"알고 있슴다! 대장의 마음은 이해함다! 하지만, 저는 교습 준비를 진행해야만 하기에! 뭘요, 대장이 어떤 성적 기호를 가지고 있든지 제 충성은 변하지 않슴다! 그러니 지금은 가게 해주십쇼오!"

"모르고 있어! 전혀 모르고 있다고! 미노 씨~이!"

쿠로노는 소리쳤지만, 미노는 양손으로 엉덩이를 누르며 어딘가로 가 버렸다.

"후후후, 마음 쓰게 해 버린 걸까?"

"저건 마음 써준 게 아니야."

시선을 향했다. 그러자, 리오는 쿠로노에게서 떨어져 항복이라는 듯이 양손을 들었다.

"화나게 했어?"

"딱히, 화내고 있는 게 아니야."

"다행이야. 화나게 했나 싶어서 속으로 흠칫흠칫하고 있었거든."

리오는 가슴을 쓸어내리고, 부루퉁해진 듯이 입술을 삐죽였다.

"그래도, 보고 싶었다는 한마디 정도는 있어도 괜찮은 거 아니려나? 게다가 연인이라고 소개해 주지 않은 건 소소하게 충격이었어."

"……."

쿠로노는 순간적으로 대답이 나오지 않았다. 지금 단계에서 연인이냐고 물어봐도 조금 곤란하다.

"우리는 연인이지?"

"연인이라고 할지, 살짝 사귀는 정도?"

"살짝 사귀는?"

리오는 쿠로노의 말을 똑같이 따라 하며 중얼거렸다. 낙담과도 비슷한 표정을 띠고 있다.

"그, 살짝 사귀는 거라면 연인이라고 해도 괜찮은 거 아닐까? 그 왜, 쿠로노의 끝부분이 내 안에 들어갔으니까."

"끝부분이라니, 야한 단어네."

"그래서, 어떠려나?"

"리오, 칼자루를 꽉 쥐면서 말하는 건 그만두자."

귀엽게 고개를 갸웃하고 있지만, 손은 칼자루를 잡고 있었다.

"어떠려나?"

리오는 다시금 물어봤다. 원래부터 연인이 되어도 괜찮으려나 하고는 생각했었고, 리오는 매력적인 여성이다. 자신의 목숨을 잃으면서까지 거부할 이유는 없다.

"그럼, 오늘부터 정식으로 사귄다는 걸로."

"다행이야. 아직 같이 있을 수 있겠네."

리오는 생긋 미소 지었다. 그 미소에 불안감을 느꼈지만, 긁어 부스럼이 되기에 잠자코 있었다.

"으음, 끝부분이 야한 단어라는 의견에는 동의하지만, 불온한 분위기고."

"그렇다기보다 한쪽이 칼자루를 잡은 시점에서 평온하다고는 하기 어렵고."

아리데드와 데네브가 쿠로노와 리오한테서 떨어진 장소에서 중얼거렸다. 어느새 이동한 것일까.

"그래도, 괜찮으려나?"

"뭐가 말이야?"

"그 왜, 리오는 구귀족이니까 체면이 안 서게 되는 것 아닐까 싶어서."

"그런 걸 신경 쓸 정도였다면 드레스를 입고 무도회에 참가하지 않았을 거야."

"그렇긴 하겠지만, 정말로 괜찮겠어?"

"내가 괜찮다고 말하고 있으니까 괜찮다고."

후후, 하고 리오는 웃은 뒤 다시 팔을 휘감았다. 거기다 손가락까지 감아 온다. 역시, 어색하게 느껴진다. 손끝이 떨리고 있는 것처럼 느껴지는 건 기분 탓이 아니리라.

"손이 떨리고 있는데?"

"연인과 맞닿는 기쁨에 떨고 있는 거야."

쿠로노는 잠자코 리오를 쳐다봤다. 잠시 정면에서 시선을 받아내고 있었지만, 이윽고 견디지 못하게 된 듯 시선을 피했다.

"……이런 걸 한 적이 없으니까 긴장하고 있는 거야."

리오는 소곤소곤 중얼거렸다.

"어쨌든 리오가 함께라서 든든해."

"유감이지만 함께 있을 수는 없어. 제9 근위기사단은 보급 담당이니까 말이야."

뭐? 하고 쿠로노는 자기도 모르게 되물었다.

"제9 근위기사단은 보급을 담당해. 쿠로노의 부대가 본대랑 같이 행동하니까 우리는 전선 기지와 본대, 별동대 사이를 왕복하며 소비된 군량을 보충하는 역할이야."

"그렇구나. 그래도, 용케 부하들이 납득했네."

"나도 입지가 좁아지지 않을 정도로는 전공을 세우고 싶지만 말이지."

리오는 피로감을 드러내며 말했다.

"혹시, 도착이 늦어진 건……."

"아니, 배치에 관해 옥신각신하고 있었던 건 아니야."

갑자기 리오는 쿠로노의 귓가에 입술을 가까이 댔다.

"실은 지체 높은 분을 호위하라는 말을 들어서 말이지."

"설마 티리아를?"

"아니."

리오는 부루퉁해진 듯이 말했다. 혹시…….

"……티리아하고 무슨 일 있었어?"

"아무 일도 없었어."

리오는 쌀쌀맞게 대답했다. 그 태도에서 뭔가 있었다는 건 알았지만, 그걸 지적해도 얼버무릴 게 뻔하다. 그렇기는 해도, 둘만 있을 때 슬쩍 속을 떠봐야만 하리라. 둘만 있을 때 다른 여자 이야기를 하다니, 라면서 기분이 언짢아질 것 같긴 하지만.

"어쨌든, 도착이 늦어진 건 호위 건으로 제12 기사단과 옥신각신했기 때문이야. 아무리 지나도 이야기가 정리되지 않으니까 귀찮아져서 도망쳤지만 말이지."

"그게 더 문제잖아."

"내가 없어도 할아범이 잘 수습해 주겠지. 아아, 참고로 할아범은 우리 집에서 집사로 일하고 있어서 말이야. 아주 옛날에 기사에서 은퇴했는데, 단장이 되었을 때 부관을 맡기기 위해 복귀시켰어. 내가 신용하는 몇 안 되는 인물이라고."

"그걸로 잘 돌아가고 있다면 괜찮겠지만……. 그건 그렇고, 지체 높은 분인가."

아마도, 리오── 제9 근위기사단이 보급 임무를 맡게 된 것도 지체 높은 분과 관계가 없지는 않을 것이다. 점점 심상치 않은 냄새가 나기 시작했다.

"그런데, 쿠로노는 이번 전쟁에 관해 어디까지 알고 있어?"

리오가 속삭이는 듯한 목소리로 말했고, 쿠로노는 시선을 돌렸다. 아리데드와 데네브의 모습은 없다. 불온한 낌새를 느끼고 몸을 숨긴 것이리라. 이거라면 깊이 파고든 이야기를 할 수 있을 것 같다.

"아무것도 모르지만, 황위 계승권 다툼을 의심하고 있어. 이번 전쟁으로 티리아의 배다른 남동생 알포트가 전공을 세운다면 차기 황제로 미는 것도 불가능한 건 아니지 않을까? 여하간 티리아는 지금 병에 걸린 상태고."

"놀랐어. 쿠로노는 머리가 좋네. 그래서, 어쩔 거야?"

리오는 눈을 살짝 크게 뜬 뒤 물어봤다.

"어쩌지도 않을 건데."

"어라? 쿠로노라면 황녀 전하를 도우러 갈 줄 알았는데?"

"공교롭게도 난 그렇게까지 생각 없는 놈은 아니라서 말이지. 멀리서 무사하기를 기도해야지."

"걱정하지 않아도 나랑 싸웠을 때는 무사했어."

"싸웠다고?"

"괜찮아. 힘 조절은 제대로 했어."

쿠로노가 되묻자, 리오는 태연자약하게 말했다.

"정말로? 눈알을 파내거나, 귀를 잘라내거나, 팔다리를 절단하지는 않았어?"

"쿠로노는 날 뭐라고 생각하고 있는 거야?"

"하인을 짐승의 먹이로 주고, 동료를 토막 내 죽인 얀데레 씨."

"질투하는 거야? 후후후, 걱정하지 않아도 나는 쿠로노 일편단심인걸."

리오가 팔에 힘을 꾹 줬다.

"……리오."

"괜찮아. 어딘가를 자르거나 하지는 않았어. 단지, 힘을 보여줘도 좀처럼 꺾이지를 않기에……."

"어쨌는데?"

"쿠로노가 날 연인으로 삼아 줬다고 말해주었지. 그러자 엄청나게 충격을 받더라고. 그걸로 겨우 꺾였다는 느낌이려나."

리오는 즐거워서 어쩔 수가 없다는 듯한 표정을 띠고 있다. 뭐가 어쨌건, 티리아가 무사해서 다행이다. 하지만 신경 쓰이는 점도 있다.

"그 자리에 또 누가 있었지?"

"알코르 재상에 피스케 백작, 궁녀장인――"

"아, 그만 됐습니다."

쿠로노는 리오의 말을 가로막았다.

"제국의 높은 사람들한테 이 관계가 알려졌다는 거잖아? 됐어."

"그건 그런데, 그렇게 불쾌한 표정 짓지 않아도 괜찮잖아. 우리는 연인 사이인데."

"그때는 살짝 사귀는 단계였으니까."

"끝부분만 들어간 관계로는 부족하다는 거네."

"······그럴지도."

"과연."

쿠로노가 뜸을 두고 고개를 끄덕이자, 리오는 작게 한숨을 내쉬었다. 경멸당하고 있는 듯한 느낌이 든다. 하지만 이게 자기 자신이고, 리오는 그런 남자의 연인이 된 것이다. 미안하지만, 개한테 물렸다고 생각하고 리오 쪽에서 체념해 주는 수밖에 없다.

"그런데, 이 뒤에는 어떻게 할 거야?"

"군량을 창고에 다 옮긴 것 같으니까 부하들 상태를 보고 오려고. 리오는?"

"나는 멱을 감고 올게. 먼지투성이인 모습으로는 미움받을 것 같으니까 말이야."

"멱을 감는다니, 이 추위에?"

"달아오른 몸에는 딱 좋아."

리오는 쿠로노에게서 떨어지고는 발걸음을 되돌렸다.

※

쿠로노는 부하의 모습을 찾아 전선 기지를 걸었다. 전선 기지는 넓다. 자유도시 국가군이 코앞에 있고, 원생림을 사이에 낀 너머에는 신성 아르고 왕국이 있다. 적이 쳐들어왔을 때는 저지할 수 있도록, 반공의 거점이 되도록 크게 만들어져 있는 것이다.

이 땅을 지키는 제2 근위기사단은 제국 방어의 핵심이다. 하지만 타우르를 필두로 하는 제2 근위기사단 단원들에게는 내심 분한 마음이 있었을 터다. 제국의 방어 전략은 전수방위*다. 공격을 먼저 가하지 않고, 추격도 억제하는 수준이 될 수밖에 없다. 그것이 그들에게는 커다란 스트레스가 되었으리라는 건 틀림없다. 그런 생각을 하며 걷고 있자——.

"알겠어?! 그 밖에도 해야 할 일이 있으니까 얼른 점심 식사를 만드는 거야!"

근처 건물에서 여주인의 목소리가 들려왔다. 창문으로 안을 들여다보니, 거기서는 50명이 넘는 여성들이 요리를 만들고 있었다. 쿠로노가 데려온 요리인은 여주인을 포함하여 다섯 명이기에, 대부분은 다른 대대장이 데리고 온 요리인이다. 그런데도 여주인은 훌륭히 지휘를 맡고 있었다.

쿠로노를 알아차리고 여주인이 이쪽으로 다가왔다. 목 부분까지 단추가 달린 긴소매 옷을 입고, 머리를 대충 묶고 있다. 그녀 나름의 자기방어 대책일 것이다. 하지만 쿠로노는 갑갑해 보이는 가슴이나 귀밑머리에 에로스를 느꼈다. 색기에 유혹되고 있다.

"무슨 일 있어?"

"아무것도 아니야. 한가했으니까 부하의 상태를 보고자 한 것뿐이야."

"걱정이 많네. 지휘관답게, 진중하게 딱 있으면 되잖아."

"돌아다니는 게 되려 마음이 편해서."

---

*공격받기 전까지는 오로지 방어에 전념하는 전략

"쿠로노 님답다고 하면 쿠로노 님답네."

여주인은 미세한 쓴웃음을 띠었다.

"부탁했던 건?"

"잠깐 기다려줘."

여주인은 발걸음을 되돌려 안쪽에 있는 선반으로 향했다. 요리인들이 여주인을 눈으로 좇는다. 쿠로노와 여주인의 관계가 신경쓰인 것이리라. 잠시 후 막대기 모양의 무언가―― 쿠로노가 제작을 의뢰한 휴대용 식량을 가지고 돌아왔다.

"일단 만들긴 했는데, 맛은 보장 못 해."

"먹을 수만 있으면 그걸로 충분해."

쿠로노는 여주인에게서 휴대용 식량을 받아들고는 하나를 남긴 뒤 파우치에 넣었다. 킁킁, 하고 냄새를 맡은 뒤 살짝 깨물어봤다. 단단하다. 너무 단단하다. 앞니가 부러지는 건 싫기에 어금니로 깨물었다. 몇 번이고 씹는 사이에 부드러워져, 그제야 먹을 수 있었지만――.

"어때?"

"밀 맛이라고 할지, 밀 맛밖에 안 나."

"그야 밀가루와 소금을 물로 반죽한 거니까 말이지."

"그리고 엄청나게 딱딱해."

쿠로노는 신음했다. 기술적인 제약이 있어 통조림이나 병조림을 만들 수 없기에 건빵 같은 것을 만들 수 없을까 하고 생각했는데, 이래서는 나무 막대기다.

"타협안으로서는 괜찮았다고 생각하는데."

"그래서, 이걸 어떻게 하려고?"

"뭐, 임시로 쓸 휴대 식량으로는 충분하니, 계속 만들어주겠어?"

"몇 개 만들면 되는데?"

"하루에 10개 먹는다 치고, 못해도 나흘분이니까…… 2만 개."

"2만 개?!"

"안 될까?"

"그야 나로서도 어떻게든 해주고 싶긴 하지만 말이지……."

여주인은 고개를 돌리고 시선을 힐끔 향했다. 의미심장한 시선
이다. 어쩌면, 이건…….

"알겠습니다. 제 풋풋한 몸을 마음껏 탐닉해 주시죠."

"그런 말은 한마디도 안 했잖아!"

여주인이 새빨개진 얼굴로 소리쳤다. 그러자, 뒤에서 꺄아~,
하는 환성이 일어났다. 요리인들의 목소리다. 여주인이 어깨너머
로 노려보자, 요리인들은 아무 일도 없었던 것처럼 조리를 재개
했다.

"나 참, 남이 들으면 오해할 소리 하지 말라고."

"슬슬 솔직해졌으면 좋겠는데."

"동물도 아니고, 자기 욕망에 솔직해져서 어쩌자는 거야."

"실례네. 나도 TPO는 분별하고 있어. 지금도 진짜 마음을 억
누르고 있으니까."

"진짜 마음?"

여주인은 얼굴을 찌푸리고 말했다.

"미망인의 성욕 배출구가 되고 싶어."

"바보냐!"

쿠로노가 진짜 마음을 토해내자, 여주인의 목소리가 거칠어 졌다.

"내 성욕의 배출구가 되고 싶다든가——"

"어? 나는 안주인의 성욕 배출구가 되고 싶다는 말은 안 했는데."

"어, 어른을 놀리는 거 아니야!"

여주인은 큰소리로 고함쳤다. 창피한 것이리라. 귀까지 새빨개 져 있다.

"그래서, 뭐가 문제인데?"

"일손이 부족하다고. 에라키스 후작령에서 온 건 나를 포함한 다섯 명. 아무리 그래도 고작 다섯 명으로 2만 개는 무리야."

"일손이 충분하면 만들 수 있다는 거지?"

"뭐, 그렇지."

"돈으로 도와줄 사람을 고용할 수 없을까?"

"그건 금액에 달렸지. 얼마까지 내줄 수 있는데? 아아, 몸으로 지불한다든가 그런 시답잖은 말 하지 말라고? 그런 말 했다간 발 차기를 먹여 줄 테니까 말이야."

"금화 총 10닢 정도이려나? 은화가 좋다면 은화로 내주겠는데."

"그 정도라면 여유지."

여주인은 만족스러운 듯이 고개를 끄덕였다.

"일단은 말해두는데, 가능한 한 가격 교섭해줘."

"알고 있어. 나를 누구라고 생각하는 거야."

"금화 백 닢의 빚을 떠안고 가게를 넘기는 처지가 된 식당 겸 여관의 여주인이지."

"그건 임대일 뿐이지, 넘긴 게 아니라고."

여주인은 마치 변명하는 듯이 말했다. 잠시 후 퍼뜩 생각이 미친 듯이 이쪽을 봤다.

"그러고 보니 휴대 식량 이름은 어떻게 할 거야?"

"딱딱빵은 어때?"

"안이한 작명이네."

여주인은 어이가 없다는 듯이 말했다. 진지하게 생각한 건데 너무한 감상이다.

"그러면 안주인이 붙여봐."

"그럼 막…… 딱딱빵으로 됐어."

여주인은 뭔가를 말하려 했지만, 결국 쿠로노의 안을 받아들였다. 아마 막대기빵이라고 말하려다가 자신의 작명 센스도 안타까운 수준임을 깨달은 것이리라.

"그런데, 저기서 쿠로노 님을 보고 있는 건 누구야?"

"──흡!!"

쿠로노는 뒤돌아보고는 숨을 삼켰다. 나무 그늘에서 리오가 이쪽을 쳐다보고 있었다.

※

　쿠로노는 리오와 팔짱을 끼고 전선 기지 주변을 걸었다. 기지 주변은 황야지만, 지금은 연병장으로 사용되고 있다. 그곳에서는 기병(백은 갑옷을 입고 있지 않기에 근위기사단 단원은 아니다)이 방패를 든 리자드맨에게 기승 돌격을 감행하고 있었다.

　양자가 격돌하고, 리자드맨이 날아간다. 기병은 말머리를 돌리고는 헬멧의 바이저를 쳐서 올렸다. 실실거리며 칠칠치 못한 미소를 띠고 있다.

　분노가 치솟아 올랐지만, 쿠로노는 자제했다. 비슷한 일은 연병장 이곳저곳에서 행해지고 있다. 대대장이 공인한 행동인 것이다. 쿠로노가 나설 막은 아니다. 하지만——.

　아군을 표적으로 삼아 뭐가 즐거운 거야, 하고 내뱉었다. 기병이 될 수 있는 건 귀족뿐이다. 귀족과 평민—— 어떻게 해도 격차는 생겨난다. 하지만, 그렇다고 해서 무엇을 하든 괜찮다는 건 아니다. 하물며 이제부터 함께 싸우게 되는 것이다. 연대감을 해치는 짓을 해서 어쩌자는 것인가.

　"슬슬 들려주지 않겠어?"

　"뭘?"

　"조금 전 여자와의 관계 말이야."

　쿠로노가 되묻자, 리오는 팔에 힘을 주며 말했다.

　"우리 영지에서 데려온 요리사입니다."

"흐음, 쿠로노는 요리사한테 성욕의 배출구가 되고 싶다고 말하는구나."

"듣고 있었어?"

"무도회 때도 말했지만, 나는 귀가 좋은 편이라 말이지."

큭, 하고 쿠로노는 신음했다. 잘 얼버무릴 수 있으려나 싶었는데, 얼버무릴 수 있을 것 같지 않다.

"안주인하고는 딱 한 번 관계를 여섯 번 가졌습니다."

"나는 네가 무슨 말을 하는 건지 모르겠어."

"하룻밤에 여섯 번 했습니다."

"흐응~, 하룻밤에 여섯 번…… 여섯 번?!"

리오는 흥미 없다는 듯이 맞장구를 치다가, 흠칫 놀란 듯이 이쪽을 봤다.

"그건 평범한 거야?"

"많은 편 아닐까? 여하간 여섯 번이나 한 건 안주인이 처음이고."

"여섯 번인가. 나랑 할 때는 좀 봐주면 기쁘겠네."

"……"

"어째서 대답이 없는 거야?"

쿠로노가 입을 다물고 있자, 리오가 조금 당황한 기색으로 물었다.

"약속할 수가 없습니다."

"부드럽게 해주지 않는 거야?"

"때랑 상황에 따라 다릅니다."

"알았어. 그래서, 그녀에 대해선 어떻게 생각하고 있는데?"

"되게 신경 쓰네."

"오늘부터 정식으로 사귀고 있으니까 말이지. 연인의 이성 관계는 파악해 두고 싶은 거야."

"안주인은⋯⋯ 언젠가 내 색깔로 물들이고 싶다고 생각하고 있어."

리오는 또다시 흠칫 놀란 표정으로 이쪽을 봤다. 이해할 수 없는 것을 봤다. 그런 표정이다.

"쿠로노는 그거네. 짐승이네."

"리오는 그런 남자한테 반한 거고 말이지."

"후후, 먼저 반한 게 약점이라는 거네."

리오는 기쁜 듯이 웃었다. 문득 앞을 보니 남자가 이쪽을 향해 오는 참이었다. 머리를 짧게 깎고, 근위기사의 증표인 백은 갑옷을 입고 있다. 키는 미노에 필적하며, 폴 액스를 짊어지고 있다. 부모의 원수를 보는 듯한 눈으로 쿠로노를 보고 있다.

거리가 좁혀진다. 이대로는 어깨가 닿는 것 아닐까 싶었을 때, 누군가가 팔을 확 잡아당겼다. 물론 팔을 잡아당긴 건 리오다. 철그럭, 하는 소리가 울렸다. 황급히 뒤돌아보니 남자가 무릎을 꿇고 있었다. 리오는 팔을 놓고 쿠로노를 감싸듯이 섰다. 검지를 중심으로 녹색 빛이 소용돌이치고 있다. 리오가 신위술을 써서 남자를 넘어뜨린 것이리라.

"괜찮아? 발밑을 보지 않으면 위험하다고. 그게 아니면 쿠로노한테 부딪치는 것만 생각하고 있어서 발밑이 허술해져 있었던 걸까나?"

"네놈! 우롱할 생각이냐!"

리오가 도발하자, 남자는 일어나서 폴 액스를 상단 자세로 거머쥐었다. 키 2m를 넘는 커다란 남자가 폴 액스를 거머쥐고 자세를 취하는 모습은 박력이 있었다. 하지만 그 박력은 양아버지의 그것에 비하면 훨씬 뒤떨어진다. 그렇다고 해서 이길 수 있는 건 아니지만……

"근위기사단 단원인데 나를——"

"나는 네놈을 알고 있다, 리오 케이론."

남자는 땅속 깊은 곳에서 울리는 듯한 목소리로 말했다. 분노로 인해서인지 얼굴이 검붉게 물들어 있다.

"드레스를 입고 무도회에 참가한, 남자라 부르기조차 부끄러운 놈이지."

"어라, 나는 아무한테도 제지당하지 않았는데?"

"잘도 뻔뻔하게."

"뭐, 그 이전에……."

리오는 검을 뽑아 들어 칼끝을 남자에게 겨눴다.

"날 막지 못했다고 해서 쿠로노한테 비열한 짓을 하려는 녀석이 잘난 듯이 남자가 어쩌고 운운하는 거 아니라고. 하지만 뭐, 나는 착하니까 무릎 꿇고 사과한다면 용서해주겠는데?"

"리오, 그건 악역의 대사야."

쿠로노는 딴지를 걸었지만, 당연하다는 듯이 무시당했다. 티리아는 대체 어떻게 무도회장에 들어온 거냐고 말했었지만, 이제야 수수께끼가 풀렸다. 별 대단한 건 아니다. 리오는 경비 중이던 제2 근위기사단 단원을 쓰러뜨리고 들어온 것이다.

"헛소리를! 그 입을 영원히 열 수 없게 해주마!"

"잠꼬대는 자고 있을 때 하는 거라고."

"둘 다 진정해."

쿠로노는 말을 건넸다. 사이에 끼어들 수 있다면 좋겠지만, 다진 고기가 될 것 같은 예감이 있었다. 이대로 리오가 사람을 죽이는 광경을 봐야만 하는 건가 하고 생각한 그때——.

"가우르! 뭘 하는 거냐!"

노성이 울려 퍼졌다. 쿠로노는 물론이고 리오도, 남자—— 가우르도 깜짝 놀라 몸을 움츠릴 정도로 큰 목소리다. 그걸로 인해 기세가 죽었는지 가우르는 폴 액스를 내렸다. 전의가 없는 상대와 싸울 생각은 없는 모양이라 리오도 검을 검집에 넣었다.

"이 승부는 미뤄 두지."

"꼬리 말고 도망치는 거야?"

"——큭!"

리오의 도발에 가우르의 얼굴이 다시 검붉게 물들었다. 하지만 이번에는 도발에 넘어가지 않았다. 등을 돌리고 걷기 시작했다. 철그럭철그럭하는 소리가 울렸고, 백은 갑옷을 입은 남자가 쿠로노와 리오의 옆을 지나쳐 갔다. 제2 근위기사단 단장 타우르다.

"가우르! 기다리지 못하겠느냐! 가우르!"

타우르는 큰소리로 고함쳤지만, 가우르는 걸음을 멈추지 않았다. 타우르는 멈춰 서서 어깨를 푹 떨궜다. 이쪽으로 다가와 무릎에 손을 짚다시피 머리를 숙였다.

"리오 경, 어리석은 아들 때문에 면목이 없습니다."

"조금 더 엄하게 교육하는 편이 좋았던 것 아닐까나."

리오, 하며 쿠로노는 어깨를 쳤다. 자기가 원인을 만든 주제에 너무한 말버릇이다.

"조금 전의, 가우르…… 씨는 타우르 경의 아드님이었군요."

"불초 자식입니다. 옛날에는 솔직했습니다만, 최근에는 반항하게 되어서 말이지요. 이것 참, 자식 복이 있는 클로드 경이 부럽습니다."

"아뇨, 저는 그렇게 대단한 아들이지는……."

쿠로노는 말을 머뭇거렸다. 솔직히 남의 떡이 더 커 보이는 것뿐인 듯한 느낌이 든다.

"아들을 쫓아가지 않아도 되겠어?"

"아아, 죄송하군요. 이 사과는 다음에 다시금 하도록 하겠습니다."

타우르는 머리를 꾸벅 숙이고 가우르를 뒤쫓아 갔다.

"이걸로……."

"두 사람 다 시찰인가?"

등 뒤에서 목소리가 들려왔다. 리오는 큭, 하고 신음하고는 뒤

돌아봤다. 쿠로노도 그에 이끌려 뒤돌았다. 그러자 제1 근위기사단 단장 레온하르트가 다가오던 참이었다. 훈련을 막 끝낸 참이리라. 백은 갑옷을 입고 있다.

"어째서 얼굴을 찌푸리고 있는 거지?"

"밀회를 방해받았으니까 그런 게 당연하잖아."

레온하르트의 물음에 리오는 부루퉁해진 듯한 표정을 띠고는 쿠로노의 팔에 자신의 팔을 감았다.

"잠깐, 리오."

"괜찮잖아. 조금 정도는 연인다운 일을 해도."

리오는 삐친 것처럼 입술을 삐죽였다. 귀엽다고 생각하고 마는 건 자신이 글러 먹었다는 증거일까. 하지만 레온하르트는 어떻게 생각할까. 시선을 향하니 그는 태연했다. 진화론을 모독적이라고 말했기에 보수적인 인물이라고 생각하고 있었는데…….

"왜 그러지?"

"아뇨, 딱히……."

"쿠로노는 레온하르트 경이 잔소리를 하는 게 아닐까 하고 걱정하고 있었던 거야."

"설마, 나는 남의 사랑을 방해하는 짓은 하지 않아. 말에 걸어차이고 싶지 않으니까 말이지."

하하, 하고 레온하르트는 쾌활하게 웃었다.

"그쪽은 훈련이야?"

"아아, 제2 근위기사단과의 합동 훈련이다."

"옛 보금자리의 상태는 어땠어?"

"내가 있던 무렵보다도 한층 우수하고 강해졌더군. 전투를 앞두고 사기가 올라 있는 것도 이유 중 하나겠지만, 타우르 경의 용병술은 훨씬 정교해져 있었다. 이게 큰 이유야."

"늙어서도 더더욱 왕성하다는 거네."

"노인 취급 당할 나이는 아니라고 생각하지만 말이지."

리오의 말에 레온하르트는 쓴웃음을 지었다. 문득 기병이 리자드맨을 날려버리던 광경을 떠올렸다. 레온하르트라면 이야기를 듣고 대응해 줄 듯한 느낌이 들었다.

"……레온하르트 경."

"무엇이지?"

"조금 전에 연병장에서 기병이 리자드맨을 날려버리고 있었습니다만, 그만두게 할 수는 없겠습니까? 이제부터 함께 싸워야만 하니 연대감이 상실될 수 있는 훈련은 삼가야 한다고 봅니다."

흠, 하고 레온하르트는 팔짱을 낀 뒤 연병장에 시선을 향했다. 그곳에서는 조금 전과 마찬가지 광경이 펼쳐지고 있다.

"알았다. 아군을 표적으로 삼는 연습은 그만두도록 통지해 두지."

"감사합니다."

쿠로노는 머리를 숙였다. 솔직히 말하면 바로 멈춰 줬으면 한다. 하지만 막무가내로 중지시키면 반감을 살 뿐이다. 레온하르트한테 폐를 끼칠 수는 없는 노릇이다.

"아니, 괜찮다. 그 밖에도 알아차린 점이 있다면 내게 알려줬으면 좋겠군. 모든 것에 대처할 수는 없지만, 가능한 한 의견을 듣겠다고 약속하지."

"……."

쿠로노는 말없이 레온하르트를 쳐다봤다. 그러자.

"왜 그러지, 쿠로노 경?"

"뭐라고 할까, 못 당하겠다는 생각이 들어서 말이죠."

"나는 그대가 생각하는 그런 인간이 아니야. 시녀인 리라에게는 짓궂다는 말을 듣고, 노력하지 않으면 부하의 말조차 만족스럽게 들어줄 수 없는 남자야. 그렇긴 해도, 나는 쿠로노 경보다 나이가 많으니 못 당하겠다고 생각해주지 않으면 내 입장이 좁아지지만 말이지."

레온하르트는 가볍게 어깨를 으쓱였다. 그 몸짓이 묘하게 멋있다.

"그러면, 말한테 차이기 전에 가도록 하지."

"수고하십시오."

"몸조심해."

"아아, 너희들도."

레온하르트는 그렇게 말하고는 그 자리를 떠났다. 잠시 후 쿠로노는 입을 열었다.

"레온하르트 경은 훌륭하네. 지금까지 만난 귀족 중에서 1, 2위를 다퉈."

"그래? 나한테는 레온하르트가 무슨 일에든 무관심한 것처럼 보이는데."

쿠로노는 자기도 모르게 리오를 쳐다봤다.

"왜 그래?"

"친구인데 신랄한 의견이구나 싶어서."

"동료야. 사이 좋은."

리오는 시니컬한 미소를 띠고는 쿠로노의 팔을 휙 잡아당겼다.

"자, 다음은 어디로 갈 거야?"

"저쪽이야."

쿠로노는 목적지를 가리켰다. 그곳에는 사람들이 모여 이루어진 울타리 같은 것이 있었다.

※

쿠로노와 리오가 목적지에 도착하자, 부하가 미노와 클레이를 중심으로 원형 고리를 만들고 있었다. 그 안에는 아리데드와 데네브의 모습도 있다.

"뭘 하는 거야?"

"응급 처치 강습이야."

리오가 속삭이듯이 말했고, 쿠로노도 마찬가지로 대답했다.

"부상했을 때의 대응입니다만……."

클레이는 지면에 누운 미노 옆에 무릎을 꿇고 앉아 수통에 손을 뻗었다. 수통 뚜껑을 열고 미노의 아래팔에 물을 끼얹었다. 아래팔을 다쳤다고 상정하고 강습하고 있는 모양이다.

"우선은 상처 부위를 물로 깨끗하게 씻습니다. 이건 상처를 씻지 않으면 곪을 수 있기 때문입니다. 다음으로……."

클레이는 수통 뚜껑을 닫고 파우치에 손을 뻗었다. 안에서 꺼낸 것은 천이다. 클레이는 이걸 세심하게 접어 미노의 아래팔에 갖다 댔다.

"천으로 상처를 눌러 주십시오."

"군의관 경!"

맨 앞줄에서 설명을 듣고 있던 레오가 손을 들었다.

"무엇이지요?"

"상처를 입었을 때는 상처보다 심장에 가까운 쪽을 꽉 매는 것 아닌가?"

"그것도 유효합니다만, 그렇게 하면 혈류가 차단되어 괴사하는 경우가 있습니다."

클레이의 말에 충격을 받았는지 부하들이 술렁였다.

"그러니 우선은 이 압박 지혈을 시도해 주십시오. 그걸로 피가 멈추지 않는다면……."

"과연, 꽉 매는 건 목숨을 우선할 때만이라는 건가."

"그 말대로입니다."

레오가 중얼거렸고, 클레이는 고개를 끄덕였다.

"출혈이 멎으면 상처에 댄 천은 그대로 두고 붕대로 감습니다."

클레이는 익숙한 모습으로 붕대를 감고는 일어섰다.

"그러면, 두 사람이 한 조가 되어서 해봅시다. 남은 분은 저한 테 말해 주십시오."

엡! 하고 부하들은 큰 목소리로 외친 뒤 응급 처치 연습을 시작 했다. 다들 진지함 그 자체다. 그 모습에 만족감을 품으며 견학하 고 있자, 클레이가 가까이 다가왔다.

"……쿠로노 님."

"수고가 많아. 강습은 어때? 다들 진지하게 하고 있어?"

"네, 덕분에 강습이 순조롭게 진행되고 있습니다."

클레이는 겸연쩍은 표정으로 말했다. 병원에서 만났을 때와는 완전히 다른 사람처럼 보였다.

"군의관 경!"

"그러면, 쿠로노 님……."

레오가 외쳤고, 클레이는 미안한 듯한 표정을 띠었다.

"잘 부탁해."

"맡겨 주십시오."

클레이는 그렇게 말한 뒤 레오가 있는 곳으로 향했다.

"어째서 이런 걸 하는 거야?"

"신성 아르고 왕국이 침공해 왔을 때의 일인데……."

"쿠로노의 첫 전투지."

"간신히 격퇴했지만, 사상자가 다수였던 상황이라서 말이야."

쿠로노는 한숨을 내쉬었다. 그때의 일을 떠올리니 암담한 기분 이 든다.

"그래서, 응급 처치구나."

"의사한테 제대로 배운 방법이라면 결과가 바뀌는 것 아닐까 하고."

"좋은 생각이라고 봐. 할 수 있는 일은 해 둬야지."

"고마워."

감사를 표하자, 리오는 갸우뚱한 얼굴을 하고 있었다.

"근위기사단 단장한테서 좋은 생각이라는 말을 들으니, 이걸로 됐다는 기분이 들어."

"쿠로노는 걱정이 많은 성격이네."

리오는 어처구니없다는 듯이 말했다.

※

쿠로노와 리오가 전선 기지로 돌아오자, 말이 맹렬한 속도로 돌진해 왔다. 말에 타고 있는 건 하얀 군복을 입은 여성이다. 긴 금발을 좌우로 묶고 있다. 그대로 부딪치는 건가 싶었는데, 여성은 말머리를 돌리더니 쿠로노와 리오한테서 멀어졌다.

"위험하네. 다른 사람한테 부딪치면 어쩌려고 저러지."

"제12 근위기사단의 세실리 하마르네."

"아는 사람이야?"

"그녀의 오빠가 제5 근위기사단 단장이라서 말이지. 그래서 얼굴을 마주한 적이 있어."

흐음~, 하고 쿠로노는 맞장구를 쳤다. 근위기사단 단장이라면 또 모를까, 단원이다. 그다지 얽힐 일은 없으리라. 여성—— 세실리는 말을 멈추고 목소리를 드높였다.

"알포트 전하께서 납십니다! 전원, 무릎을 꿇으세요!"

"쿠로노, 무릎 꿇자."

"응, 알았어."

쿠로노는 리오의 재촉대로 한쪽 무릎을 꿇었다.

"머리는 숙이지 않아도 돼?"

"쿠로노는 귀족이니까 괜찮아."

잠시 후 기병이 대열을 짜서 전선 기지에 들어왔다. 하지만 알포트 전하의 모습은 보이지 않았다. 슬슬 무릎이 아파지기 시작했을 때 박스형 마차가 보였다. 화려한 팔두 마차다. 마차는 서서히 속도를 낮추고, 이내 멈춰 섰다.

남자가 말에서 내렸다. 카이저수염을 기른 중간 정도 체격의 남자다. 다른 기병이 미리 맞춘 것처럼 말에서 내렸고, 카이저수염 남자는 뽐내듯이 마차로 다가가 문을 열었다.

큭큭, 하는 소리가 들렸다. 옆을 보니 리오는 고개를 숙인 채 작게 어깨를 떨고 있었다. 무엇이 우스운 건지 쿠로노는 알 수 없었지만, 그녀에게는 웃긴 광경인 모양이다.

다시금 마차를 보니 소년이 천천히 마차에서 내려오는 참이었다. 군복풍 의상을 입은 소년이다. 장식은 근위기사의 군복보다 많다. 아마도 그가 알포트일 것이다.

카이저수염 남자가 선두에 서서 걷기 시작했고, 알포트가 그 뒤를 따라갔다. 갑자기 말이 울부짖어 알포트는 몸을 움츠렸다. 주위에서 실소가 새어 나왔다. 수치로 알포트의 뺨이 빨갛게 물들었다. 하지만 카이저수염 남자는 아무 일도 없었다는 듯이 걸음을 내디뎠다. 이윽고 카이저수염 남자와 알포트는 호화로운 건물 안으로 사라졌다.

쿠로노는 일어서서 리오에게 손을 내밀었다. 그녀는 수줍어하는 것처럼 미소 짓고는 손을 잡고 일어섰다. 문득 어떤 것을 떠올렸다.

"그러고 보니, 왜 웃은 거야?"

"아니, 피스케 백작을 보고 있었더니 웃음이 솟구쳐 올라서 말이야."

"카이저수염을 기른 남자 말이야?"

"그래, 베틸 피스케 백작. 제12 근위기사단의 단장이자 부군단장이지."

"흠~, 저 사람이 페이의 전 상사구나. 일단 인사해 두는 편이 좋으려나?"

"쿠로노가 하고 싶다면야 괜찮겠지만, 그만두는 편이 좋을 거야."

"어째서?"

"가볍게 조사한 바로는, 페이는 원만하게 이동(異動)한 게 아닌 것 같으니까 말이지."

"그것도 그런가. 그래도, 용케 페이에 대해 알아봤네."

"성실하게 일하고 있으면 이 정도 정보는 귀에 들어오는 법이야."

"흐음, 그런 건가."

맞장구를 치며 내심 위기감을 느꼈다. 지금까지 주위에 귀가 밝은 인물이 많다고만 생각하고 있었는데, 자기가 정보에 어두운 것 아닌가 하는 생각이 들기 시작했다.

"그런데 리오라고 할지, 제9 근위기사단은 어떤 일을 하고 있어?"

"우리 일은 알피르크성 경비가 메인이야."

"성 경비인가. 리오는 진두지휘 같은 느낌?"

"지휘는 할아범한테 맡기고, 나는 현장에 나가고 있어. 적재적소라는 거지."

"적재적소는……."

중요하지, 라는 말을 쿠로노는 삼켰다.

"갑자기 입을 다물고는, 왜 그래?"

"평소 리오는 어떤 일을 하는 걸까 싶어서."

"현장에 나간다고 말했잖아."

"아니, 좀 더 구체적으로."

"언제나 성안을 적당히 돌아다니고 있어. 파나 공과 서서 이야기를 나누는 때도 있고."

"파나?"

"알포트 전하의 모친으로, 돌아가신 황제 폐하의 공첩이야. 궁녀장이기도 하지만."

쿠로노가 따라 하듯 중얼거리자 리오는 간단히 설명했다.

"리오한테도 친구가 있었구나."

"실례되는 말을 하네. 그래도 뭐, 친구라고 하면 친구인 걸까나."

리오는 부루퉁해진 듯한 표정을 띠었지만, 금세 표정을 누그러뜨렸다. 파나 건은 제쳐 두고, 리오가 사정에 밝은 이유를 알 수 있었던 듯한 느낌이 들었다.

"일을 핑계 삼아서 엿듣고 다니는 거지?"

"다른 사람의 추문은 듣고 있으면 재미있어서 말이야. 최고의 오락이라고."

"혼자서 즐기는 건 괜찮지만……."

"섭섭하네. 나는 퍼뜨리고 다니거나 하지 않아."

리오는 쿡쿡 웃었다.

"왜 그래?"

"할아범이 왔으니까 말이지."

리오는 그렇게 말하고는 어깨 너머로 뒤를 봤다. 그에 이끌려 그녀의 뒤를 봤다. 그러자 수염을 기른 남자가 이끄는 기병이 가까이 오던 참이었다. 남자는 양아버지와 비슷한 나이대일까. 입가를 뒤덮은 하얀 수염이 댄디했다.

"또 봐."

"응, 또 보자."

리오는 하늘하늘 손을 흔들며 남자들이 있는 곳으로 향했다.

※

밤—— 쿠로노는 수프를 후루룩 마시고는 휴, 하고 숨을 내쉬었다. 저녁은 빵과 건더기가 잔뜩 든 수프, 소시지라는 심플한 메뉴다. 모닥불을 바라보며 눈을 가늘게 떴다.

"모닥불을 보고 있으면 안심이 되네~."

"대장, 저쪽에서 드시지 않는 검까?"

"큭, 현실로 되돌리지 말아 줘."

미노의 질문을 받고 쿠로노는 신음했다. 참고로 저쪽이란 건 사관용 식당을 가리키는 것이다.

"무슨 일이 있었슴까?"

"저쪽은 있기가 불편하단 말이야."

쿠로노는 소곤소곤 중얼거렸다. 리오나 레온하르트, 타우르와 함께라면 편하게 먹을 수 있겠지만, 유감스럽게도 세 사람이 있는 곳은 근위기사단 단장용 식당이다.

"나도 노력했는데 말이지. 노골적으로 무시당해서. 이야기 상대를 해주는가 싶더니만 비아냥을 해대고…… 친구가 될 수 있을 것 같지 않습니다."

"그건, 뭐어, 어쩔 수 없겠슴다."

"미안해. 칠칠치 못한 상사라서."

쿠로노는 시무룩해져서는 수프를 후루룩 마셨다. 그러자 좌우에서 소시지가 내밀어졌다.

"풀이 죽은 쿠로노 님한테 선물인 것 같은."

"결코 기분을 살피는 게 아니고."

"고마워. 아리데드, 데네브."

"큭!"

먼저 아리데드, 다음으로 데네브에게 고맙다고 말했다. 그러자 아리데드는 분한 듯이 신음했다.

"으그극, 완전히 구별되고 있고."

"그렇게 분해하지 않아도."

"이 스타일을 확립하기까지 눈물 없이는 이야기할 수 없는 수많은 일이 있었던 것 같은."

"설명은 단적으로."

"그건………… 여러 일이 있었던 것 같은."

"여러 일이 있었고."

아리데드와 데네브는 그렇게 말하고는 소시지를 입에 물었다.

"대장한테 선물하는 거 아니었냐?"

"쿠로노 님이 기운 차렸으니까 필요 없고."

"오히려 우리가 시무룩해졌고."

미노의 말에 아리데드와 데네브는 삐친 듯이 입술을 삐죽였다. 아무래도 기분을 상하게 만든 모양이다. 내버려 둬도 괜찮겠지만──.

"둘에게 좋은 걸 줄게."

""뭔데뭔데, 뭐인 것 같은?""

둘은 희색이 가득한 얼굴로 바싹 다가왔다. 쿠로노는 파우치에서 딱딱빵 두 개를 꺼냈다.

"“이건?”"

"딱딱빵이라는 휴대용 식량이야."

"이야~, 면목 없고."

"그래도, 이런 마음 씀씀이는 호감도가 높은 것 같은."

아리데드와 데네브는 딱딱빵을 받아들고는 입가로 옮겼다. 우득우득하는 소리가 울렸다. 엘프의 교합력은 인간보다 뛰어난 모양이다. 두 사람은 눈 깜짝할 사이에 딱딱빵을 씹어 으깨고는 삼켰다.

"어땠어?"

"제법 맛있었던 것 같은."

"씹는 맛이 있어 새로운 식감인 것 같은."

엘프가 먹을 수 있다면 문제없으리라. 뭐, 유사시의 휴대용 식량이기에 먹을 일이 없는 게 제일 좋겠지만…….

쿠로노는 시선을 옮겼다. 레오는 잠자코 수프를 바라보고 있다. 타이가도 마찬가지다. 두 사람 모두 고양잇과 수인이기에 뜨거운 걸 잘 못 먹는 것이리라. 호르스는 이미 식사를 끝낸 상태였다. 배가 가득 차서 졸려졌는지, 빈번히 눈을 깜빡이고 있다. 리저드는 묵묵히 식사하고 있었다. 밤이 되어 추위가 강해졌지만, 모닥불을 쬐고 있어서 그런지 상태가 좋아 보인다.

쿠로노는 하늘을 올려다봤다. 달이 빛나고 있다. 불현듯 누구 한 명 빠지는 일 없이 에라키스 후작령으로 돌아갈 수 있을까 하는 불안이 솟아났다. 괜찮아, 하고 스스로 되뇌었다. 무기와 방어구를 새로 맞췄다. 숙련도도 높다. 그러니 괜찮아, 라고.

※

쿠로노는 식사를 끝내고 자기 전용 숙소로 돌아갔다. 가구는 최소한밖에 없지만, 단독 건물이기에 주위에 신경을 쓰지 않아도 된다. 좁은 통로를 빠져나가 방으로 들어가니——.

"여어, 늦었네. 그만 자 버릴까 하고 생각했어."

"······리오."

쿠로노는 신음했다. 리오가 침대에 엎드려 누워있었기 때문이다. 게다가 쿠로노가 서 있는 장소와 침대를 잇는 선상에 옷이 아무렇게나 벗어 던져져 있다. 리오가 벗어 던진 의류를 전부 주워 방 중앙에 있는 테이블에 올려놓았다.

쿠로노는 군복을 벗고 속옷 차림이 되었다. 평소 이 차림으로 자고 있기에 창피하지는 않다. 침대로 다가가자 리오는 요염한 미소를 띠고는 이불을 꽉 끌어안았다.

"후후, 이 밑이 신경 쓰여?"

"알몸이잖아?"

"조금 더 쑥스러워해 줘도 되잖아."

리오는 삐친 것처럼 입술을 삐죽였다.

"그래그래, 내가 잘 공간이 없으니까 가장자리로 붙어 줘."

"뭐야, 안 하는 거야?"

"요새 몸이 좋지 않아서. 솔직히 말해 성욕이 감퇴하고 있습니다."

"어떻게든 안 돼?"

"으음~, 이런 상태가 된 적이 없으니까."

"그러면 내가──"

"거절한다!"

치잇, 하고 리오는 귀엽게 혀를 차고는 침대 가장자리로 이동했다. 쿠로노는 이불을 젖혔다가, 재빨리 원래대로 되돌렸다. 하얗고 아름다운 등 라인에 두근거렸다.

"왜 그래?"

"아니, 아무것도 아니야. 아아, 등 돌리고 있어 줘. 신변의 위험을 느끼니까."

"그런 말투는 상처받아."

리오가 등을 돌리고, 쿠로노는 살며시 침대에 들어갔다. 리오가 누워있었던 덕분에 이불은 포근하고 따뜻하다. 게다가 좋은 냄새가 난다.

"……쿠로노, 숨소리가 거친데?"

"기분 탓 아닐까?"

쿠로노는 꿈실꿈실 이동했다. 살며시 등 뒤에서 팔을 둘렀다. 리오가 움찔 떨었다. 단련하고 있는 만큼 탄탄하게 조인 몸이다. 하지만 딱딱하냐고 하면 그렇지 않다. 제대로 부드럽고, 피부는 딱 달라붙는 것처럼 매끄러웠다.

"쿠로노, 닿고 있는데?"

"……."

쿠로노는 대답하지 않았다. 확실히 리오의 말대로, 쿠로노는 살짝 기운이 났다.

"성욕이 감퇴하고 있다고 했었지?"

"……."

역시 대답하지 않는다. 리오는 꿈실꿈실 쿠로노에게서 떨어졌다. 하지만 금방 막다른 곳에 다다르고 말았다. 침대는 벽 쪽에 있었던 것이다. 쿠로노가 일어나자, 리오는 재차 몸을 떨었다. 눈동자에는 두려움과도 비슷한 빛이 깃들어 있다. 이러니저러니 해도 리오는 자라온 환경이 좋은 것이다. 막다른 상황에서 겁을 먹는 것도 어쩔 수 없다. 쿠로노가 누워있는 리오의 한쪽 다리를 들어 올리자——.

"아, 쿠로노, 마음의 준비를 하게 해주지 않겠어? 나한테도 마음의 준비라는 게——"

"양쪽 다 준비 만전이라는 느낌이네."

"——!!"

쿠로노가 사실을 지적하자, 수치심에 의한 것인지 리오의 살갗이 빨갛게 물들었다. 이미 도망칠 길은 없음을 깨달은 것이리라. 리오는 체념한 듯이 눈을 감았다. 그리고——.

"하다못해, 부드럽—— 겟!"

리오는 탁한 비명을 질렀다. 쿠로노가 자신의 그것을 강하게 찔러 넣었기 때문이다. 다음 순간, 리오는 몸이 활처럼 뒤로 휘었다. 마치 절정에 달한 것만 같은 반응이다. 아니, 달한 건가. 다리 사이를 힐끔 봤다. 아슬아슬하게 참고 있다는 인상이다. 그 순간, 가학적인 욕망이 솟구쳐 올라온다. 미소를 띠자, 리오는 쿠로노에게서 도망치려고 했다. 하지만, 놓아줄 생각은 없다. 허리를 붙잡아 완력으로 리오의 몸을 들었다. 마치 고양이가 몸을 펴는 듯한 자세다.

"쿠로노, 부드럽게——!"

"미안."

쿠로노는 사과의 말을 입에 담았다. 거칠게 찔러 넣자, 리오는 등뼈가 부러지는 게 아닐까 싶을 정도로 있는 힘껏 몸이 활처럼 휘었다. 탁한 신음을 낸다. 자, 얼마나 버틸까 하고 쿠로노는 미소를 띤 채 허리를 움직이기 시작했다.

※

"그런데, 다들 우무묵이라는 음식을 알고 있을까요? 우무묵은 우뭇가사리 등의 해조류를 끓여서 녹인 뒤 발생한 한천질을 굳힌 음식입니다. 먹은 적이 없더라도 사각기둥 형태 용기에 담긴 우무묵을 봉으로 찔러 쑤욱 밀어내는 영상을 본 분은 많으리라고 생각합니다. 즉⋯⋯."

"쿠로노, 뭘 혼자서 중얼중얼하고 있는 거야?"

"즉, 저와 리오 사이에 일어난 건 그런 겁니다."

쿠로노는 작게 한숨을 내쉬고는 체액으로 더러워진 시트를 접어 바닥에 내려놓았다. 침대 위에 시선을 향하니 리오는 침대 가장자리에 앉아있었다. 아니, 허릿심이 빠져있기에 주저앉아 있다고 해야 할까. 리오는 요염한 숨을 내뱉었다.

"굉장했어. 정신이 나가는 게 아닐까 싶었을 정도야."

"네, 확실히 엄청난 양이었습니다."

쿠로노는 깊은 한숨을 내쉬었다. 마치 댐이 무너진 듯했다. 뭐, 아무리 그래도 이건 과장이지만, 예상을 웃도는 양이었던 건 틀림없다.

"항상 이렇게나 나와?"

"설마. 이번이 처음이야. 덤으로 다리랑 허리에도 힘이 다 빠졌고."

리오는 그렇게 말하고는 침대에 손을 짚어 일어서려 했다. 태어난 그대로의 모습으로 몸을 덜덜 떨면서 일어서려 하는 모습에 오싹오싹함이 느껴졌다. 쿠로노는 잰걸음으로 다가가 리오를 만졌다. 그러자 그녀는 몸을 움찔 떨었다.

"…………쿠로노, 어째서 허리를 붙잡는 거야?"

"……."

"쿠로노, 난 지쳤어. 너도 알잖아?"

"……."

쿠로노는 대답하지 않는다. 거친 호흡을 반복할 뿐이다.

"뭔가 말하지 않겠어? 엄청나게 무서운데?"

"미안."

"그럼—— 앗!"

아아, 하고 리오는 그 자리에 주저앉을 뻔했지만, 그러지 못했다.

"그렇게나 내보내줬는데. 이렇게 되어서는, 나쁜 애네."

"쿠로노, 용서해줘."

"미안."

쿠로노는 다시금 사과의 말을 입에 담았다. 움직이기 시작하자, 리오는 금세 헐떡이기 시작했다. 그 모습이 귀여워서—— 거칠게 몰아붙이는 것 말고 다른 길은 없었다.

※

군량을 실은 짐마차가 눈앞을 지나쳐 갔다. 이그니스는 군량이 마르카브에 운반되는 모습을 바라보며 암담한 기분으로 한숨을 내쉬었다. 예상보다도 빠르게 군량이 모인 건 기쁘다. 하지만 그 속도에서 약탈에 가까운 방법으로 군량을 모으고 있음을 알 수 있었다. 알아버리고 만다. 좀 더 빨리 파병이 결정되었다면, 하고 이그니스는 입술을 깨물었다.

케페우스 제국에 불온한 움직임이 있다는 보고를 받은 것은 보름이나 전의 일이다. 마그누스 국왕은 이그니스를 포함한 여섯 명의 장군과 다섯 대신관을 소집하여 대응책을 협의했다. 다섯 대신관이 군사 회의에 나온 것에 분노를 느꼈지만, 그 이상으로 칠흑 신전의 대신관── 할망구가 소집에 응하지 않았던 게 화가 났다.

할망구는 왕국의 여명기부터 대신관을 맡고 있다. 말하자면 왕국의 산증인이다. 그녀의 말을 가볍게 여기는 사람은 없다. 적어도 웃어넘겨지지 않을 정도로 발언력이 있는 것이다. 그런데도 그녀는 소집에 응하지 않았다. 할 수 있는 일을 하지 않는다. 그 점에 분노를 느낀다.

하지만 그런 말을 하면 할망구는 웃으리라. 정치와 종교를 분리하자고 주장하는 인간이 자기한테 기대는 거냐면서. 그딴 것 알까 보냐, 협력해라, 라고 말할 수 있다면 좋겠지만, 일리가 있다며 말이 무뎌지고 마는 것은 자신이다.

그렇기는 해도, 없는 건 어쩔 수 없다. 이그니스는 분노를 봉인하고 파병을 호소했다. 전부터 알고 지낸 사이인 아쿠아 장군과 웬투스 장군은 동의해 주었지만, 남은 세 장군과 다섯 대신관은 반대했다. 시기상조── 그것이 이유였다.

물론 이그니스는 물러서지 않았다. 군을 움직이려면 시간이 든다. 시간을 낭비하면 국토를 유린당하게 된다. 그걸 용인할 수는 없는 노릇이었다. 그러자, 그들은 설령 병사의 수가 적다고 할지라도 지형을 잘 이용하면 격퇴할 수 있다고 말하기 시작했다. 케페우스 제국이 할 수 있었던 일을 우리가 하지 못할 리 없다고도.

너무나도 낙관적인 사고방식에 이그니스는 현기증을 느꼈다. 케페우스 제국이 버틸 수 있었던 건 주력이 인간의 능력을 웃도는 아인이었기 때문이다. 지휘관의 존재도 크다. 병력 차이가 10배나 되면 병사는 겁을 먹는다. 적을 앞에 두고 도망쳐도 이상하지는 않다. 그런데도 적 지휘관은 병사를 싸우게 했다. 싸우게 할 수 있었다. 그뿐만이 아니다. 별동대를 조직하여 이쪽의 본진을 습격했다. 대체 얼마나 격렬한 싸움이었던 것인가. 이그니스는 전투의 흔적을 본 것뿐이지만, 대략 예상이 된다. 결사—— 적은 죽음을 각오한 병사가 되어 싸운 것이다. 병사에게 그렇게까지 시킬 수 있는 지휘관이 이 나라에 있을까.

결국 파병이 결정된 것은 이미 늦고 난 뒤였다. 조만간 제국군은 이 마르카브를 향해 행군을 시작할 터다. 군량과 원군을 기대할 수 있다면 농성도 가능하지만…….

"아직 귀경의 부하는 오지 않는 건가."

"파발마를 보내 두었습니다, 지휘관님."

짜증스러운 어조로 말을 건 남자에게 이그니스는 평정을 가장하며 대답했다. 그러자——.

"날 부를 때는 신기관(神祈官)이라 부르라고 하지 않았나!"

"이거, 실례했습니다. 신기관님."

남자—— 신기관이 히스테릭하게 고함쳤고, 이그니스는 형식뿐인 사과를 했다. 신기관은 이번 작전의 지휘관이다. 이름은 모른다. 그가 이름도 대지 않고 신기관이라 부르도록 말했기 때문이다. 부모에게서 받은 이름을 소홀히 하고, 신전의 직역을 떠받든다. 그렇게까지 해서 신전에 아첨을 떨고 싶은 건가 하는 생각마저 든다. 하지만 처세술로서는 옳은 것이리라. 신기관은 군무 경험이 없는 것이나 마찬가지임에도 불구하고 이렇게 지휘관 자리에 앉아있으니 말이다.

"제 부하가 도착할 때까지 적어도 2주는 걸린다고 생각해주셨으면 합니다."

"어째서 그렇게 늦는 것인가!"

"현재 상황에서 움직일 수 있는 건 신기관님의 부하 3천과 제 부하 1천뿐입니다."

너희들이 방해해서 그런 거라는 말을 삼키고, 이그니스는 담담하게 대답했다. 그것이 신경에 거슬린 것이리라. 신기관의 한쪽 눈썹이 팍 올라갔다. 하지만 이번에는 아우성치지 않았다.

"신기관님은 어떠한 작전을 생각하고 계십니까?"

"뭐냐, 그런 것도 모르는 건가."

흥, 하고 신기관은 바보 취급하는 것처럼 콧방귀를 꼈다. 아마도 신기관은 마르카브 바로 앞에 있는 좁은 길에서 제국군을 요격하려는 속셈이리라. 그곳은 길 양옆이 급경사 언덕으로 되어 있다. 위치를 잘 잡으면 세 방향에서 공격을 펼칠 수 있다. 하지만——.

"마르카브와 국경 요새 중간에 있는 구릉 지대에서 제국군을 맞받아친다. 국경 요새를 지키는 수비대와 연계하여 협공하면 제국 따위 두려워할 게 못 돼."

"신기관님, 재고를."

이그니스는 현기증을 느끼며 말을 짜냈다. 신기관의 작전은 그렇게까지 나쁜 건 아니다. 적이 아무런 대비도 하고 있지 않다고 생각하고 있는 점 이외에는…….

"흥, 무슨 말을 하려는 것인가 싶더니만. 이그니스 장군, 귀경은 전혀 이해하지 못하고 있어."

"무엇을 말입니까?"

"우리들의 신앙심이다. 국경 요새의 지휘관은 순백이자 질서를 관장하는 신의 경건한 신도지. 제국군은 우리들의 신앙심을 절실히 깨닫게 될 것이야."

"……재고를."

"……끈질기다! 나는 국왕 폐하께서 지휘관에 임명하셨단 말이다!"

신기관은 다시 히스테릭하게 고함쳤다.

"게다가, 나에게는 아직 계책이 있다."

"그건 어떠한?"

"주변 마을에서 농민을 모으고 있다! 2천 정도밖에 모을 수 없겠지만, 이것도 훌륭한 전력이야! 6천의 병사와 신앙심이 있다면 제국군 따위 손쉽게 격퇴할 수 있다!"

히히힛, 하고 신기관은 웃었다. 시선이 집중된다. 마부의 시선이다. 그걸 알아차린 것이리라. 신기관은 웃는 것을 멈추고 손수건으로 입가를 닦았다.

"그러면, 나는 작업을 감독하고 오지. 귀경은…… 마음대로 해라."

"알겠습니다."

이그니스는 발걸음을 되돌렸다. 그러지 않으면 신기관을 때려 버릴 것만 같았다. 훈련도 쌓지 않은 농민을 모은들 무슨 도움이 된다는 것인가. 만에 하나 제국군을 격퇴하는 데 성공한다고 하더라도 2천 명이나 되는 남자 일손을 잃으면 이 근방은 생활을 이어 나갈 수가 없게 된다. 하지만, 지금은 우선 제국군이다. 걸어가면서 이기는 방법을 생각했지만, 묘안은 떠오르지 않는다. 당연한가. 여기서 묘안을 떠올릴 수 있을 정도라면 패군의 장이라는 오명을 쓰지는 않았을 것이다.

"아예 발상을 바꿔야만 할까."

"호오, 좋은 생각이라도 떠올랐느냐?"

이그니스가 중얼거린 그때, 교태 어린 여자의 목소리가 들려왔다. 주위는 떠들썩한 소리에 둘러싸여 있는데도 이상하게 명료하다. 혀를 차고 목소리가 난 쪽을 보니, 할망구가 술집에서 곤드레만드레가 되어 있었다.

"할망구! 군사 회의에 출석하지 않고 뭘 하고 있었던 거지!"

이그니스는 큰 목소리로 소리치고는 할망구한테 바싹 다가갔다.

"그렇게 크게 소리 지르지 말거라. 다른 손님이 놀라고 있다고."

"당신 말고 다른 손님은 없어."

"응? 으음, 어느새 사라져 버린 게지?"

할망구는 주위를 둘러보고는 고개를 갸웃했다.

"내가 알까 보냐! 대체 언제부터 술을 마시고 있었나! 어째서 군사 회의에 오지 않았지!"

"그렇게 화내면 울어 버리고 말 거다."

칫, 하고 이그니스는 혀를 찼다.

"어째서 군사 회의에 출석하지 않은 거냐."

"왜냐면, 출석하라는 말을 못 들었으니까."

"그럴 리가—— 아니, 설마."

"그거 봐라, 짚이는 게 있지? 불리지도 않았는데 찾아가는 것도, 좀~."

이그니스의 뇌리를 스친 것은 순백 신전의 대신관—— 알부스의 모습이었다. 순백 신전의 신기관이 지휘관이 된다는, 폭거라고밖에 생각할 수 없는 인사 뒤다. 그 남자가 뒤에서 손을 써서 할망구를 군사 회의에 참여시키지 않았다고 봐도 아무런 이상할게 없으리라.

"너는 싸우는 것 말고는 완전 황이구먼."

"하지만, 할망구라면 알고 있었을 터다."

"엘프의 마을에 가 있었으니, 어차피 무리였어."

"정찰이라도 한…… 아니, 그럴 일은 없나."

이그니스는 자신의 생각을 웃어넘겼다. 할망구가 정찰 따위 할

리가 없다.

"은근히 상처받는구먼."

"엘프 마을에서 뭘 하고 왔지?"

"케페우스 제국군이 근처를 지나니 피난하도록 충고하고 온 게야."

"쓸데없는 짓을."

이그니스는 내뱉었다. 도망칠 곳이 있다면 한참 전에 도망쳤을 터다. 그러지 않는다는 건 그곳에 머물든가, 객사하든가의 선택지밖에 없기 때문이다.

"내 성미가 그런 걸 어째. 10년 정도 전에는 그 주변에도 엘프 마을이 두셋 있었다만, 왕국군 손에 불타 뿔뿔이 흩어져서 말이지."

"그 마을 이야기는 처음 듣는군."

"그야 너는 성격이 삐뚤어져 있으니까 말이다."

"엘프를 죽이고 싶다면 제국군과 싸우면 되는 것을."

이그니스는 그렇게 내뱉었다. 제국군의 엘프는 활과 마술을 자유자재로 구사하는 두려운 존재지만, 왕국의 엘프는 무력한 존재다. 그런 자들을 죽여서 무슨 이득이 있다는 것인가.

"그런데, 네 영지에 있는 엘프는 어떻지?"

"모른다. 흥미가 없어."

자신의 영지에 엘프 마을이 있다는 건 알지만, 적극적으로 관여하지는 않고 있다. 앞으로도 적극적으로 관여할 생각은 없다. 물론 박해할 생각도 없다. 할망구한테 경멸당할 짓만큼은 하지 않겠다고 맹세했다.

"할망구는 어쩔 생각이지?"

"나는 여기서 술을 마실 거다."

"비상시라고."

"종군해도 상관은 없다만, 나는 적과 아군을 차별하지 않고 구할 거다."

"적을 구해서 어쩌자는 거냐."

"같은 생명인 게야."

할망구는 당연하다는 듯이 말했다. 칠흑이자 혼돈을 관장하는 여신의 신자라면 할망구의 말에 감명을 받았을지도 모른다. 하지만 이그니스는 한기를 느꼈다. 생명은 동등하게 무가치하다고 말한 듯한 느낌이 들었기 때문이다.

"할망구, 나는 이 나라를 바꾸겠어."

"그러냐. 네 인생이니 말이지."

좋을 대로 하거라, 라며 할망구는 술을 들이켰다.

《 제 3 장 》 『군의 규율』

　　제국력 431년 1월 초순── 밤이 밝아 왔을 무렵 제1, 제2, 제
12 근위기사단에 8개 반 대대를 더한 제국군 1만 1천 5백 남짓은
전선 기지를 출발했다. 제국으로서는 30여 년 만의 외국 출정이
며, 더 나아가 황자 알포트의 첫 전투임에도 불구하고 출진식은
거행되지 않았다. 다소 부자연스러운 일이었지만, 그에 관해서
의문을 입에 담는 사람은 없었다. 제국군은 엄숙하게 행군하여,
정오를 지났을 무렵에는 원생림 동쪽 끝단에 도착했다.

※

　　쿠로노와 그의 부대는 열을 이루어 원생림을 나아갔다. 케페우
스 제국과 신성 아르고 왕국을 가로막는 원생림은 광대하다. 하
지만 신성 아르고 왕국군이 에라키스 후작령에 침공했을 때 샛길
을 이용한 것처럼, 사람의 손길이 닿지 않은 것은 아니다. 이번
행군 경로로 선정된 것도 그런 샛길 중 하나였다. 풀이 적고, 짐
수레가 지날 수 있을 정도의 폭도 있지만──.

　　"쿠로노 님! 바퀴가 나무뿌리에 걸리뻿대이!"

　　"젠장, 또냐!"

후방에서 호르스의 목소리가 울려서, 쿠로노는 악다구니를 내뱉었다.

"대장, 제가 갔다 오겠슴다."

"아니 미노 씨는 그 자리에서 대기."

"알겠슴다. 호르스는 맡기겠슴다."

미노는 고개를 끄덕이고 파우치에서 투명한 구체—— 통신용 매직 아이템을 꺼냈다. 적에게 습격당했을 때 재빠르게 명령을 내리기 위해서다. 이거면 된다. 미노가 남는 편이 적의 습격을 받았을 때 유연하게 대응할 수 있다. 쿠로노는 호르스가 있는 곳으로 달렸다.

"기다렸지."

"아슬아슬한 데서 계속 도로 돌아와삔대이!"

쿠로노가 도착하니, 호르스는 한심한 목소리로 말했다. 나무뿌리를 넘으려고 짐수레를 끌지만, 아슬아슬한 곳에서 도로 다시 돌아가고 만다.

"호위하는 사람들! 부탁합니다!"

쿠로노가 목소리를 높이자, 변변찮은 가죽 갑옷을 입은 미노타우로스가 짐수레 뒤쪽으로 돌아갔다. 쿠로노의 부하가 아니라, 다른 대대에 소속된 미노타우로스다.

"간대이! 하나, 둘, 셋!"

호르스의 구령에 맞추어 짐수레를 밀자, 바퀴가 나무뿌리를 넘었다. 착지 충격으로 짐수레가 삐걱삐걱 소리를 낸다. 하지만 다행히도 짐수레가 망가지지는 않았다. 휴, 하고 안도의 한숨을 내쉬고는 진행 방향을 봤다. 이 상태라면 몇 번이고 나무뿌리에 걸릴 것 같다.

"호위하는 사람들은 숲을 빠져나갈 때까지 짐수레 뒤에 붙어주세요! 아리데드, 데네브, 레오의 부대는 호위 임무에 전념해!"

"""분부대로!"""

아리데드, 데네브, 레오의 지시로 엘프 궁병과 수인 보병이 주위를 경계하고, 다른 대대에 소속된 미노타우로스와 리자드맨이 느릿느릿 짐수레 뒤로 이동했다. 짐수레가 움직이기 시작했고, 쿠로노는 원래 장소──미노가 있는 곳으로 돌아갔다.

"다녀왔어."

"수고 많으셨습다."

쿠로노는 미노와 어깨를 나란히 하고 걷기 시작했다.

"생각했던 것보다 수고가 드는군요."

"그러네. 경로 선정은 좀 더 신중하게 해줬으면 했어."

"정말이지 그 말씀대로임다. 다른 대대의 도움을 받지 못했다면 움직이지 못하게 됐을 겁다. 그런데, 어떻게 다른 대대에 협력시킨 겁까?"

"그건 내 인덕이야."

"대장, 거짓말은 좋지 않습다."

"큭, 스리슬쩍 넘겨주면 좋을 텐데."

미노가 불쌍하게 여기는 것처럼 말하고, 쿠로노는 신음했다.

"그래서, 어떻게 하신 겁까?"

"한 명당 금화 한 닢 주고 빌렸어."

"그건 또 크게 쓰셨구만요."

"응, 돌아가면 엘레나한테 엄청나게 한 소리 듣겠지."

분명 매우 화낼 게 틀림없다. 그때의 일을 상상하고 암담한 한숨을 내쉬었다.

"그러고 보니, 대장은 말에 타지 않으시는 겁까?"

"뜬금없이 왜?"

"대장이 승마 훈련을 하는 모습을 본 적이 없어서, 신경 쓰여서 말임다."

쿠로노는 말없이 걸었다. 이상하게 여긴 것이리라. 미노가 이쪽에 시선을 향했다.

"대장, 설마——"

"말을 못 타는 건 아니야."

쿠로노는 미노의 말을 가로막았다. 군사학교에서 필사적으로 훈련했기에 말에는 탈 수 있지만…….

"다만, 전투는 무리."

"그런데도 용케 군사학교를 졸업하실 수 있었군요."

"보강 담당 선생님과 같이 잔뜩 머리를 숙였으니까 말이야."

아차…… 하고 미노는 손으로 얼굴을 덮었다.

"군사학교를 졸업하면 보통은 기사 칭호—— 사작위를 받을 수 있는데."

"사작위라는 건 그렇게 쉽게 받을 수 있는 검까?"

미노는 곤혹스러워하는 것처럼 말했다.

"귀족의 경우는 그렇지. 뭐, 나는 받지 못했지만 말이야. 선생님들한테서 미움받은 거랑 실기 성적이 최하위였던 점, 연습에서 티리아한테 이긴 것, 어느 게 원인이었다고 생각해?"

"그만큼 저질러 놓고서 용케 졸업하실 수 있었군요."

미노는 꿀꺽, 하는 소리를 내며 침을 삼켰다.

"그러니까, 보강 담당 선생님이랑 같이 머리를 엄청 숙이고 다녔대도."

"그 보강 담당 선생님께 감사드려야만 하겠습다."

"정말로, 선생님께는 고개를 들 수가 없겠어."

"아니, 대장이 아니라 저희가 말임다."

"어째서 미노 씨나 다른 사람들이 감사드린다는 거야?"

말의 의미를 이해하지 못해서 쿠로노는 고개를 갸웃했다.

"그야, 그 선생님이 함께 머리를 숙여 주시지 않았다면 대장은 군사학교를 졸업하지 못했을 테고, 저희는 작년 5월에 신성 아르고 왕국 녀석들한테 죽었을 테니까 말임다."

"아아, 그런가."

그제야 납득이 가서 쿠로노는 고개를 끄덕였다.

"그런 이유로 말에 타고 있지 않은 건데, 이해되었을는지?"

"납득은 했습다만, 행군 때 정도는 말에 타도 괜찮다고 생각하지 말임다."

"무리하다 낙마하면 꼴불견이잖아."

"확실히 낙마할 바에야 진흙투성이가 되는 편이 나을지도 모르겠습니다."

미노는 쿠로노의 발밑을 보며 웃었다. 부츠와 바지가 진흙으로 범벅이 되어 있다. 하지만 그건 미노도 마찬가지다. 그러니 신경 쓸 만한 일은 아니다.

"그 모습이라면 귀족님으로는 보이지 않으니, 적 병사도 놓칠 겁다."

"그렇다면 좋겠는데."

쿠로노는 쓴웃음을 짓고는 자신의 모습을 내려다봤다. 망토 밑에 착용하고 있는 건 부하들과 마찬가지로 골디 공방에서 만들어진 브레스트 아머와 체인 메일이다. 무기는 장검과 단검이 각각한 자루씩, 허리 파우치에는 의약품과 딱딱빵 40개, 알사탕 20개가 들어있다. 알사탕을 지급했을 때, 부하들은 기뻐해 주었다. 후작령으로 돌아가면 사탕무 재배를 보급해, 장래에는 아이들의 용돈으로도 알사탕을 살 수 있도록 하고 싶지만──. 우선은 살아남고 나서다, 하고 쿠로노는 단검의 칼집을 손으로 만졌다.

※

불현듯 시야가 트여, 쿠로노는 강렬한 붉은빛에 눈을 가늘게 떴다. 어느샌가 저녁이 되어 있었던 것이다. 주위를 둘러봤다. 원생림을 빠져나온 게 아니라, 트인 공간으로 나온 것뿐인 모양이다. 바로 근처에 못이 있지만, 물은 탁하다. 그대로 마셨다간 배탈이 날 게 틀림없다.

"근위기사단 단장 및 각 대대장은 집합하라!"

베틸이 말머리를 돌려 소리쳤다. 바로 가까이에는 근위기사가 짊어진 가마가 있다. 저기에 알포트가 타고 있다.

"그럼, 갔다 올게."

"예입, 나머지 일은 저한테 맡겨 주십쇼."

쿠로노는 베틸이 있는 곳으로 향했다. 그가 외치고 나서 수 분도 지나지 않았는데 그곳에는 레온하르트, 타우르, 대대장 여덟 명의 모습이 있었다.

"늦다, 에라키스 후작."

"어쩔 수 없습니다. 녀석은 걸어서 이동하고 있으니 말이죠."

"아인들과 같이 걷다니, 귀족이라 부르기도 민망합니다."

"이러니까 벼락출세한 녀석은."

"혹시 말에 타지 못하는 것 아닌가?"

베틸의 말에 대대장 네 명이 추종했다. 다른 네 명은 입을 다물고 있지만, 히죽히죽 웃고 있다. 기분 나쁜 녀석들이다. 군사학교 동기들조차도 좀 더 언행에 조심성이 있었는데.

"죄송합니다."

"으, 음. 앞으로는 재빠르게 행동하도록."

베틸은 카이저수염을 훑으며 말했다. 자기의 한 마디로 인해 쿠로노가 조소당하리라고는 생각지 않았던 것이리라. 조금 겸연쩍은 듯하다.

"오늘은 이곳에서 야영한다."

"그러면 제가 전하의 옥체를——!"

"새치기하지 마라!"

"그래! 너한테 맡길 수 있겠냐!"

"전하를 지켜드리는 건 나다!"

베틸이 조용히 말하자, 대대장들이 말다툼하기 시작했다.

"우리 가문은 역사 있는——"

"알까 보냐!"

"이 자식이!"

어떤 대대장이 말을 가로막고 어깨를 탁 쳤다. 그러자 당한 쪽이 똑같이 갚아준다. 금세 맞붙어서 싸움으로 발전했다. 베틸이 넌덜머리가 난 듯한 표정을 띠었다. 심정은 이해가 된다. 야영을 두고 싸움을 하는 모양이어서야 앞날이 걱정된다.

"그만두지 못하겠냐, 너희들."

"……알겠습니다."

"……타우르 경의 말씀이라면."

타우르가 말하자, 두 대대장은 물러났다.

"화근을 남기지 않도록 협의로 결정토록 하지. 괜찮겠지요, 베틸 부군단장?"

"으, 으음. 물론이다."

타우르가 묻자, 베틸은 대범하게 고개를 끄덕였다. 이걸로 협의가 순조롭게 진행되리라 생각했지만, 협의는 좀처럼 진전되지 않았다. 몇 번이고 주먹질로 번질 뻔했고, 그때마다 타우르가 사이에 끼어들어 중재했다. 근위기사단이 알포트의 천막 세 방향을 지키고, 대대장 여덟 명이 그 주변을 지킨다는 걸로 결정되었을 무렵에는 해가 저물어 있었다.

"음, 이걸로 결정이군. 각자 야영 준비를 진행하도록."

"수고 많으셨습니다."

베틸이 해산을 선언하자, 쿠로노는 고개를 꾸벅 숙인 뒤 부하들이 있는 곳으로 향했다. 지금부터 야영 준비를 한다고 생각하니 마음이 무겁다. 고개를 축 늘어뜨리고 부하들한테 갔다.

"대장, 수고하셨습다."

"응, 지쳤어."

미노가 말을 걸어, 쿠로노는 고개를 들었다. 놀라서 눈이 살짝 크게 뜨였다. 천막이 설치되어 있고, 저녁 준비가 이루어지고 있었기 때문이다.

"준비를 다 했어?"

"죄송함다. 대장이 늦으시기에, 먼저 준비를 진행해 두었습다."

"고마워, 미노 씨."

"칭찬받을 만한 일이 아니다. 저녁이 완성될 때까지 조금 더 시간이 걸리니 대장은 근처에 앉아서 기다려 주십쇼."

"고마워."

쿠로노가 다시금 고맙다는 말을 건네고, 근처에 있던 바위 위에 책상다리하고 앉았다. 허벅지를 받침대로 삼아 손으로 턱을 괴었다. 이른 아침부터 쉬지 않고 계속 걸었던 탓에 졸려지기 시작했다. 하품을 크게 한 그때——.

"지쳐있는데 미안하지만, 일을 하나 더 맡아주지 않겠나?"

"——!!"

갑자기 등 뒤에서 누군가가 말을 건네는 바람에 쿠로노는 바위에서 굴러떨어졌다. 아야야, 하고 허리를 문지르며 일어섰다. 그러자, 레온하르트가 바위 너머에 서 있었다.

"레온하르트 경, 무슨 일이 있었습니까?"

"척후가 엘프의 마을을 발견해서 말이지. 물이 있는 곳의 정보를 얻기 위해 접촉을 도모하려 하고 있지만, 나는 쿠로노 경처럼 아인과 우호적인 관계를 쌓을 자신이 없어서 말이야. 그래서 교섭을 부탁하고자 생각한 것일세."

"알겠습니다."

쿠로노는 고개를 끄덕였다. 우호적인 관계를 쌓을 자신이 없다는 건 반쯤 과장인 걸로 해 두고, 레온하르트한테는 아군을 기병의 표적으로 삼지 말라는 통보를 부탁한 빚이 있다. 전투에서는 도움이 될 것 같지 않기에 여기서 빚을 갚아 두고 싶다.

"미노 씨~! 잠깐 자리를 비울 테니까 내가 없는 동안 잘 부탁해!"

"알겠슴다!"

쿠로노의 외침에 미노가 큰 목소리로 대답했다.

"아리데드, 데네브, 리저드! ……호위를 부탁합니다."

쿠로노가 불쑥 중얼거리자, 아리데드와 데네브가 벌러덩 넘어졌다. 여전히 분위기를 잘 맞춰준다.

잠시 후 세 사람은 쿠로노가 있는 곳으로 다가왔다.

"식사를 기대하고 있었는데 사람을 부려 먹는 게 거칠고!"

"이런 상황이 아니었다면 알사탕을 요구했을 것 같은."

"……분부대로."

아리데드와 데네브는 푸념을 늘어놓았지만 리저드는 마이페이스다.

"자, 그런 이유로 이 앞에서 엘프 마을을 발견했기에……."

""설마, 습격?""

아리데드와 데네브는 깜짝 놀라 눈을 부릅뜨고는 몸을 덜덜 떨었다.

"정보 수집이야."

"약탈이나 강간은 기본인 것 같은 구석이 있고."

"같은 엘프한테 그런 짓을 하다니, 우리는 괴로워! 견딜 수 없는 것 같은!"

아리데드와 데네브는 쿠로노의 말을 믿고 있지 않은 모양이다. 지금까지 꾸준히 쌓아 왔을 터인 신뢰는 어디로 간 것일까.

"현지인한테 반감을 살 만한 짓은 하지 않아. 장래 제국 사람이 될 가능성도 있고."

"과연, 그렇게 생각할 수도 있겠네 같은."

"처음부터 그렇게 말하면 좋았을 텐데 같은."

"흠, 쿠로노 경은 앞일을 내다보고 있는 것이로군."

아리데드, 데네브, 레온하르트 세 사람은 감탄한 듯이 말했다. 하지만 쿠로노의 본심은 따로 있다. 현지인한테 반감을 사면 패주했을 때 습격당할 것 같다고 생각한 것이다.

"그러면, 부탁하지."

"미력하나마 최선을 다하겠습니다."

쿠로노가 경례하자, 아리데드, 데네브, 리저드 세 사람도 쿠로노를 따라 경례했다. 약간 늦게 레온하르트가 반례했다. 오오, 하는 소리가 새어 나올 것만 같을 정도로 훌륭한 경례였다.

※

레온하르트의 배웅을 받으며 야영지를 출발한 지 십수 분 뒤──.

"조명을 들고 올 걸 그랬네."

"인제 와서 말해도 늦었고."

"적한테 발각되면 대위기고."

쿠로노는 아리데드와 데네브한테 손을 잡힌 채로 어둠 속을 나아갔다. 달과 별은 떠 있지만, 나뭇가지들에 가로막혀 빛이 닿지 않는 것이다. 손을 놓아 버렸다가는 아웃이라는 생각에 손에 힘을 주었다.

"손에서 마음이 전해져 오고. 그렇게나 갈구하면 곤란한 것 같은."

"손을 놓았다가는 죽는다는 마음이 전해져 와서 압박감이 느껴지고."

유감이지만 쿠로노의 마음은 한쪽—— 데네브한테밖에 전해지지 않았다.

"그건 그렇고 세 사람 다 어둠 속에서도 앞을 잘 보네."

"이게 우리한테는 보통인 거고."

"야간 경비 때는 깜짝 놀라게 하고 마니까 필요 없는 조명을 들 때도 종종 있는 것 같은."

"……보통이다."

"대단하네."

"인간 쪽이 대단하고."

"그렇다기보다, 무섭고."

"나는 손을 잡고 끌어 주지 않으면 걸을 수 없는 꼴인데?"

"집단이 되었을 때의 무서움을 말하는 거야 같은."

"실은 우리는 이 근처 출신이었다거나."

"아아, 그런 건가."

쿠로노는 두 사람이 습격이라는 말을 입에 담은 이유가 어렴풋하게나마 이해된 느낌이 들었다.

"쿠로노 님이 습격하지 않는다고 말했을 때 조금이지만 안심했고."

"아는 사람은 없지만, 살해당하거나 강간당하는 모습은 보고 싶지 않은 것 같은."

아리데드와 데네브는 손에 힘을 꾹 주었다.

"그러니까, 조금 기대하는 부분이 있는 것 같은."

"뭘?"

쿠로노는 되물었다. 그 말을 한 건 아리데드인가, 아니면 데네브인가. 그런 생각을 하다가 머리를 흔들었다. 이 어둠 속이다. 확인할 방도가 없다.

"레이라를 말렸을 때의……."

"세계인권선언이고."

"그래, 그거고. 쿠로노 님이 해주는 것 아닐까 하고 기대하고 있는 것 같은."

"……하고 싶지만."

쿠로노는 말을 머뭇거렸다. 세계인권선언을 하겠다고 말하고는 싶지만, 생각하고 만다. 이상을 내걸면 적을 만들게 된다. 그들과 싸울 만큼의 힘이 지금의 자신에게 있을까 하고.

"하고 싶다는 걸로, 조금 믿게 해주는 것만으로도 충분하고."

"레오가 말했던 대로, 기분 좋게—— 응, 도착한 것 같은."

아리데드와 데네브가 걷는 속도를 늦추자 갑자기 시야가 트였다. 숲을 빠져나온 것이다. 다소 떨어진 장소에 다 쓰러져 가는 허름한 집이 열 채 정도 세워져 있다. 쿠로노는 아리데드와 데네브에게서 떨어져 마을로 걸어갔다. 파우치에 손을 넣고, 금반지——통역용 매직 아이템을 꺼냈다.

"이런 일도 있을까 싶어서 통역용 매직 아이템을 사 뒀지."

"그런 거 없어도 말은 통하고."

"쿠로노 님의 마음가짐을 헛수고로 만들면 안 되는 것 같은."

"말이 통해? 처음 가는 외국이니까 기합 넣고 샀는데도?"

"우리한테 말해도 곤란하고."

"처음 가는 외국이라니, 대단한 것 같기도 하고 대단하지 않은 것 같기도 한 울림이고."

비쌌는데, 하고 쿠로노는 금반지를 쳐다봤다. 듣고 보니 5월에 신성 아르고 왕국군과 싸웠을 때 그들의 말을 이해할 수 있었다.

"뭐, 됐어. 그렇게, 큰, 실수를 한 건 아니야."

"쿠로노 님! 좀 더 자신을 속이라는 것 같은!"

"말 여기저기에서 후회가 배어 나오고 있고!"

"……분발."

쿠로노는 반지를 꽉 쥐고——.

"아~, 소란스럽게 해서 죄송합니다! 저는 케페우스 제국군에서 대대장을 맡은 쿠로노라고 합니다! 이 마을의 대표자와 이야기를 하고 싶기에! 송구합니다만, 대표자분은 나와 주실 수 없겠습니까!"

큰 목소리로 외쳤다. 그러자 몇 명의 엘프가 허름한 집에서 얼굴을 내비쳤다. 그렇긴 해도, 금세 얼굴을 집어넣고 말았지만——.

"좀 더 공격적인 느낌으로 이야기하는 편이 좋을지도 같은."

"약간 얕보일 것 같은 느낌이고."

"무서워하게 만드는 건 곤란해."

패주했을 때 습격당하는 건 물론이고, 우호적인 관계를 쌓지 못해 책임 추궁을 당하는 것도 싫다.

"저는! 케페우스 제국군에서 대대장을 맡은 쿠로노라고 합니다! 이 마을의 대표자와 이야기를 하고 싶어서 왔습니다! 안심해 주십시오! 여러분께 위해를 가할 생각은 없습니다! 나와 주실 수 없겠습니까!"

쿠로노는 다시 목소리를 높였다. 그러자 허름한 집에서 대표자라 생각되는 엘프가 나왔다. 척안(隻眼)의 남자다. 왼쪽 귀는 중간 정도부터 끊어져 있고, 너덜너덜한 의복에 감싸인 몸은 몹시 수척했다. 팔에는 날붙이에 의한 상처가 있으며, 가슴에는 화상 흔적이 있었다. 그런데도 남겨진 눈에 깃든 빛은 강하다. 그것만으로도 남자가 비참한 경험을 했음을 알 수 있었다.

"제국 군대가 무슨 볼일이지."

"이 근처를 행군하게 되었기에 인사를 하러 왔습니다. 우리는 당신들에게 위해를 가할 생각은 없습니다만……."

"좋을 대로 해."

쿠로노의 말을 가로막고, 남자는 내뱉듯이 말했다.

"이야기는 끝까지 들어 주십시오. 우리는 당신들에게 위해를 가할 생각은 없습니다만, 바보 같은 짓을 하는 녀석이 있을지도 모르기에 숨어 주시길 바랍니다."

"알았다. 어차피 우리가 군대와 싸우는 건 턱없는 소리니."

"그리고 하나 더, 묻고 싶은 것이 있습니다."

"뭐지?"

"마르카브까지의 정보와 물이 있는 곳에 관해 알려 주십시오."

"하나가 아니었나?"

"그건 표현상의 기교라는 걸로."

칫, 하고 남자는 불쾌한 듯이 혀를 찼다.

"신성 아르고 왕국은 습지가 많다. 그러니 물 때문에 곤란할 일은 없을 거다."

"……군무국의 정보는 정확했나."

쿠로노는 불쑥 중얼거렸다. 문제는 수질인데, 숯을 사용한 정수기라면 초등학생 무렵에 만든 적이 있다. 몇 번이고 정수한 뒤 펄펄 끓여 소독하면 음용수를 확보할 수 있다.

"고맙습니다."

"알았으면 얼른 사라져 줘."

남자는 더 이상 이야기할 건 없다는 듯이 발걸음을 되돌렸다.

"기다려 주십시오."

"아직도 뭐가 더 있는 거냐?!"

남자가 짜증이 난 듯 돌아봤고, 쿠로노는 손에 쥐고 있던 반지를 던졌다. 남자는 포물선을 그리며 날아간 반지를 어려움 없이 잡았다. 던져 놓고서 뭣하지만, 용케 잡았구나 하는 생각이 들었다. 남자는 손을 내려다보고는 숨을 삼켰다.

"무슨 속셈이지?"

"정보 제공료입니다. 통역용 매직 아이템입니다만, 재질은 금이라는 듯하니 나름 비싼 가격에 팔 수 있다고 생각합니다. 환금하여 겨울을 지내는 자금으로 쓰셔도, 여기서 도망치는 자금으로 쓰셔도 상관없습니다."

"여기서 도망가서 어디로 가라는 거냐."

확실히, 하고 쿠로노는 고개를 끄덕였다. 도망칠 곳이 있다면 한참 전에 도망쳤을 것이다.

"제 영지는 어떨지요?"

"노예가 되라는 말이냐?"

"설마요. 저는 선정을 베푸는 영주로 이름이 알려져 있습니다."

"자기 입으로 말하는 건 좀 어떤가 싶지만, 대체로 그런 느낌의 평가고."

"여자 마음을 모르는 부분은 있지만, 나쁜 사람은 아니고."

"둘 다 제대로 좀 거들어줘."

아리데드와 데네브의 원호를 얻지 못해 쿠로노는 깊은 한숨을 내쉬었다.

"……그 엘프는 뭐지?"

"두 사람은…….."

""애인 같은!""

"엘프를 애인으로 삼고 있는 거냐?"

"음, 뭐어, 그렇습니다."

남자의 물음에 쿠로노는 고개를 끄덕였다. 여기서 부정하는 것도 좀 그렇지 않나 싶었다.

쿠로노는 발걸음을 되돌리고는 걷기 시작했다. 그러자——.

"말해두겠지만, 이건 대 찬스고!"

"일생에 한 번 있을까 말까 한 것 같은!"

"……호기."

아리데드, 데네브, 리저드 세 사람은 남자에게 그렇게 말한 뒤 뒤쫓아 왔다.

"영민으로 맞아들인다는 건 진심이야 같은?"

"이 마을 사람들, 에라키스 후작령에 온다고 생각해 같은?"

"나는 진심이지만, 상당히 고민하지 않을까."

"여기 있어 봤자 상황은 더 나빠질 뿐이고."

"신성 아르고 왕국의 기분 여하에 따라 살해당할 거야 같은."

아리데드와 데네브는 불만스럽게 중얼거렸다.

"자기들 인생이 걸린 일이니까 말이지. 정말로 아슬아슬할 때까지 고민할 거라고 봐."

쿠로노는 그렇게 말하고 걸음을 멈췄다.

""왜 그러는 것 같은?""

"미안합니다. 손을 잡아주세요."

쿠로노가 말을 꺼내자, 리저드가 걸어 나왔다. 쿠로노 앞에 서서 그 자리에 쪼그려 앉았다.

"리저드가 등에 업겠다고 말하고 있고."

"올바른 판단이라고 생각하고."

"그래? 미안하네."

쿠로노는 리저드의 등에 업혔다.

"리저드 씨, 등이 넓군요."

"……선다."

리저드는 불쑥 중얼거리고는 일어섰다. 시야가 갑자기 높아졌다.

"이걸로 빨리 돌아갈 수 있을 것 같은."

"떨어지지 않도록 힘냈으면 하고."

"그건 무슨——"

"……간다."

역시 불쑥 중얼거린 뒤, 리저드는 달리기 시작했다. 거구에서는 상상도 할 수 없을 만큼 매끄러운 거동이다. 상하 진동이 적고, 그러면서도 빠르다. 너무 빠르다.

"무, 무서워! 빠르고 어두워서 무섭습니다만!"

"이거라면 금방 야영지에 도착하고!"

"떨어지지 않도록 주의해 주세요 같은!"

그날 밤—— 쿠로노는 바람이 되었다.

※

"쿠로노 경, 무슨 일이 있었던 거지?"

쿠로노 일행이 야영지에 돌아오자 레온하르트가 마중해 주었다. 하지만 그는 곤혹스러워하는 듯한 표정을 띠고 있다. 쿠로노가 리저드의 등에 업혀 있었기 때문이다.

"아, 아뇨, 어두워서 잘 안 보였기에."

"그런가, 다치기라도 한 건가 싶어서 걱정했다."

쿠로노가 리저드에게서 내려오자, 레온하르트는 가슴을 쓸어내렸다.

"그래서, 결과는?"

"이쪽을 경계하고 있었기에 우호적인 관계를 쌓았다는 자신감은 없습니다. 하지만 적어도 적대하지는 않았습니다."

"결과는 괜찮았다는 거군."

"하지만 이쪽이 만행을 저지른다면, 적대하지 않으리라는 보장은 없다고 생각합니다."

"알았다. 제국군으로서 부끄럽지 않은 행동을 취하도록 주지시켜 두지."

"부탁드립니다. 그리고, 신성 아르고 왕국에는 습지가 많다는 정보를 얻을 수 있었습니다."

"습지인가. 음용수로는 적당하지 않겠군."

"그것 말입니다만, 숯과 흙이 있으면 간단한 정수기를 만들 수 있습니다."

호오, 하고 레온하르트는 눈을 살짝 크게 떴다.

"여차할 때는 의지해도 되겠나?"

"예, 물론입니다."

쿠로노는 작게 고개를 끄덕였다.

"그러면 느긋하게 쉬도록 하게."

"알겠습니다."

레온하르트는 발걸음을 되돌리고는 자신의── 제1 근위기사단의 천막으로 향했다.

"아리데드, 데네브, 리저드. 세 사람도 수고했어."

""수고하셨고!""

아리데드와 데네브는 기세 좋게 머리를 숙이고는 뛰기 시작했다. 두 사람이 향한 곳에 있는 건 여주인이었다. 둘을 알아차리자, 여주인은 놀란 듯한 기색을 보였다.

"안주인, 밥을 주세요 같은!"

"쿠로노 님을 따라갔다가 먹을 기회를 놓친 것 같은!"

"그래그래, 너희들 몫은 챙겨 뒀으니까 소란 피우는 거 아니야."

들러붙는 두 사람에게 여주인은 한숨을 섞으며 대응했다.

"……실례."

"느긋하게 쉬어."

리저드가 여주인이 있는 곳으로 갔고, 그와 교대하는 것처럼 미노가 다가왔다.

"대장, 수고하셨슴다."

"미노 씨야말로 내가 없는 동안 수고했어. 요리 건은 미노 씨가?"

"예입, 제가 챙겨 두도록 지시했슴다. 그리고 주제넘은 것 같지만, 도와준 녀석들에게 술과 말린 고기를 지급해 두었슴다."

"고마워. 미노 씨가 있어 줘서 정말로 큰 도움이 돼."

쿠로노가 감사를 표하자, 미노는 쑥스러운 듯이 머리를 긁적였다.

"식사는 천막으로 가지고 가게 할 테니 대장은 먼저 쉬고 계셔 주십쇼."

"알았어. 나머지는 맡길게."

"예입, 맡겨 주십쇼. 천막은 저쪽임다."

미노가 천막을 가리켰고, 쿠로노는 그쪽으로 향했다. 안으로 들어가 주변을 둘러봤다. 테이블, 의자, 침대 외에 나무 상자가 몇 개인가 있다. 쿠로노는 망토, 브레스트 아머, 체인 메일, 그리고 상의를 벗은 뒤 나무 상자 위에 올려놓았다. 그때, 여주인이 천막에 들어왔다.

"식사 가져왔어."

"응, 고마워."

쿠로노가 자리에 앉자, 여주인은 목제 쟁반을 눈앞에 내려놓았다. 메뉴는 난 같은 평평한 빵과 콩 수프, 말린 고기 몇 조각이다.

"변변찮은 식사라 미안하네."

"전쟁 중이니까 어쩔 수 없지."

"분별이 좋은 고용주라 다행이야."

여주인은 한숨을 섞으며 말한 뒤 맞은편 자리에 앉았다. 손으로 턱을 괴고는 쓴웃음이 섞인 표정을 지었다. 그녀의 낌새가 조금 신경 쓰였지만, 쿠로노는 스푼으로 수프를 떠서 입가로 옮겼다.

콩은 잘 삶아져 있지만, 맛은 배어 있지 않다. 스푼을 내려놓고 빵을 손에 쥐었다. 큼직하게 찢어 입에 물었다. 약간 밀가루 느낌이 남아있었다.

"어때?"

"맛있어."

"정말로?"

여주인은 미심쩍은 표정을 띠었다.

"맛이 안 배어 있거나, 밀가루 느낌이 좀 남아있기도 하지만."

쿠로노는 말린 고기를 집어서 씹었다. 짜긴 하지만, 맛있다. 계속 걸었던 탓이리라.

"괜찮아, 맛있어."

"그건 맛있다고 할 수 있는 걸까."

여주인은 한숨을 내쉬는 것처럼 말하고는 미소 지었다. 쿠로노는 그런 그녀를 치뜬 눈으로 보면서 빵을 찢어 입으로 옮겼다. 문득 어떤 점을 알아차렸다.

"그러고 보니……."

"뭔데?"

"안주인은 내가 식사할 때 맞은편에 앉는 경우가 많은데, 뭔가 있어?"

"쿠로노 님은 맛있게 먹어 주니까, 그래서 말이지."

후후, 하고 여주인은 웃었다. 미망인이라고는 생각되지 않는 귀여운 미소다.

※

　행군 이틀째—— 밤이 밝아 왔을 무렵, 조제프는 야영지를 빠져나왔다. 엘프 마을에 가기 위해서다. 대대장으로부터 엘프한테 위해를 가해서는 안 된다는 명령을 받았지만, 그런 건 알 바 아니다. 애초에 대대장한테 그런 말을 할 자격은 없다.

　몇 년 전에 도적을 토벌했을 때, 대대장의 뭣 같은 지시 때문에 하마터면 죽을 뻔했다. 실제로 죽은 사람도 있다. 그래도 따라 주고 있다. 아니, 지금은 대대장에 관한 건 아무래도 좋다. 엘프다. 엘프 여자를 범하고 싶다.

　조제프는 움직임을 멈추고 나무 그늘에 숨었다. 뭔가가 움직인 것이다. 나무 그늘에서 살며시 낌새를 살피고, 탄식했다. 무언가의 정체는 엘프였다. 여자지만, 어린애다. 일부러 이런 곳까지 왔는데 손해를 본 기분이었다. 야영지로 돌아가 다시 잘까, 하고 생각하다가, 어린애라도 여자는 여자라고 생각을 고쳐먹었다.

　게다가 전선 기지에 오고 나서 여자를 안지 않았다. 여자가 없는 건 아니지만, 돈을 내면 안을 수 있는 부류의 여자는 아니다. 금욕을 강제당하고 있었다. 공복은 최고의 조미료. 아마 성욕도 마찬가지일 것이다. 그렇다면 어린애라도 괜찮을 터다. 의외로 나쁘지 않을지도 모른다.

　그렇다면 쇠뿔은 단김에 빼라고 했다. 조급해지는 마음을 억누르면서 어린애 뒤로 살며시 다가갔다. 빠직, 하는 소리가 울렸다. 나뭇가지를 밟은 것이다. 어린애가 돌아보려 했다. 하지만 이미 늦다. 조제프는 어린애의 목을 붙잡아 나무에 내동댕이쳤다.

힘을 너무 많이 준 탓이리라. 어린애는 부딪쳐 튀어 오른 뒤 등부터 지면에 강하게 떨어졌다. 불쌍하게도 코피가 나오고 있다. 어린애는 격렬하게 기침하고는 조제프에게서 도망치고자 지면을 기었다. 귀여운 엉덩이가 탱탱하게 흔들린다. 마치 자신을 유혹하고 있는 것 같다. 아니, 유혹하고 있는 게 분명하다. 기다리고 있으라고, 하며 벨트에 손을 댄 그때——.

"더러운 걸 드러내는 건 그만둬 줬으면 하고."

"어린애 상대로 발정하는 것도 그만둬 줬으면 하는 것 같은."

여자의 목소리와 함께 목덜미에 차가운 것이 닿았다. 곧바로 그게 무엇인지를 이해했다. 칼날이다. 실전 경험이 없는 신병이라면 오줌을 지렸으리라. 하지만 조제프에게는 실전 경험이 있다. 이 정도의 트러블은 극복할 수 있다.

"얌전히 야영지로 돌아간다면 용서해주겠고."

"얼른 침대로 돌아가 같은."

"알았어, 알았어! 하지만 말이다, 그 전에 그 살벌한 물건을 집어넣어 줘."

칼날이 떨어지고, 조제프는 크게 발을 내디뎠다. 도망치려 한다고 속이기 위해서다. 그러고는 뒤돌아보며 있는 힘껏 주먹을 휘둘렀다. 하지만 주먹은 허공을 갈랐고, 차가운 감촉이 코끝을 통과했다. 무언가가 떨어졌다. 반사적으로 지면을 내려다보니——.

"내, 내 코가아아아아아아!"

조제프는 비명을 질렀다. 코가 지면에 떨어져 있었다. 말도 안 된다. 코라는 건 얼굴에 있는 것이다. 지면에 떨어져도 괜찮은 게 아니다. 하지만, 이 뜨거움—— 얼굴 중심에서 생겨나는 격통은 진짜다. 젠장, 어째서, 이런 짓을, 하고 조제프는 범인—— 거울로 비춘 듯이 쏙 빼닮은 두 엘프를 봤다. 두 사람은 쓰레기라도 보는 듯한 눈으로 이쪽을 보고 있었다.

"얼른 꺼지고."

"지금이라면 붙을지도 같은."

"——!"

조제프는 떨어진 코를 주워들고는 야영지를 향해 달렸다. 어쩜 이리 잔혹한 두 사람일까. 자신은 엘프 아이를 강간하려고 한 것 뿐인데——. 분노가 부글부글 치밀어 올랐다. 그렇다. 자신은 엘프 아이를 강간하려고 한 것뿐이다. 애초에 적지의 아인을 강간했다고 해서 비난받을 이유는 없을 터다. 그런데도 저 여자는 자신의 코를 베었다. 용서할 수 있는 일이 아니다. 이 대가는 치러줘야 할 거다. 조제프는 야영지로 뛰어 들어가, 대대장에게 자신이 얼마나 용인하기 힘든 만행을 당했는지 눈물을 흘리며 읍소했다.

※

"대장, 큰일임다!"

"──!"

미노의 목소리가 울렸고, 쿠로노는 침대에서 벌떡 일어났다.

"무슨 일이 있었어?"

"어쨌든 와 주십쇼!"

"알았어! 하지만…… 바지만큼은 입게 해줘!"

쿠로노가 바지를 입자, 미노는 말없이 걷기 시작했다. 황급히 뒤를 쫓았다. 금세 인파가 울타리처럼 모여 있는 모습이 보이기 시작했다. 미노가 그 인파를 헤쳤고, 쿠로노는 미노 뒤를 따라갔다. 인파를 빠져나오자, 그곳은 알포트의 천막 근처였다. 어째서 인지 아리데드와 데네브가 포박된 채로 앉혀져 있다. 쿠로노는 다시금 미노한테 물었다.

"무슨 일이 있었던 거야?"

"저도 잘 모르겠슴다. 식사 준비를 하고 있었더니 갑자기 근위 기사단 녀석들이 아리데드와 데네브를 끌고 갔지 말임다."

사정을 아는 사람은, 하고 쿠로노는 시선을 이리저리 옮겼다. 레온하르트를 발견하고 달려갔다.

"무슨 일이 있었습니까?"

"조금 난처하게 되었다."

쿠로노가 묻자, 레온하르트는 곤란한 듯이 미간을 찡그리고는 말했다. 자세한 설명을 요청하고자 입을 연 그때──.

"다들 들어 줘! 거기 있는 엘프가 내 얼굴을 칼로 베었다!"

큰 목소리가 울렸다. 소리가 난 쪽을 봤다. 그러자 얼굴에 붕대를 감은 병사가 대대장과 같이 서 있었다. 대대장은 민폐라는 듯이 얼굴을 찌푸리고 있었다. 곤란하다. 이대로 이 남자가 말하게 했다간 아리데드와 데네브가 불리해진다. 그렇게 직감하여 입을 열었지만, 타이밍이 좋지 않았다. 천막에서 알포트가 나온 것이다. 겁을 먹은 것처럼 바쁘게 눈을 움직이고 있다.

알포트가 멈춰 섰다. 아리데드와 데네브에게서 5m 정도 떨어진 장소다. 베틸이 의자를 놓고, 알포트에게 귀엣말을 했다. 좋은 예감은 들지 않는다. 두세 마디 말을 나눈 후에, 알포트는 의자에 얕게 앉았다.

"베, 베틸 부군단장."

"지금부터 간이 재판을 행한다."

알포트가 매달리는 듯한 시선을 향했다. 그러자 베틸은 엄숙하게 선언하고, 얼굴에 붕대를 감은 남자를 쳐다봤다.

"조제프, 순찰하고 있었더니 이 두 사람한테 공격당해 얼굴을 베였다는 것이 너의 주장이다만, 틀림없겠지? 거짓말을 했다간 엄벌에 처하겠다만……."

"그렇습니다. 저는 순찰을 하고 있었던 것뿐인데 그 녀석들한테 얼굴을 베인 겁니다."

얼굴에 붕대를 감은 남자—— 조제프는 히죽히죽 웃으며 대답했다. 믿기지 않는다. 애초에 아리데드와 데네브가 아무 짓도 하지 않은 상대에게 상처를 입힐 리가 없다.

"조제프는 이렇게 주장하고 있다만——?"

"잠깐 기다려 주십시오!"

베틸이 아리데드와 데네브에게 말을 걸려 하자, 조제프가 방해했다. 베틸은 짜증이 난 기색으로 조제프에게 시선을 향했다.

"뭐지?"

"제가 베였다고 말하고 있는 겁니다. 곧바로 처벌해도 괜찮지 않습니까?"

"이건 재판이다."

"하지만 상대는 엘프라고요."

"조제프가 한 말은 틀림없나?"

베틸은 조제프를 무시하고 아리데드와 데네브에게 물었다. 그러자——.

"우리는 그 녀석이 엘프 어린아이를 강간하려고 했었으니까 막은 것뿐이고."

"엘프한테 위해를 가해서는 안 된다고 했었고."

아리데드와 데네브는 삐친 듯한 어조로 말했다.

"이 두 사람은 이렇게 말하고 있다만?"

"……크윽."

베틸의 말에 조제프는 신음했다. 쿠로노는 휴, 하고 안도의 한숨을 내쉬었다. 아리데드와 데네브가 처벌되고 끝날 줄 알았지만, 그렇지는 않은 모양이다. 하지만 일방적으로 처벌되고 끝나는 게 아니라면, 어째서 레온하르트는 난처하게 되었다는 말을 한 것일까.

"전하, 어떻습니까?"

"싸, 쌍방의 주장이──"

알포트의 말을 가로막고, 조제프가 소리쳤다. 힉, 하고 알포트가 작게 비명을 질렀다. 그걸 알아차린 것이리라. 조제프는 씨익 웃었다.

"나는 순찰을 하고 있었던 것뿐인데, 그 녀석들이 내 얼굴을 칼로 베었단 말이다! 아인이 인간을 다치게 해도 괜찮을 리가 없어! 안 그러냐, 다들!"

"그래! 그래!"

"그런 짓을 했다간 질서를 유지할 수 없게 된다!"

조제프가 호소하자, 동료라 짐작되는 녀석들이 목소리를 높였다. 알포트는 덜덜 떨고 있다. 곤란하다. 완전히 휩쓸리고 있다.

"어쩔 거냐고! 알포트 전하님!"

"에, 엘프를 엄벌에 처합니다!"

조제프가 소리치자, 알포트는 지시를 내렸다. 쿠로노는 현기증을 느꼈다. 사람의 목숨이 걸린 국면에서 알포트는 압박감에서 도망치기 위해 부당한 요구를 받아들이고 만 것이다. 여기에 이르러 쿠로노는 레온하르트의 진의를 이해할 수 있었던 듯한 느낌이 들었다. 알포트는 위에 서기에는 담력이 부족한 것이다.

"베틸 부군단장!"

"······분부대로."

베틸은 주저하는 듯한 모습을 보인 뒤 고개를 끄덕였다. 어째서! 하고 쿠로노는 소리칠 것만 같았다. 그리고 불현듯 이해했다. 간이 재판이라고 했지만, 처음부터 진실을 밝힐 생각은 없었다. 이 상황을 이용하여 강기숙정을 도모하고자 했던 것뿐이다. 그것도 알포트 때문에 틀어졌다.

베틸이 조용히 검을 뽑고 아리데드와 데네브에게 다가갔다. 큰일이다. 어떻게든 해서 아리데드와 데네브를 구해야만 한다. 필사적으로 생각을 거듭했다. 하지만 이 상황을 벗어나기 위한 아이디어는 떠오르지 않았다. 그러기는커녕 머릿속이 새하얗다.

"에라키스 후작, 거기서 비켜 주게."

어? 하고 쿠로노는 베틸을 쳐다봤다. 어째서인지 베틸이 눈앞에 서 있었다. 어깨 너머로 뒤를 보니 아리데드와 데네브가 있었다. 알 수 없다. 어째서 자신이 두 사람을 감싸는 듯이 서 있는 건지 알 수 없었다.

"지금이라면 불문에 부치겠다만······."

베틸이 눈을 가늘게 떴다. 뭔가 말해야만 한다. 그러나 쿠로노는 뭍으로 밀려 올라온 물고기처럼 입을 열거나, 닫는 것밖에 할 수 없었다.

"에라키스 후작은 엘프를 마음에 들어 하는 것 같던데!"

"느낌 어때? 기회가 있다면 알려 달라고!"

병사들이 낄낄 웃자, 온몸이 확 뜨거워졌다. 하지만 그것도 한

순간의 일이다. 그 한순간으로 각오가 정해진 듯한 느낌이 들었다. 그렇다. 자신은 아리데드와 데네브가 마음에 든다. 목숨을 걸 이유는 그걸로 충분하지 않은가.

"기다려 주십시오! 조금 전의 지시는 납득할 수 없습니다! 아리데드와 데네브는 무척 우수한 병사입니다! 게다가 두 사람은 엘프 아이가 강간당할 뻔했으니까 구했다고 말하고 있지 않습니까!"

"……큭."

베틸은 신음했다. 그런 건 알고 있다고 말하고 싶은 듯한 표정을 띠고 있다.

"베틸 부군단장!"

"비켜라. 지금이라면 아직 늦지 않다."

알포트가 히스테릭하게 소리쳤고, 베틸은 칼끝을 쿠로노에게 들이밀었다. 다리가 덜덜 떨리고, 장이 꾸룩꾸룩 연동한다. 똥을 지릴 것 같다. 각오를 정했는데도 한심한 일이다. 이걸로 좋은 아이디어가 나온다면 좋겠지만, 머릿속은 새하얗다.

"……나, 나는."

나는? 나는 뭐? 무슨 말을 하고 싶은 거지?

"……나는 제국을 사랑한다."

어라? 하고 쿠로노는 생각했다. 이 자리가 쥐 죽은 듯 조용해져 있다. 아마도 이곳에 있는 전원이 말의 의미를 이해하지 못했던 게 틀림없다. 당연하다. 쿠로노도 모르는 것이다. 자신도 무슨 말을 하고 싶은 건지 알지 못한 채, 얼마나 제국을 사랑하는지,

얼마나 라마르 5세에 깊은 감사의 마음을 품고 있는지를 절절히 이야기했다. 그뿐만이 아니라, 울면서 웃는다는 절묘한 재주도 피로했다. 이쯤 되니 역시나 숨을 이어 쉴 수가 없어져, 끊어서 말을 했다. 이번에는 분노가 치밀어 오르기 시작했다.

"나는! 제국을 사랑한다! 그러니까, 그래서, 오른쪽 눈을, 350명의 부하를 희생해서 신성 아르고 왕국을 막아냈다! 이 중에 나만큼, 아니 우리만큼 제국을 위해 공헌한 자는 없을 터다! 거기 있는 남자는 어떻지! 전하 앞에서 거짓말을 하고, 애국자인 내 부하에게 죄를 떠넘기고 있다! 이게 내가 사랑한 제국이라고 한다면…… 자, 아리데드와 데네브를 죽이기 전에 나를 죽여라!"

쿠로노는 스스로 베틸에게 다가갔다. 칼끝이 푹, 하고 가슴에 꽂혔다.

"멈춰라! 에라키스 후작!"

"됐으니까 죽여라! 못 죽이는 거냐, 이 자식아!"

한층 걸음을 내딛자, 베틸은 검을 뒤로 뺐다.

"……알포트 전하."

"뭐, 뭐지?"

베틸이 시선을 향하자, 알포트는 살짝 뒤집힌 목소리로 대답했다.

"이 건은……."

"이봐이봐! 그건 아니지! 알포트 전하는 처벌하라고 말했잖냐!"

"말했잖냐?"

베틸은 단숨에 거리를 좁혀 검을 휘둘렀다. 다음 순간, 조제프의 목에서 피가 뿜어져 나왔다. 베틸이 검을 칼집에 넣자, 조제프는 그 자리에 풀썩 고꾸라졌다.

"알포트 전하, 면목 없습니다. 후일 다시금 심의 허가를 받을 생각이었습니다만, 군의 규율을 지키기 위해 처벌하지 않을 수 없었습니다."

"괘, 괜찮다. 용서하마. 수고가 많았노라."

"성은이 망극합니다."

베틸이 경례하자, 알포트는 일어서서 천막으로 향했다. 조금 전까지의 덜덜 떨던 태도와는 돌변하여 당당한 태도다. 알포트가 천막 안으로 사라지자, 쿠로노는 안도의 한숨을 휴 내쉬었다.

"베틸 부군단장, 이제 돌아가도 괜찮겠습니까?"

"……마음대로 해라."

베틸이 한숨을 내쉬는 것처럼 말했고, 쿠로노는 발걸음을 되돌렸다. 아리데드와 데네브에게 다가가 두 사람을 구속한 오랏줄을 풀었다.

"쿠로노 님, 고마워 같은!"

"쿠로노 님, 진짜 좋아해 같은!"

"……가자."

쿠로노는 작게 중얼거리고는 걸음을 내디뎠다. 다소 늦게 아리데드와 데네브가 따라온다. 조제프의 동료라 짐작되는 녀석들이 이쪽을 노려봤지만, 상대하지 않았다. 그런 것보다도 이 자리에서 도망치는 게 먼저다. 잰걸음으로 자신의 천막으로 향했다. 천막에 들어가니 사락, 하는 소리가 나고 안이 어두워졌다. 아리데드와 데네브가 천막을 닫은 것이리라.

"주, 죽는 줄 알았네."

"'괜찮아 같은?'"

쿠로노가 그 자리에 주저앉자, 아리데드와 데네브는 옆에 앉아 쿠로노의 얼굴을 들여다봤다.

두 사람의 어깨에 팔을 둘러 끌어안았다. 살아있다, 고 강하게 실감했다.

"드, 드디어 우리 차례고!"

"이제부터 행군이지만, 조금만이라면 OK 같은!"

"아니, 그런 게 아니니까."

"'너무하고!'"

쿠로노가 가볍게 밀쳐내자, 두 사람은 엉덩방아를 찧은 뒤 금세 바싹 다가왔다. 다시금 깊은 한숨을 내쉬었다. 이번에는 어찌어찌 극복했지만——.

"둘 다 무모한 짓은 하지 마."

"그건 알고 있고."

"그래도, 내버려 둘 수는 없었던 것 같은."

두 사람은 얌전한 태도였다. 사실은 꾸짖고 싶지 않지만, 이런 일이 두 번 다시 일어나지 않도록 못을 박아 둬야만 한다.

"그건 알아. 하지만, 이번 같은 일이 되지 않도록 보고, 연락,

상담은 확실히 하도록 해."

"네, 명심하겠습니다 같은."

"쿠로노 님한테 상처를 입혀서 미안하고."

"상처?"

쿠로노는 고개를 기울여 가슴을 만졌다. 미끈한 감촉이 전해졌다. 안 좋은 예감을 느끼며 손을 봤다. 손이 피로 흥건히 젖어 있었다.

"뭐, 뭐야! 이거!"

자기도 모르게 소리쳤다. 갑자기 소리친 탓인지, 아니면 출혈 탓인지 기분이 나쁘다. 몸을 일으키고 있을 수 없게 되어 누웠다.

"쿠로노 님이 쓰러졌고! 이, 이, 이럴 때는——!"

"압박 지혈 같은!"

"그거고!"

아리데드와 데네브는 파우치에서 천을 꺼내 쿠로노의 가슴에 갖다 댔다. 눈 깜짝할 사이에 천이 피로 물들어 간다. 그 모습을 봤더니 누워있는데도 현기증이 났다. 자기가 이런 꼴인데도 두 사람은 조금 기뻐 보인다.

"둘 다 왜 웃고 있는 거야?"

"감싸줘서 기뻤던 것 같은."

"쿠로노 님의 멋진 모습을 볼 수 있었고."

그렇습니까, 하며 쿠로노는 작게 한숨을 내쉬었다. 이번 건으로 군단의 위태로움을 잘 이해했다. 군단장인 알포트는 군단을 이끌 힘이 없다. 게다가 일반병은 사기도, 규범도 낮다. 공포로 속박하지 않으면 어중이떠중이 군은 눈 깜짝할 사이에 와해하리라.

""에헤헤, 쿠로노 님.""

아리데드와 데네브는 어린애처럼 웃고는 쿠로노에게 바짝 달라붙었다.

"이제부터 행군이라고?"

"조금 어리광부리고 싶은 기분인 것뿐이고."

"귀를 쓰다듬어 줬으면 하고."

뾰족한 귀를 매만지자 아리데드는 간지러운 듯이 웃었고, 데네브는 눈동자가 촉촉이 젖었다.

""우리가 쿠로노 님을 지켜 줄 거고.""

그렇게 말하며, 그녀들은 웃었다.

제4장 『열화』

　행군 이틀째 저녁—— 제국군은 예정보다도 대폭 늦게 동서 가도에 도착했다. 간이 재판과 그 뒤처리에 시간이 걸린 것도 있지만, 그 이상으로 사기 저하가 심각했다. 근위기사단은 여전히 높은 사기를 유지하고 있다. 이건 그들이 엘리트 집단이기 때문이다. 유감이지만 일반병은 다르다. 하다못해 이것이 자신의 임지를 지키기 위한 싸움이었다면 그나마 사기를 유지할 수 있었을 것이다.

　하지만 이번 싸움은 그렇지 않다. 사정을 잘 이해하지 못한 채 불려 나와, 거만한 근위기사단한테 부려 먹힌다. 게다가 임지에서는 적당하게 끝났을 일이 엄하게 벌해졌다. 그런 상황에 사기——의욕을 잃은 것이다. 특히 사기 저하가 현저한 건 조제프가 소속되어 있던 대대였다. 다른 대대장은 부하를 지키기 위해 서슬 퍼런 칼날 앞에 용감히 몸을 드러냈는데, 자신들의 상관은 부하가 죽게 내버려 뒀다. 그렇게 생각한 것이다.

※

　쿠로노는 가도에 서서 시선을 이리저리 옮겼다. 신성 아르고 왕국과 자유도시 국가군을 잇는 가도는 황야를 관통하는 것처럼 뻗어 있다. 발끝으로 지면을 차니 표면이 살짝 깎여나갔다. 지면을 다져 굳힌 것으로밖에 보이지 않는 가도는 국방의 관점에서 보면 옳은 것이리라. 돌바닥으로 뒤덮인 지면을 만들었다가는 적국에 이용당하고 마니까.

"……가도 봉쇄."

쿠로노는 입으로 중얼거렸다. 왠지 모르게 입에 담은 말이지만, 나쁘지 않은 아이디어처럼 생각됐다. 내륙에 있는 신성 아르고 왕국은 소금을 수입에 의존하고 있을 터다. 물론 유통 경로가 하나일 거라는 보장은 없고, 국내에 암염 광맥이나 소금 호수가 존재할 가능성은 있다. 그렇다고 하더라도, 가도를 봉쇄하면 국내 균형에 영향을 끼칠 수 있지 않을까. 그런 생각을 하다가, 문득 위화감을 느꼈다. 가도를 봉쇄하면, 아니, 가도를 봉쇄할 필요는 없다. 이곳을 이용하는 상인이 쉽게 오가지 못하도록 만들면 되는 것이다. 지금까지는 그러지 못했지만, 지금은 가능할 터다. 그렇다면, 어째서——.

"——쿠로노 경."

"——!"

타우르가 부르는 소리에 쿠로노는 정신을 차렸다. 곤란하다. 아무래도 자기 생각에 몰두하고 만 모양이다. 군량을 인도하는 와중인데 추한 실태다.

"죄송합니다. 조금 생각할 것이 있어서……."

"괜찮습니다. 이걸로 군량은 전부인지 확인하고 싶었던 것뿐이니 말입니다."

"아아, 네. 이걸로 전부입니다."

타우르는 짐수레 34대 분량의 군량을 쳐다보다가 움직임을 딱 멈췄다. 시선 끝에는 언짢아 보이는 표정의 청년―― 가우르가 있었다. 가우르가 고개를 돌리자, 타우르는 쓴웃음을 지었다.

"아드님, 이었지요."

"예, 저 녀석이 조금 더 똑바로 행동해 준다면 안심하고 은퇴할 수 있겠습니다만…….'"

"은퇴라니, 아직 젊으시지 않습니까."

"하하, 그렇게 말해주시니 조금이나마 힘내자는 마음이 드는군요."

타우르는 쾌활하게 웃고는 작게 한숨을 내쉬었다.

"최근에는 나이를 실감하는 때가 많아져서 말입니다. 체력은 뭐어, 젊은이들한테는 지지 않는다고 자부하고 있습니다만, 기력만큼은 어떻게도 되질 않는군요."

"기력 말입니까?"

쿠로노는 타우르의 말을 되풀이하듯이 중얼거렸다. 타우르는 온후한 사람이다. 그런 사람한테 기력 이야기를 들어도 확 와닿지 않는다. 이게 양아버지라면 중대사라고 생각했겠지만――. 그걸 알아차린 것이리라. 타우르는 쓴웃음이 섞인 표정을 띠었다.

"아마도, 제가 싸울 시기는 끝난 것이겠지요. 이제부터는 다음

세대가 힘내 줬으면 좋겠다고 생각합니다만, 아들에게는 영 전해지지 않은 모양이라⋯⋯."

"타우르 경의 마음은 전해질 겁니다, 반드시."

쿠로노는 힘을 주어 말했다. 피가 이어지지 않은 자신과 양아버지도 서로를 이해할 수 있었다. 피가 이어진 부자라면 서로 이해할 수 있을 터다. 그렇지 않다면 너무 슬픈 일이다.

"쿠로노 경이 그렇게 말해 주시니, 마음이 편해지는군요. 그럼——."

"죄송합니다. 마지막으로 하나만."

"무엇입니까?"

"지휘관한테 중요한 것은 무엇일지요?"

"어려운, 질문이군요."

타우르는 궁리하는 듯이 팔짱을 꼈다.

"타우르 경이라도, 말입니까?"

"제가 지금까지 유능하다고 느낀 지휘관은 그다지 공통점이 없었으니 말입니다."

솔직히 의외였다. 타우르라면 금방 대답할 수 있으리라고 생각했다.

"하지만 제가 본 바로는 쿠로노 경은 지휘관으로서 충분한 소양을 갖추고 있습니다. 정진을 거듭하면 필시 클로드 경처럼 될 수 있겠지요."

타우르는 쿠로노의 어깨를 가볍게 터치했다. 미소를 띠고 있다.

애교가 있는 미소다.

"그럼, 쿠로노 경의 무운을 빌고 있겠습니다."

"타우르 경도."

타우르가 경례했고, 쿠로노는 황급히 반례했다. 경례는 격이 낮은 사람이 먼저 하는 것이기 때문이다. 잠시 후 타우르는 경례를 풀고 몸을 돌렸다. 천천히 짐수레가 움직이기 시작했고———.

"무사히 군량 인도가 끝났군요."

"조금 더 여운에 잠기고 싶었습니다."

"그거 죄송하게 됐습니다."

쿠로노가 중얼거리자, 미노는 머리를 긁적였다.

"조금 둘러보고 올까나."

"함께하겠습니다."

쿠로노는 미노를 대동하고 가도를 걸었다. 9천 5백 명 남짓 되는 병사가 휴식을 취하고 있다. 부하와 같이 있을 때는 마음이 편해지지만, 지금은 공포와 불안이 뒤섞인 듯한 기분이다. 부하라 부를 수 있는 병사 쪽이 적기 때문이리라. 그런 생각을 하며 걷고 있자, 아리데드와 데네브의 모습이 눈에 들어왔다. 다른 대대의 엘프와 대화를 하는 모양이다. 걷는 속도를 약간만 늦췄다. 엿들을 생각은 없다. 우연히, 들려오고 만 것일 뿐이다.

"에라키스 후작령에서는 하루에 세 번이나 식사를 할 수 있는 것 같은."

"장비도 충실하고, 다치거나 병에 걸렸을 때는 병원에도 갈 수 있고."

아리데드와 데네브는 우쭐한 얼굴로 말하고 있지만, 엘프들의 반응은 좋지 않다. 어디까지 믿어도 괜찮을지 망설이는 것처럼 보인다. 갑자기 아리데드와 데네브의 귀가 움직였다.

""쿠로노 님!""

두 사람은 일어서서 쿠로노의 팔에 자기 팔을 감았다. 엘프들이 숨을 삼켰다. 질책당하거나, 더 심한 꼴을 당하리라 생각한 것이다.

"이런 걸 해도 쿠로노 님은 화내지 않고!"

"몸을 내던져서 우리를 지켜줬고!"

하하, 하고 쿠로노는 힘없이 웃었다.

"둘 다 그 뒤로 괴롭힘이라든가 당하고 있지 않아?"

"므후후, 쿠로노 님의 말에서 사랑을 느끼고."

"천막에 불려갈 예감이 강하게 들고."

"그래서, 어떤데?"

"괴롭힘 같은 건 안 당하고 있고."

"애초에 떨어진 장소에 있으니까 괴롭힐 방도가 없고."

다행이다, 하고 쿠로노는 안도의 한숨을 내쉬었다. 물론 긴장을 늦출 생각은 없다. 그런 녀석들은 보복해 올 것이 뻔하기 때문이다.

"무슨 일 있으면 말해."

"물론이고!"

"보고, 연락, 상담은 중요한 것 같은!"

쿠로노는 팔을 빼고는 시선을 이리저리 옮겼다. 미노타우로스 집단── 그중에 팔다리를 아무렇게나 뻗고 누워있는 사람이 있는 걸 알아차렸다. 호르스다. 그가 있는 곳으로 갔다.

"상태는 어때?"

"가도는 이동이 편하지만, 목이 말라서 견딜 수가 없대이."

허리를 반쯤 굽히고 말을 걸자, 호르스는 나른한 듯이 말했다. 탈수 증상일까.

"호르스 부대의 미노타우로스들은 짐수레를 끌고 있으니까 말이지. 알았어. 우선해서 물을 지급하도록 할게."

"부탁한대이."

쿠로노는 쓴웃음을 짓고는 걷기 시작했다. 그러자 미노가 말을 걸었다.

"용케 호르스라는 걸 아셨지 말임다?"

"최근에 겨우 구별이 되기 시작했어."

잘 보니 외모나 거동에 특징이 있다. 특히 호르스는 알기 쉽다.

"그래도 안심했어."

"뭐에 안심하신 검까?"

"회의 때 기절하거나, 병원에 가기도 했으니까 말이야."

"좀 더 기합을 넣어주면 저도 편하겠는데 말임다."

미노가 한숨 섞인 어조로 말했고, 쿠로노는 레오가 있는 곳으로 갔다. 다들 앉아서 휴식을 취하고 있는데도 불구하고 서서 주위를 경계하고 있었다.

"레오, 수고가 많아."

"내가 마음대로 하는 일이다. 격려할 필요는 없다. 그것보다 호르스한테 말을 거는 게 어떻지?"

"이미 말을 걸고 왔어. 축 처져 있었지만, 정신적으로는 회복된 것 같아."

"그런가. 그건 다행이군."

레오는 안도의 한숨을 내쉬었다. 이러니저러니 해도 호르스를 걱정하고 있었던 모양이다.

"그렇게 걱정이라면 말 정도는 걸어 주면 되잖냐."

"그 녀석은 금방 우쭐거리니 말이다. 엄한 정도가 딱 좋다."

미노가 어이없다는 듯한 어조로 말하자, 레오는 한숨을 섞으며 대답했다.

"그러고 보니 리저드의 상태는 어떻지?"

"이제부터 보러 가는 참인데, 무슨 일 있었어?"

"리저드라기보다도 리자드맨들이군. 아무래도 녀석들은 상태가 안 좋은 모양이다."

"알았어. 지금 당장 상태를 보러 갈게."

"그래, 잘 부탁한다."

쿠로노는 레오와 헤어져 리자드맨── 리저드가 있는 곳으로 향했다.

"리저드, 몸은 좀 어때?"

"…………춥다."

쿠로노가 묻자, 리저드는 간격을 두고 대답했다. 평소보다 대답하기까지의 간격이 길다. 레오가 말했던 대로, 상태가 나쁜 모양이다. 원인은 추위겠지만——.

"저는 춥다는 느낌은 들지 않습다만?"

"나도—— 읏!"

쿠로노는 입을 다물었다. 바람이 불어온 것이다. 거기서, 어떤 가설을 떠올렸다. 신성 아르고 왕국에는 습지가 많다. 바람이 습지 위를 통과할 때 열을 빼앗기는 게 아닐까. 그렇다면 이야기는 간단하다. 몸을 따뜻하게 만들면 된다.

하지만, 어떻게 해서 몸을 따뜻하게 만들 것인가. 문득 카이세키(懷石) 요리*의 유래를 떠올렸다. 카이세키란 선종의 승려가 공복을 달래기 위해 품(懷)에 따뜻한 돌(石)을 넣었던 것에서 유래한다는 듯하다. 즉——.

"불로 달군 돌을 천으로 감싸서, 그걸로 몸을 녹이자."

"……."

끄덕, 하고 리저드는 고개를 움직였다.

"그럼, 저녁 준비를 할 때 적당한 크기의 돌을 찾자고."

"……알겠다."

리자드맨이 추위에 약하다는 걸 알고 있었는데도, 하며 쿠로노는 머리를 긁적이며 클레이가 있는 곳으로 향했다. 클레이는 얼

*일식에서 한 가지 요리가 완성되는 대로 하나씩 내는 코스 요리

굴이 파래져 있었다.

"괜찮아?"

"평소부터 운동을 해 둘 걸 그랬습니다."

"미안한데, 부하의 상태는 어때?"

"쿠로노 님의 부하는 건강 그 자체입니다만, 다른 대대에서는 건강이 나빠지는 사람이 나오고 있습니다. 치료해도 괜찮을는지요?"

"……."

쿠로노는 순간적으로 대답할 수 없었다. 본심을 말하자면 자기 부하 치료에 전념해 주었으면 하지만————.

"알았어. 클레이한테 맡길게."

"감사합니다."

"괜찮아. 상처나 병을 고치는 것이 의사가 할 일이니까 말이야."

쿠로노는 클레이의 어깨를 살며시 터치한 뒤 걸음을 내디뎠다.

"괜찮겠습까?"

"클레이가 기분 좋게 일해 주었으면 하니까. 게다가, 병사한테 은혜를 입혀 두는 것도 괜찮으려나 싶어서."

"금방 잊어버릴 거라고 생각함다."

"이 싸움이 끝날 때까지 유지되어 주면 돼."

어찌 되었든, 적투성이인 전장에서 고립되는 것만큼은 피하고 싶었다.

※

  행군 사흘째—— 쿠로노는 미노와 함께 언덕 위에서 주위를 둘러봤다. 구릉 지대인 만큼 완만하게 굽이치는 듯한 지형이다. 이 너머는 좁고 험한 길이기에 여기서 신성 아르고 왕국과 교전을 벌이기로 한 것이리라. 하지만 신성 아르고 왕국이 응해 줄 것인가. 이 앞에 있는 좁은 길에 간이 요새를 짓든가, 그게 불가능하면 유리한 위치를 점유하는 것만으로도 우위에 서서 싸울 수 있다. 신성 아르고 왕국에는 구릉 지대에서 싸울 이유가 없는 것이다.

  뭐, 내가 생각할 일은 아닌가, 하고 쿠로노는 언덕을 내려다봤다. 언덕의 완만한 기슭에는 제12 근위기사단과 4개 대대가, 중턱에는 3개 대대가 포진을 끝냈다.

  언덕 정상에 시선을 향했다. 그곳에는 본진—— 알포트와 그 호위인 제1 근위기사단이 있다. 어느 부대건 보병이 중앙을, 궁병이 좌우를 굳히고 있고 공격의 핵심인 기병은 후방에서 대기 중이다. 분명 병사 수의 내역은 기병이 800, 보병 6,000, 궁병이 2,200 정도였을 터다.

  참고로 보급대—— 쿠로노의 부대는 본진 뒤편에서 군량 경비를 맡고 있다. 레온하르트는 예비 병력으로 기대하고 있다고 말했지만, 립서비스일 것이 틀림없다. 물론 불만은 없다. 이대로 마지막까지 예비 병력으로서의 입장을 관철하고 싶다.

  "대장, 저희는 어떻게 할까요?"

"딱히 지금은 할 게 없는데…… 목책이라도 만들까."

"또 목책임까."

"목책을 무시하지 말라고. 주위에 세워 두면 기병을 막을 수 있고."

"그야 알고 있슴다만."

"사실은 함정 구멍 같은 것도 만들고 싶은데 말이야."

"대장은 정말로 함정을 좋아하시는군요."

"진지하게 생각한 결과, 함정을 만든다는 결론이 된 것뿐이고, 별달리 좋아하는 건 아니야."

"저로서는 고마운 일입니다만, 대장의 평가가 내려가고 말 겁다."

"이미 바닥을 치고 있으니까 괜찮아."

쿠로노는 쓴웃음을 지었다.

"대장은 군사학교에서도 그런 느낌이었슴까?"

"뭐, 대체로는. 보강 담당 선생님은 재미있는 아이디어라며 칭찬해주셨어."

"그 선생님도 신귀족인지?"

"선생님은 구귀족이야. 내란으로 다리에 중상을 입어 군사학교 선생님이 되었다고 말했었고."

"귀족도 다양한 사람이 있군요."

푸후—, 하고 미노는 코에서 콧김을 뿜어냈다.

※

"어떤가! 이그니스 장군! 이거라면 케페우스 제국의 침략자들에게 지지 않을 거다!"

신기관은 자랑스럽게 가슴을 펴고는 말 위에서 병사들을 내려다봤다. 최전열에 궁병 700, 중앙에 보병 5,000, 최후미에 기병 1,100―― 총 6,800의 군세다. 이것이 정규병이라면 신기관처럼 가슴을 펴지는 못하더라도 나름대로 싸울 수 있으리라고 생각했을 게 분명하다.

하지만 주력인 보병 5,000―― 그 반수는 근린 마을에서 소집된 농민이다. 그것도 억지로 징집당했다. 그 때문에 그들의 사기는 낮다. 마르카브에서 제국군이 포진한 구릉 지대까지 통상이라면 이틀 만에 도착한다. 그런데도 아직 도착하지 않았다. 군량을 낭비하는 것도 문제지만, 그 이상으로 신기관이 사기가 낮은 걸 알아차리지 못하고 있다는 게 문제다.

"이기기 위해서는 국경 요새와의 연계가 필요합니다만, 전령은?"

"보낸 게 당연하지 않나."

신기관은 발끈한 듯이 말했다.

"걱정하지 않아도 그들이라면 우리한테 맞춰서 움직여 줄 거다."

"저도 그러길 기도하고 있습니다."

큭, 하고 신기관은 불쾌한 듯이 신음했다. 척후에 의하면 제국군은 후방에서의 습격을 경계하는 기색이 없는 모양이다. 게다가 군단 규모가 축소되어 있다고도 말했다. 가도는 이미 봉쇄되어 원군은 기대할 수 없다고 생각해야 할 것이다. 자신이 지휘관이라면, 하고 생각했다. 그랬다면 좁은 길에 포진하는 것도, 마르카브에서 농성하여 부하가 도착하기를 기다릴 수도 있었다.

아니, 하고 이그니스는 고개를 저었다. 없는 걸 원해 봤자 도리가 없다. 지금 있는 것, 지금의 권한을 최대한으로 이용하여 피해를 억누를 수밖에 없는 것이다.

※

행군 나흘째── 쿠로노는 미노와 언덕 위에 서 있었다. 시선 끝에는 검은 천 같은 것이 있다. 물론 검은 천이 아니다. 신성 아르고 왕국군이다.

신성 아르고 왕국군은 천천히, 그러나 확실히 가까워지고 있다. 이윽고 그 전체적인 모습이 확연해졌다. 5,000, 아니, 더 많은가. 아직 충분한 거리가 있다. 그럼에도 불구하고 적 병사가 지면을 밟는 소리나 거친 숨소리가 들려오는 듯한 느낌이 들었다. 무섭다. 다리가 한심할 정도로 떨리고 있다. 배의 상태도 좋지 않다.

"쿠로노 경, 흥분으로 떨고 있는 건가?"

"대장, 지리는 것만큼은 좀 봐주십쇼."

어느샌가 다가온 레온하르트와 미노의 목소리가 겹쳤다. 두 사람은 미리 맞췄다고밖에 생각되지 않는 타이밍에 서로 얼굴을 마주 보고, 겸연쩍은 듯이 고개를 돌렸다.

"쿠로노 경은 첫 전투는 아니라고 들었다만, 그, 첫 전투 때 지렸던 건가?"

"그때는 지리지 않았다고 생각함. 뭐, 확인해 본 건 아닙니다만……."

"첫 전투에서 지리는 경우는 드물지 않다고 들었는데 말이지."

"레온하르트 경은 어떠셨습니까?"

"물론 나는 지리지 않았고말고."

쿠로노가 묻자, 레온하르트는 단호한 어조로 말했다.

"괜찮을까요?"

"뭘, 걱정할 필요는 없어. 베틸 부군단장은 유능한 지휘관이니까 말이지."

레온하르트는 언덕 기슭—— 최전열 중앙에 있는 제12 근위기사단을 바라봤다.

"그럼, 나는 전하를 지켜야만 하니 실례하지."

레온하르트는 그렇게 말하고는 본진으로 돌아갔다.

"어떻게 될 거라고 봐?"

"처음에는 활로 응수하게 될 겁다. 그 후에 관해서는 뭐라 말할 수 없습니다만, 최종적으로 진형이 붕괴한 쪽이 패배입죠. 레온하르트 님의 말대로 베틸 부군단장이 유능하다면 갑자기 전부 무너지지는 않을 거라고 생각한다."

과연, 하고 쿠로노는 서로 노려보는 양군을 바라봤다. 신성 아르고 왕국은 커다란 방진(方陣), 이쪽은 작은 방진을 겹겹이 쌓은

삼각형이다.

"시작됩다."

미노가 중얼거리자, 화살 응수가 시작되었다. 화살이 번갈아 가며 쏟아져 내린다. 화살을 발사한 후, 방패 뒤에 숨기 때문이다. 어느 쪽이 우세인가. 그건 금방 명백해졌다. 신성 아르고 왕국군이 쏘는 화살이 눈에 띄게 줄어든 것이다. 궁병의 기량에 의한 것인가. 아니, 이건 수적 차이다. 이쪽의 궁병은 신성 아르고 왕국의 세 배 이상 된다. 그게 결과가 되어 나타난 것이다.

"미노 씨, 통신용 매직 아이템을 가져왔지?"

"물론, 가져왔습다."

그런 대화를 하는 사이에도 신성 아르고 왕국군의 궁병은 수가 줄어들었고, 이윽고 제국군의 화살이 일방적으로 쏟아져 내리게 되었다. 적 보병은 방패 뒤에 몸을 숨기고 있지만, 그것도 오래가지는 못했다. 어떤 사람은 방패가 터진 것처럼 갈라진 틈에, 어떤 사람은 도망치려고 한 틈에 화살에 꿰뚫렸다. 그렇다고 해도, 전체적으로 무너지지는 않았다.

"이 상태라면 저희가 나설 차례는 없겠군요."

"그렇다면 좋겠지만, 안 좋은 예감이 들어. 어째서 신위술사가 나오지 않는 걸까?"

"그야, 아끼고 있는 것 아님까?"

"이 상황에서?"

"비장의 수를 투입하길 주저하다가 사용할 때를 놓치고 마는 경우는 간혹 있는 일임다."

"그렇구나."

미노의 말을 들으니, 그러려나 하는 느낌이 든다. 하지만 불안을 완전히 씻어낼 수는 없다. 신성 아르고 왕국군이 움직인 건 그때였다. 한 기의 기병이 달려 나갔고, 1천에 가까운 기병이 그 뒤를 따랐다. 제국군 궁병은 표적을 바꿨지만, 적 기병은 비처럼 쏟아지는 화살 속을 태연히 빠져나갔다. 연계가 잘 이루어지지 않아 화살의 밀도가 듬성듬성해지고 만 것이다.

선두로 돌진하는 기병이 든 돌격창이 빨갛게 빛난다. 진홍이자 파괴를 관장하는 전신의 신위술이다. 빨간빛은 돌격창뿐만 아니라 적 기병의 전신을 감싸고 있었다. 제국군 보병이 돌진을 막고자 창을 들었다. 적 기병은 한 줄기 빛으로 변하여 수많은 창 속으로 돌진했다.

개수일촉── 적 기병은 보병을 흩뜨리고 그 뒤에서 대기하던 기병에 돌진했다. 제국군 기병은 맞받아치려 했지만, 적 기병은 돌격창을 던져 버리고 검을 뽑았다. 그리고 왼팔만으로 검을 휘둘렀다. 그때마다 팔과 머리가 허공을 날아다니고 몸통이 지면에 떨어졌다.

"대장, 저건⋯⋯."

"이그니스 장군이네."

여기서는 잘 보이지 않지만, 저건 이그니스가 분명하다. 갑자기 최전열의 진형이 흐트러졌다. 이그니스가 만들어 낸 틈새에 적 기병대가 돌진한 것이다. 게다가 적의 제3파가 덮쳐왔다. 노호와 비명이 소용돌이친다. 총체적 붕괴다. 그럴 마음이 들면 적 기병을 짓누를 수 있음에도 불구하고 유린을 허용하고 말았다. 이미 진형을 재건하는 것은 불가능하리라. 이그니스가 다시 말을 몰아 달렸다. 목적은 제국군 본진이다. 요격해야 한다는 생각이 든 다음 순간——.

"쿠로노 경! 뒷일을 부탁한다!"

레온하르트가 애마를 몰아 경사면을 달려 내려갔다.

"뒷일을 부탁한다니, 나한테 뭘 어쩌라는 거지?"

"저한테 물어보셔도 곤란하지 말임다."

쿠로노와 미노가 당황하는 사이에도 레온하르트는 경사면을 계속 내려가고 있다. 신위술의—— 하얀빛을 휘감고서. 위협, 아니, 시위일까. 신위술사가 이곳에 있다는 걸 나타내어 선택을 강요하는 것이다. 이그니스는 말머리를 돌렸다. 퇴각하기 시작했다. 그에 맞추어 적 기병도 움직인다. 하지만 그것이 제국군 기병의 기세를 오르게 했다. 보병을 밀어젖히고 추격한다.

베틸은 부하를 제지하려 하고 있었다. 언덕 위에서라면 그 이유를 잘 알 수 있다. 적 기병은 한 덩어리로 뭉쳐 있고, 제국군 기병은 일렬로 되어 있었다. 그렇게 되도록 유도당한 것이다. 적 기병이 말머리를 돌려 반전하여 경사면을 달려 내려간다. 그것도 사행(蛇行)하면서. 사행—— 말하고 보니 절묘하지만, 적 기병은 커다란 뱀처럼 제국군 기병을 집어삼켰다.

『쿠로노 님!』

갑자기 통신용 매직 아이템에서 목소리가 울렸다. 아리데드와 데네브의 목소리다. 이유는 금방 알았다. 적 기병이 본진으로 닥쳐오고 있었다. 언덕 뒤편에 숨어 접근하고 있었던 것이리라. 50기도 채 안 되지만, 본진을 돌파하여 알포트를 죽일 가능성은 있다.

"미노 씨!"

"알고 있슴다!"

쿠로노와 미노는 부하들과 합류하기 위해 달렸다. 엄청난 소리가 울려 퍼진다. 적 기병과 제1 근위기사단이 격돌한 것이다. 궁병이 날아가고, 보병이 커버하고자 들어간다. 그 광경에 위화감을 느꼈지만, 지금은 부하와 합류하는 쪽이 먼저다.

쿠로노는 부하들과 합류하여 안부를 확인했다. 다들 무사하다. 적 기병은 제1 근위기사단과 난전 상태, 군량을 어떻게 할 여유는 없다. 아리데드와 데네브의 귀가 쫑긋 움직였다. 반사적으로 주위를 둘러보고, 숨을 삼켰다. 적 기병의 제2파가 본진에 닥쳐오고 있었기 때문이다.

50기 정도지만, 제1 근위기사단은 지휘관이 없는 데다 난전 상태다. 제국군의 최정예라고는 해도 이래서는 알포트를 완벽하게 지킬 수 없다. 당했다. 신성 아르고 왕국군의 책략에 보기 좋게 빠져들고 말았다.

"미노 씨, 호르스, 리저드는 여자들을 지켜! 아리데드, 데네브는 원호! 레오는 말뚝을 들고 날 따라와!"

알겠습니다! 하고 미노와 부하들이 외치고, 쿠로노는 말뚝을 짊어지고 달렸다. 목책을 만들었을 때 남은 것이다. 지면에 꽂기 위해 끝부분이 뾰족하게 되어 있다. 길이도 충분하다. 이거라면 창 대용은 될 터다. 쿠로노는 백 명의 수인들과 함께 본진과 적 기병 사이에 끼어들었다.

"회, 횡대로 늘어서어어어!"

쿠로노가 목소리를 높이자, 부하들을 일렬로 늘어섰다.

"괜찮아! 적 기병은 새끼줄 하나로 쓰러뜨릴 수 있을 만큼 약해!"

쿠로노는 소리쳤다. 부하가 아니라 자신을 고무하기 위한 외침이다.

"쪼그려어어어!"

쿠로노는 그 자리에 한쪽 무릎을 꿇었다. 두두두두두! 하고 땅울림을 일으키며 적 기병이 접근한다. 근육 덩어리 같은 군마가 닥쳐오는 광경은 공포를 부채질한다. 공포로 손이 떨린다.

"쿠로노 님, 침착해라."

목소리가 들려왔다. 퍼뜩 정신이 들어 옆을 봤다. 그러자 레오와 눈이 마주쳤다.

"괜찮다. 내가 지킨다."

"고마워, 레오."

쿠로노는 고맙다는 말을 한 뒤 적 기병을 노려봤다. 적 기병은 속도를 늦추지 않는다.

"대비하라아아아아아!"

쿠로노는 말뚝을 들어 대비했다. 다음 순간, 충격이 전신을 꿰뚫었다. 커다란 충격이 한 번, 작은 충격이 한 번이다. 커다란 충격은 적 기병과 격돌했을 때 생긴 것이나, 작은 충격은 무엇 때문에 생겨난 것인지 알 수 없다. 한심하게도 눈을 감고 말았기 때문이다. 작은 충격 뒤에 찾아온 바람을 가르는 소리의 정체도 알 수 없다. 쭈뼛쭈뼛 눈을 뜨자, 적 기병이 말뚝에 꿰뚫려 있었다. 적 기병이 말머리를 돌려 퇴각을 개시했다. 휴, 하고 안도의 한숨을 내쉬고 레오를 봤다.

"엄청난 충격이었네, 레오."

레오는 대답하지 않는다. 그는 위를 향한 자세로 누워 하늘을 보고 있다.

"역시나 레오야. 덕분에 살았어. 앞으로도……."

"……쿠로노 님."

호랑이 수인—— 타이가가 쭈뼛쭈뼛 말을 걸었다.

"앞으로도 날 지켜줘. 뭐, 스스로 몸을 지킬 수 있도록 노력하겠지만, 그때까지는 부탁하는 걸로. 그렇지. 다음에 검 연습 상대를 해주지 않겠어? 가능하면 좀 봐주면서……."

"쿠로노 님, 그만——!"

"알고 있어!"

쿠로노는 타이가를 향해 소리쳤다. 알고 있다. 알고 있는 것이다. 레오에게 말을 걸어 봤자 헛수고라는 건 알고 있다. 레오는
——죽은 상태였다. 머리가 절반 없어졌다. 없어진 그 절반은 이

곳저곳에 튀어 있다. 쿠로노를 감싸다가 적 기병의 공격을 제대로 받은 탓이다. 이곳저곳에 튄 육편을 그러모으면 치료할 수 있는 것 아닐까 하는 망상이 뇌리를 스쳤다. 그렇다, 망상이다. 그런 짓을 해도 레오는 살아 돌아오지 않는다.

철퍼덕, 하고 무언가가 떨어진 느낌이 들었다. 마침내 지리고만 건가 하고 생각했지만, 그렇지 않았다. 쿠로노는 천천히 일어서서 적 기병을 봤다. 실패한 작전에 미련이 있는 것이리라. 그렇게 멀리 떨어져 있지 않다. 아직 죽일 수 있는 거리다.

"아리데드! 데네브! 그 녀석들을 놓치지 마!"

""알았어!""

쿠로노가 소리치자, 아리데드와 데네브가 이끄는 궁병이 화살을 쐈다. 기공궁으로 발사된 화살은 탄막이나 다름없다. 어떤 자는 말과 함께 화살에 꿰뚫리고, 어떤 자는 말 위에서 절명하였으며, 어떤 자는 말에서 내던져졌다. 무사히 도망친 자도 있다.

쿠로노는 경사면을 달려 내려가 낙마한 적 기병을 덮쳤다. 적 기병은 검을 뽑아 횡베기 일격을 날렸다. 쿠로노는 칼날을 피해 빠져나가며 뒤돌아보는 것과 동시에 검을 위로 번쩍 휘둘렀다. 적 기병의 팔이 허공을 날았고, 쿠로노는 허리 높이로 칼을 든 채 돌진했다. 적 기병은 찌르기를 피했지만, 몸통 박치기까지 피할 수는 없었다. 뒤엉키는 것처럼 경사면을 굴러떨어졌고, 충격이 측두부를 엄습했다. 적 기병이 팔꿈치로 쿠로노의 관자놀이를 구타한 것이다.

의식이 잠깐 끊어졌다가 정신을 차리니 적 기병이 자기 위에 올라타 있었다. 손에 무언가가 닿았다. 확인할 틈은 없었다. 적 기병이 주먹을 치켜들었고, 쿠로노는 그것—— 주먹만 한 크기의 돌로 강하게 내리쳤다. 투구가 크게 찌그러졌지만, 적 기병은 움직이지 않는다. 다시 돌로 내리치자, 적 기병의 몸이 기울었다. 쿠로노는 적 기병을 끌어내리고 이번에는 자기가 위에 올라탔다. 그리고 돌로 강하게 내리쳤다.

몇 번이고 내리쳤다. 도중에 적 기병이 그만두라는 듯이 손바닥을 향했지만, 아랑곳하지 않고 내리쳤다. 적 기병이 움직이지 않게 됐을 무렵, 쿠로노는 돌을 던져 버렸다. 돌은 더러워졌고, 움푹 팬 적 기병의 투구 틈새로 피가 흐르고 있다. 숨을 내쉬고, 일어섰다. 관자놀이를 구타당한 탓이리라. 머리가 아프다. 쿠로노는 두통과 피로감에 시달리며 경사면을 올라갔다.

※

저녁—— 쿠로노는 레오의 묘를 바라봤다. 나무 말뚝을 세웠을 뿐인 초라한 묘다.

"대장, 밤은 춥습다."

"조금 더 여기에 있고 싶어. 전투도 없고 말이야."

현재 전투는 벌어지고 있지 않다. 밤눈이 어두운 인간에게 야전은 위험을 동반한다. 그 때문에 야간에는 전투를 벌이지 않는

게 불문율이 되어 있는 것이다.

"그럼, 우리가 따뜻하게 해줄 거고."

"흔쾌히 위로해 주는 것 같은."

"고마워."

아리데드와 데네브한테 안겨, 쿠로노는 쓴웃음을 지었다. 당해 낼 수 없다는 생각이 들었다. 레오와 알고 지낸 건 두 사람이 더 길었다. 자기들도 슬플 것이다. 그런데도 기운을 북돋아 주고 있다. 그녀들의 마음은 정말로 고귀하다고 생각한다.

"……기껏해야 아인이 죽은 정도로 뭘 침울해져 있는 건지."

"──!"

뒤돌아보니 남자가 서 있었다. 전투에서 부상을 입은 것이리라. 천으로 팔을 매고 있다. 복장에서 대대장임을 알 수 있다.

"아인을 묻을 여유가 있다면──"

남자의 말은 마지막까지 들리지 않았다. 머리가 새하얘져서, 정신을 차리고 보니 쿠로노는 미노에 의해 지면에 깔려 있었다. 짐승의 으르렁거리는 듯한 소리가 들려온다. 그건 쿠로노한테서 나오고 있었다.

"이거 놔!"

"대장! 참아 주십쇼!"

"저 자식은…… 레오의 목숨을, 내 긍지를 더럽혔어! 죽여 주마!"

팔이 비틀린 채 일어서려 했다. 끼익, 끼익 하는 소리가 울렸다. 다음 순간, 뚝 하는 소리가 났다. 어깨뼈가 어긋난 것이다. 격통이 뇌수를 직격했지만, 그게 어쨌다는 것인가. 열화와 같은 이 분노 앞에서는 격통 따위 아무런 의미도 가지지 않는다.

"대장! 레오는 그런 걸 바라지 않을 겁다!"

"그 말이 맞고! 쿠로노 님이 결투를 했다간 곤란하고!"

"쿠로노 님이 없어지면 어떻게 해야 좋을지 알 수 없고!"

미노가 소리쳤고, 아리데드와 데네브가 뒤이었다. 그 말에 냉정함이 돌아왔다. 분노는 아직 있다. 없앨 방도가 없다. 하지만 쿠로노는 지휘관이다. 부하를 지켜야만 한다. 입술을 꽉 깨물고 얼굴을 숙였다.

"……꺼져. 다음에는 죽인다."

어찌어찌 말을 쥐어짜 냈다. 잠시 후 고개를 들자 남자의 모습은 없었다.

"미노 씨, 이제 괜찮아."

미노가 손을 놓자, 쿠로노는 몸을 일으켰다. 책상다리를 하고 앉아 오른쪽 눈의 상처를 만졌다.

"아버지가 말했었는데, 지휘관은 괴로울 때일수록 웃어야만 한다더라."

"……그건, 너무한 아버님이군요."

"그러네. 그래도, 사실이야."

쿠로노는 탈구된 어깨를 감싸며 일어섰다.

"지휘관한테 울고 있을 여유는 없으니까."

지금은 울 수 없어, 하고 쿠로노는 자신에게 되뇌었다.

《 제 5 장 》 『야습』

쿠로노는 어깨를 누르며 본진 후방에 설치된 야전병원 안을 걸었다. 그곳은 농밀한 피 냄새와 귀를 가리고 싶어지는 듯한 목소리로 가득 차 있었다.

부상병은 지면에 깔린 천 위에 눕혀져 있다. 팔을 잃은 사람, 다리를 잃을 사람, 배가 크게 찢어져 울부짖는 사람, 마찬가지로 배가 찢어져 있으면서도 말없이 허공을 노려보는 사람, 죽음을 바라는 사람—— 야전병원의 공기는 절망으로 물들어 있다. 클레이는 절망에 저항하는 것처럼 치료를 계속하고 있었다. 클레이뿐만이 아니다. 의사도, 간호사도 열심히 부상병을 구하려 하고 있다.

쿠로노는 말없이 야전병원을 뒤로했다. 어깨가 제대로 끼워졌는지 확인하고 싶었지만, 한정된 자원을 자신을 위해 쓰게 해서는 안 된다고 생각한 것이다. 야전병원을 나오자 미노가 달려왔다.

"대장, 어깨는 잘 맞춰졌습까?"

"바빠 보여서 말을 꺼낼 수 없었어. 이상한 소리가 나지만, 괜찮을 거라고 봐."

"대장이 그걸로 괜찮다고 하신다면 저는 아무 말도 하지 않겠습다."

쿠로노는 발밑을 주의하며 언덕을 올라갔다.

"대장, 저희 천막은 그쪽이 아님다."

"군사 회의가 있으니까 이쪽이면 돼."

"이번 일로 겨우 인정받게 된 검까?"

"단순히 여유가 없는 것뿐이지 않을까."

이번 전투에서의 전사자는 기병 100, 보병 300, 궁병 100. 부상자를 포함하면 1개 대대에 필적하는 손해를 입은 것이 된다. 그 대부분이 적 기병에 의한 것이다.

"그럼 저는 쿠로노 님 대신 모두의 상태를 보고 오겠슴다."

"잠깐, 잠깐 기다려! 미노 씨는 내 부관이니까 같이 있어 주지 않으면 곤란해!"

미노가 언덕을 내려가기 시작했고, 쿠로노는 황급히 미노 앞으로 돌아 들어갔다.

"대장, 저는 아인임다."

"나는 이세계인이야."

"농담은 침울해진 녀석한테 말해 주십쇼."

"…………네."

쿠로노는 뜸을 두고 고개를 끄덕였고, 군사 회의에 대동해 주도록 설득하기 시작했다.

처음에는 꺼리고 있었지만, 최종적으로 미노는 태도를 굽혀 주었다.

"군사 회의에서는 야습을 제안할 생각인데, 괜찮다고 생각해?"

"그야, 이쪽에는 아인이 모여 있으니 하라고 한다면야 할 겁다. 하지만 야습 같은 걸 했다간 비겁자라고 불리실 겁다."

"그건 어쩔 수 없어."

"대장은 정말로 귀족답지 않습다."

"조금이라도 희생을 줄이기 위해 지혜를 짜내고, 그걸로 귀족답지 않다든가 비겁자라는 말을 듣는다면 그땐 그냥 받아들일 수밖에 없어."

"대장에게 각오가 있다면, 저는 따라갈 뿐임다."

"그럼, 우선은 군사 회의에 따라와 주세요."

"⋯⋯⋯⋯예입, 알겠습다."

미노는 상당히 뜸을 두고 대답했다. 쿠로노와 미노는 언덕을 올라가 군사 회의를 하는 천막으로 향했다.

천막을 열자 베틸은 불쾌한 듯이 얼굴을 찌푸렸다.

"어째서 아인이 군사 회의에 오는 건가?"

"그는 제 부관입니다. 게다가 아인이 군사 회의에 참여해서는 안 된다는 규칙은 없습니다."

베틸은 작게 한숨을 내쉬었다. 혹시 어이없어하고 있는 것일까.

"뭐, 됐네. 들어오게."

"감사합니다."

쿠로노는 경례하고 천막에 들어갔다. 안에는 테이블이 있고 베틸과 레온하르트, 그리고 레오의 묘에서 폭언을 내뱉었던 남자를 포함하여 세 명의 대대장이 그 테이블을 둘러싸고 있다. 다섯 사람 뒤에는 부관이 서 있다. 남자뿐이라 숨이 턱 막히지만, 딱 한 명 여성이 있다. 제12 근위기사단 단원인 세실리다. 의아하게 여기며 베틸 맞은편에 섰다.

"제군. 알고 있는 대로, 우리는 오늘 전투에서 500명의 전사자를 냈다. 그중에는 대대장 넷과 부관 다섯도 포함되어 있다. 그중 한 명은 내 부관이다만……."

베틸은 우울한 듯이 중얼거렸다. 세실리는 태연했다.

"대장과 부관이 전사한 대대는 근위기사단에 맡기기로 하고, 진형은 레온하르트 경의 제1 근위기사단과 나의 제12 근위기사단이 교대하기로 한다. 이론은 없겠지? 그러면, 군사 회의를——"

"저기!"

쿠로노는 베틸의 말을 가로막았다.

"쿠로노 경, 뭔가 의견이라도?"

"오늘의 전투 결과로 부대를 재편성하고 배치를 변경하는 건 이해합니다만……."

레온하르트가 묻자, 쿠로노는 쭈뼛쭈뼛 입을 열었다. 그러자.

"어머? 레온하르트 님의 실력을 의심하시는 건가요? 레온하르트 님은 팔라티움 공작가의 적자이자 비할 데 없는 검과 신위술의 사용자예요. 그 실력은 조심스럽게 평가해도 당신의 부군——슬러터를 능가해요."

"능가하는지는 모르겠지만 말이야."

세실리가 칭송하듯 말하자, 레온하르트는 가볍게 어깨를 으쓱였다. 아무래도 걱정은 필요 없다고 말하고 싶은 모양이지만, 인식이 너무나도 다르다. 대체 여기서 어떻게 야습을 제안하면 된단 말인가. 고민한 끝에, 쿠로노는 직구로 나섰다.

"저는 신성 아르고 왕국에 대한 야습을 제안합니다."

"야습이라니, 자기가 무슨 말을 하는지 알고 있는 건가요?!"

"그렇다! 귀족의 긍지는 없는 것인가!"

"부끄러움을 알아라! 이 비겁자가!"

"아인을 이끌고 있으면 머리까지 야비해지는군."

쿠로노가 직구로 말을 꺼내자, 세실리와 세 대대장이 소리쳤다.

"저는 합리적인 제안이라고 생각합니다. 확실히 레온하르트 경이라면 이그니스 장군과 호각 이상으로 싸울 수 있겠지요. 하지만 그래서는 상대의 의도에 놀아나는 것이 됩니다."

"과연, 쿠로노 경은 적의 책략에 빠지는 것을 경계하는 것이로군."

"그렇습——"

"적이 책략을 부린다고 하더라도, 그걸 정면에서 쳐부수는 것이 귀족이에요!"

세실리가 쿠로노의 말을 가로막고 소리쳤다. 약간이지만 짜증이 났다. 레온하르트라면 또 모를까, 그녀가 입에 담을 말은 아니리라. 작게 한숨을 쉬었다.

"그런 대사는 자기가 진두에 서고 나서 해야 하는 거야."

"벼락출세한 사람의 아들이 귀족에 대해 뭘 안다는 거죠!"

세실리가 히스테릭하게 외쳤다.

"몰라."

"당연해요. 작위가 주어졌다고는 해도 벼락출세한, 아니, 천박한 용병의 아들이 귀족의 긍지를 이해할 수 있을 리가 없는걸요."

"확실히 나는 네가 말하는 귀족의 긍지가 무엇인지 몰라. 그러니까, 알려주지 않겠어?"

"기특한 마음가짐이에요. 그렇게까지 말한다면 알려줘도 좋아요."

쿠로노의 말에 세실리는 의젓하게 고개를 끄덕였다.

"다행이네. 그럼, 지금부터 야전병원에 가자고."

"무슨 말을 하는 거죠?"

세실리는 이해할 수 없는 것을 보는 듯한 눈으로 쿠로노를 봤다.

"야전병원에서 죽어가고 있는 병사 앞에서 귀족의 긍지에 관해 알려달라고 말하고 있는 거야."

"그런 걸, 할 수 있을 리가 없어요!"

"어째서 할 수 없는데?"

"펴, 평민이 귀족의 긍지를 이해할 수 있을 리가 없는걸요. 무의미해요."

"그러네. 평민에게 귀족의 긍지 따위는 무의미해."

톡, 톡, 하고 쿠로노는 손가락 끝으로 테이블을 쳤다.

"나는 귀족의 긍지를 부정할 생각은 없어. 하지만 말이지, 지휘관의 의무를 게을리하는 이유로 귀족의 긍지를 사용하는 건 잘못

되었다고 봐."

"저를 우롱할 생각인가요?!"

쿠로노는 말없이 세실리와 서로 노려봤다. 잠시 후 베틸이 입을 열었다.

"에라키스 후작, 승산은 있나?"

"당연합니다. 밤눈이 밝은 아인으로 부대를 편성하고, 매끄럽게 연계하기 위하여 이걸 사용할 겁니다."

쿠로노는 파우치에서 통신용 매직 아이템을 꺼냈다.

"제법 용의주도하군. 그래서, 어떤 계획을 세우고 있지?"

"대대가 야음을 틈타 적진지에 공격을 펼치고, 별동대가 군량을 불태웁니다."

"과연, 양동을 가해 적의 전투 지속 능력을 빼앗는다는 건가."

"배가 고프면 싸울 수 없다. 이건 나라도, 시대도, 세계조차 따지지 않는 진리라고 생각합니다."

흠, 하고 베틸은 콧소리를 내고는 생각에 잠기는 것처럼 팔짱을 꼈다.

"이 문제에 관해서는 의논할 필요가 있을 것 같군. 레온하르트 경과 에라키스 후작, 그 부관 이외에는 내일에 대비하여 기력을 보충하도록."

"노, 농담이라도 하시는 건가요!"

"세실리, 나는 기력을 보충하라고 말했다."

베틸은 낮게 억누른 듯한 목소리로 세실리에게 말했다.

"하지만!"

"부관이 아니라, 마구간 청소 담당이 희망인가?"

"며, 명령에 따르겠사와요!"

강등 인사를 시사하자, 세실리는 천막에서 나갔다. 다른 대대장도 시시하다는 듯한 표정이었지만 거역하는 짓은 하지 않는다. 베틸은 한숨을 내쉬고 의자에 앉았다.

"에라키스 후작, 자네 눈으로 봐서 전황은 어떻지?"

"미노 씨, 어때?"

"저한테 전부 떠넘기시는 겁까."

미노는 어깨를 풀썩 떨궜다.

"……발언을 허락해 주실 수 있겠습까?"

"괜찮네. 야습에 비하면 아인의 말을 듣는 것 정도는 아무것도 아니야."

미노가 한숨을 섞으며 말하자 베틸은 귀찮은 듯이 고개를 끄덕였다.

"제 눈으로 봐도 전황은 좋지 않습다. 오늘 전투는 이기기는 했습다만, 이쪽은 전력을 보충할 수 없는 반면 상대는 얼마든지 전력을 보충할 수 있습다. 이런 상황에 사기도 낮다면, 야습이든 뭐든 해서 얼른 도시를 함락시킬 수밖에 없습다."

"저도 미노 씨와 같은 의견입니다."

쿠로노는 가슴을 폈다. 뭔가 후두부에 시선을 느끼지만, 같은 의견인 건 틀림없다.

"레온하르트 경은 어떻지?"

"세실리 경은 저렇게 말했지만, 나는 어떤 함정이라도 쳐부술 수 있는 초인이 아니야."

베틸의 물음에 레온하르트는 한숨을 섞으며 대답했다.

"야습에 찬성한다는 걸로 괜찮은가?"

"괜찮고말고."

쿠로노는 눈이 살짝 휘둥그레졌다. 레온하르트가 야습을 긍정하리라고는 생각지 않았던 것이다. 게다가 언질을 주는 듯한 행동을 해도 되는 걸까.

"왜 그러지?"

"아뇨, 레온하르트 경이 야습에 찬성해 주리라고는 생각지 않았기에 말입니다."

"나 한 사람의 문제라면 오기도 부리겠지만, 부하의 목숨이 달려있으니 말이야."

어쩔 수 없지, 라며 레온하르트는 미세한 쓴웃음을 띠었다. 나머지는 베틸의 판단 여하에 달렸지만, 좋은 예감은 들지 않는다. 그 이유는 조금 전부터 탐색하는 듯한 눈으로 이쪽을 보고 있기 때문이다.

"나는 입장상 야습을 인정할 수는 없는 노릇이다. 하지만 행동을 묵인하는 것이라면 가능해."

"즉, 멋대로 행동한 것으로 하라는 뜻입니까?"

"그건 너무 자기중심적인 것 아닌가?"

쿠로노와 레온하르트의 말에 베틸은 침묵했다. 뻔뻔한 말을 하고 있다는 자각은 있는 것이리라. 하지만 뭐든 생각하기 나름이다.

"알겠습니다. 야습은 제 독단이라고 하셔도 괜찮습니다."

"오오, 에라키스 후작."

베틸은 감동한 것처럼 몸을 떨었다.

"물론, 무상은 아니겠지?"

"뭐야, 그런 건가."

레온하르트의 말에 베틸은 낙담한 듯이 말했다.

"그야 목숨을 거는 겁니다. 무상으로 할 수는 없는 노릇이지요."

"그래서, 뭘 원하지?"

"작전의 성패 여하를 불문하고, 부하에게 최고의 치료와 상응하는 보수를 약속해 주십시오."

"궁정 귀족에 지나지 않는 내가 돈 같은 걸 낼 수 있겠나!"

베틸은 의자에서 일어나 소리쳤다.

"무리입니까?"

"그, 그래. 무리다."

"거짓말을 하면 안 되지. 베틸 부군단장님."

부드러운 알토 목소리가 귓전을 때렸다. 목소리가 난 쪽을 보니 천막 입구에 리오가 서 있었다. 갑옷은 입고 있지 않다. 군복 차림이다.

"케, 케이론 백작? 어째서 이곳에?"

"한가했으니까 혼자서만 먼저 온 거야."

베틸이 살짝 뒤집힌 목소리로 묻자, 리오는 태연하게 말했다.

"혼자서만 먼저라니, 위험해."

"걱정해줘서 기뻐."

리오는 기쁜 듯이 웃고는 쿠로노 옆으로 이동했다.

"베틸 부군단장, 내가 아무것도 모른다고 생각해? 그래, 분명——"

"아, 알았다! 야습에 참여하는 병사에게 최고의 치료와 보수를 약속하겠다!"

리오의 말을 가로막고, 베틸은 소리쳤다. 아무래도 약점을 잡혀 있는 모양이다.

"그러면 내가 증인이 되지."

"그럼, 나도 증인이 되어야겠네."

레온하르트와 리오의 말에 베틸은 어깨를 풀썩 떨궜다.

※

쿠로노는 군사 회의를 끝내자 부하가 있는 곳으로 향했다. 물론 미노와 리오도 함께다. 부하들은 식사를 막 끝낸 모양인 듯 모닥불을 둘러싸고 있다. 쿠로노는 눈을 가늘게 떴다. 부하가 늘어난 듯한 느낌이 든 것이다. 상세한 인원수는 불명이지만, 3할 정도 늘어난 것 같았다.

"왜 그러십까?"

"어쩐지 부하가 늘어난 듯한 기분이 드는데……."

"아아, 확실히 늘어났군요. 상사가 죽어서 이쪽으로 들어온 거라고 생각함다."

"그렇게 대충 처리해도 괜찮은 걸까."

"쫓아내겠슴까?"

"그건 좀. 몰인정한 녀석이라고 생각될 것 같고……."

쿠로노는 소곤소곤 중얼거린 뒤 리오에게 시선을 향했다.

"왜 그래?"

"조금 전에는 그냥 넘겼는데, 보급 업무를 내버려 둬도 괜찮은 거야?"

"할아범한테 맡겨 두면 괜찮아. 그러니까 나도 야습에 참여할 거야."

"고마워. 큰 도움이 되겠네."

"연인으로서 당연한 일인걸."

후후, 하고 리오는 웃었다. 호의를 이용하고 있는 것 같아서 미안한 마음이 든다. 하지만 그녀는 뛰어난 검사이자 신위술사다. 전력으로서 매우 매력적이다.

"미노 씨, 나는 천막에 짐을 가지러 갔다 올 테니까……."

"알겠슴다. 저는 야습에 참여할 멤버를 골라 두겠슴다."

"그리고 리오한테 갑옷과 기공궁을 건네줘."

"예입, 알겠슴다."

"부탁할게."

쿠로노는 자신의 천막으로 향했다. 천막에 들어가 나무 상자를 열었다. 안에 든 건 갈아입을 옷이다. 갈아입을 옷을 근처에 있던 상자 위에 올려놓고, 비어 버린 상자의 바닥 나무판을 눌렀다. 그러자 바닥 나무판이 빠지고 대량의 금화와 와인병이 모습을 드러냈다.

"깨지지 않아서 다행이네."

"뭐가 깨지지 않았는데?"

갑자기 뒤에서 목소리가 울렸다. 뒤돌아보니 여주인이 쟁반을 들고 서 있었다.

"뭐야, 안주인인가."

여주인은 말없이 다가와 상자를 들여다봤다.

"이런 거금을 들고 안도한 듯한 표정 짓는 거 아니야. 도둑맞을 거라는 생각은 안 해?"

"그 부분은 안주인을 믿고 있어."

"나 참, 그런 말을 들으면 훔칠 수 없잖아."

여주인은 부루퉁해진 듯이 입술을 삐죽였다. 쿠로노는 와인병을 남기고 상자를 원래 상태로 되돌렸다.

"그래서, 저녁은 어쩔 거야?"

"식욕이 좀……."

"내가 먹어 치우는 거랑 자기가 먹는 거, 어느 쪽이 좋겠어?"

"제가 먹겠습니다."

"알면 되는 거야."

흥, 하고 여주인은 콧방귀를 끼며 테이블 위에 쟁반을 올려놓았다. 쿠로노가 자리에 앉자 여주인은 맞은편 자리에 앉았다. 저녁은 빵과 수프라는 심플한 메뉴다. 이거라면 금방 먹을 수 있을 것 같다. 빵을 물고, 수프를 위 속에 흘려 넣는다.

"조금 더 침착하게 먹어."

"싸우러 가야만 하니까 말이지."

"이렇게 될 줄 알았으면 좀 더 공들인 요리를 만들 걸 그랬어."

"에라키스 후작령으로 돌아가고 난 후면 돼."

"――! 그, 그러네. 에라키스 후작령으로 돌아가고 난 후면 되겠지."

여주인은 숨을 삼켰고, 어색한 듯이 시선을 돌렸다. 부정적으로 느껴지는 말이 나오고 만 것은 남편과 사별했기 때문이리라.

"괜찮아. 나는 안주인을 혼자로 만들지 않을 테니까."

"여, 연상을 놀리는 거 아니야."

여주인은 얼굴이 새빨개져서는 말했다. 자 그럼, 하고 쿠로노는 의자에서 일어섰다.

"안주인, 다녀올게."

"그래, 몸조심해."

등을 돌린 채로 여주인의 말을 들으며, 쿠로노는 천막 밖으로 나갔다. 그러자 미노가 서 있었다.

"모두는?"

"저쪽에서 기다리고 있습다."

미노의 선도를 받으며 쿠로노는 걷기 시작했다.

"인선은?"

"미노타우로스는 다른 수인에 비해 밤눈이 어둡기에 호르스 부대는 대기하고 아리데드와 데네브, 타이가 세 사람은 자신의 부대를 이끌게 했슴다."

"타이가는 레오의 뒤를 이어받은 느낌?"

"예입, 부하들을 잘 통솔하고 있슴다."

"그렇구나. 일단락되면 정식으로 승진시키자."

"알겠슴다. 이야기를 되돌리겠슴다만, 리저드는 온석 덕분에 무리해서라도 움직일 수 있다고 하기에 원래부터 있던 리자드맨 34명과 유입된 50명을 합친 부대를. 저는 새로 더해진 수인과 엘프의 혼성부대를 담당할 것임다."

"혼성부대의 내역은?"

"수인이 70, 엘프 궁병이 30임다."

"합쳐서 484인가. 제정신으로 할 짓이 아니네."

"정말이지 말임다."

쿠로노는 미노와 서로 얼굴을 마주 보며 웃었다. 웃어 보니, 어떻게든 될 것 같은 느낌이 들었다. 좀 더 걷자 부하들의 모습이 보이기 시작했다. 등을 쭉 펴고 정연하게 늘어서 있다. 쿠로노는 가슴을 폈다. 지휘관이 안절부절못하고 있으면 부하들도 불안해지기 때문이다. 멈춰 서서 부하들을 바라봤다.

"우리는 이제부터 신성 아르고 왕국군에 야습을 펼친다! 그전에⋯⋯."

쿠로노는 근처에 있던 나무통을 쓰러뜨려 물을 뿌리고, 물웅덩이에 뛰어들었다. 온몸에 진흙을 뒤집어쓰고 고개를 들자, 아리데드와 데네브가 불쌍히 여기는 듯한 표정을 띠고 있었다.

"쿠로노 님의 머리가 유감스럽게 되었고."

"그런 말을 하면 안 되고. 우리가 받쳐 주지 않으면 안 되는 것 같은."

"나는 조── 꺄아아아악!"

쿠로노는 아리데드를 물웅덩이에 끌어들였다.

"아리데드, 너무한 말을 하네."

"큭, 완전히 구분이 되고 있고!"

아리데드가 분한 듯이 신음했다.

"얼른 진흙을 발라!"

"이 나이에 진흙 놀이── 꺄아아아아!"

아리데드가 비명을 질렀다. 쿠로노가 진흙을 마구 칠했기 때문이다.

그때, 가슴을 움켜잡고 말았지만, 비명과는 무관하다.

"진흙으로 코팅해서 눈에 안 띄게 하는 거야! 자, 다들 진흙으로 온몸을 코팅! 손이 빈 사람은 마른 풀을 베어서 끈을 준비해!"

쿠로노가 외치자, 부하들은 허둥지둥 진흙으로 온몸을 코팅했다.

※

"국경 요새의 원군은 없었지만, 싸움에 불확정 요소는 항상 딸려오는 법이다. 적에게 심대한 피해를 주었다는 걸 생각하면 작전은 성공이었다고 할 수 있겠지."

신기관은 만족스러운 듯이 와인잔을 기울였다. 이그니스는 들키지 않도록 작게 한숨을 내쉬었다. 확실히 전과는 그럭저럭이었지만, 궁병 500, 보병 500, 기병 100이 죽었다. 전투를 감당할 수 없을 정도로 중상을 입은 자를 포함하면 피해는 5할 더 늘어날까. 이만한 피해를 냈는데도 적의 지휘관을 죽이지 못한 것이다. 자연히 기분이 침울해진다.

"어째서 그런 어두운 얼굴을 하고 있지? 내일 저녁에는 보충병이 도착할 예정이라고. 그런 얼굴을 하고 있어서야 사기가 내려가지 않겠나."

하하핫, 하고 신기관은 기분 좋게 와인을 들이켰다. 병사는 보충되지만, 농민을 병사로 만드는 것이다. 가령 제국을 격퇴할 수 있었다 쳐도 세수가 대폭 감소할 것을 각오해야만 한다.

"이그니스 장군, 귀경도 마시게."

"전신의 가호가 옅어지기에."

신기관이 빈 잔을 내밀었지만, 이그니스는 가볍게 고개 숙여 인사한 뒤 천막을 나왔다. 숨을 깊이 내뱉고는 걷기 시작했다. 자신의 천막에 직행해도 좋았지만, 순찰을 겸해 멀리 돌아가는 것도 나쁘지 않다. 아니, 기분을 달래고 싶은 것뿐인가. 역시 부하의 죽음에는 익숙해지지 않는다. 적의 지휘관을 처치했다면 다소는 기분이 편했으리라. 적의 지휘관을 죽였으니 부하의 죽음은 헛되지 않았다. 그런 식으로 자신을 위로할 수 있다. 억지 궤변이다. 하지만, 그 억지 궤변이 필요할 때도 있다. 제국을 격퇴하지 않으면, 하고 이그니스는 주먹을 꽉 쥐었다.

※

신성 아르고 왕국군의 야영지는 숲에 인접하도록 설영(設營)되어 있었다. 쿠로노와 부하들은 그곳에서 100m 정도 떨어진 곳을 배를 깔고 납죽 엎드린 자세로 나아갔다.

"의외로 들키지 않는군."

"이런 꼴을 하고서 쉽사리 발견됐다간 낯뜨거워서 고개도 못 들 거야."

쿠로노가 중얼거리자 리오는 푸념하는 것처럼 말했다. 참고로 이런 꼴이란 진흙으로 온몸을 코팅하고 풀로 뒤덮은 모습을 말하는 것이다. 아마 어린애가 봤다간 울 것이다.

"게다가 살살 기어서 적진에 접근한다니. 부하한테는 보여 줄 수 없는 모습이야."

"수백 년 후에는 이게 세계 표준이 되니까 괜찮아. 아마, 역사서에 남을걸."

"수치스러운 역사가 몇백 년이나 남다니, 악몽 이외의 아무것도 아니야."

리오가 한탄하듯이 말하고, 쿠로노는 움직임을 멈췄다. 적진을 바라본다. 보초병으로 보이는 자가 돌아다니고 있지만, 아직 이쪽을 알아차리지 못한 모양이다.

"이제부터 어떻게 할 거야?"

"나와 리오, 미노 씨, 리저드, 타이가는 이대로 돌입. 아리데드와 데네브는 숲에 숨어 오로지 적을 저격."

쿠로노는 파우치에서 통신용 매직 아이템을 꺼내 말했다.

"아리데드, 데네브, 소정의 위치에 도착했어?"

『OK고!』

통신용 매직 아이템에서 두 사람의 목소리가 울렸다. 리오는 의아하다는 듯이 고개를 갸우뚱거리고——.

"둘 다 어디에 있는 거야? 위치 같은 건 정하지 않았잖아?"

「그 부분은 분위기를 중시해 봤다거나.」

「실은 뒤쪽 숲에서 대기 중이었다거나.」

에헤헤, 하고 두 사람이 웃자 리오는 어이가 없다는 듯이 한숨을 내쉬었다.

"둘 다 신호를 보내면 보초병을 사살해. 그 뒤에 우리는 적진에 돌입할 테니까 원호를."

『알았어!』

통신을 끝내자 미노, 리저드, 타이가 세 사람이 포복 전진으로 다가왔다.

"알겠어? 보초병을 사살하면 큰 소리를 지르면서 돌진하는 거야."

세 사람은 진지한 표정으로 고개를 끄덕였다.

"목적은 군량을 불태우는 거니까 전투는 가능한 한 피하고, 화염 마술을 사용할 수 있는 사람이 닥치는 대로 불을 붙여. 그리고, 여자와 부상자한테는 손을 대지 말 것."

"어라, 제법 상냥하네."

"여자를 죽이려 했다가는 적이 죽을 각오로 반격해 올 수도 있어. 그리고 부상자는 남겨두는 편이 오히려 치료다 뭐다 해서 부담이 될 거야."

"전언 철회, 쿠로노는 악마네."

쿠로노가 낮은 목소리로 말하자, 리오는 가볍게 어깨를 으쓱였다. 포복 자세인데 재주가 좋기도 하다. 다시금 보초병을 바라봤다. 보초 병사가 멈춰 섰다. 들킨 건가 싶어 머리를 숙였지만, 그렇지 않았다. 보초 병사가 하품한 것이다.

"지금이야!"

『알았어!』

쿠로노가 외치자, 아리데드와 데네브의 목소리가 통신용 매직 아이템에서 울렸다. 다음 순간, 보초 병사는 머리가 꿰뚫려 풀썩 쓰러졌다. 쿠로노는 일어나서 검을 뽑았다.

"간다! 나를 따르라!! 와아아아아아!"

"대, 대장! 너무 서두르심다!!"

쿠로노가 함성을 지르며 달려 나가자, 약간 뒤늦게 미노가 뛰기 시작했다.

"달리겠소이다!"

"……달린다."

"하하, 최고네."

쿠로노는 적진을 향해 달렸다. 무오~! 샤악~! 크오오오오! 하는 부하들의 우렁찬 외침이 압력을 동반하여 등을 떠민다. 아직 적 병사의 모습은 보이지 않았다. 앞으로 수십 m가 남았을 때 천막에서 적 병사가 나왔다. 잠에 취해 있는 것이리라. 이쪽을 알아차리지 못한 모양이다.

이대로면 성공할 수 있다, 고 생각한 그때, 타이가가 쿠로노 옆을 지나쳐 갔다. 게다가 잇따라 부하들이 쿠로노를 앞질러 나갔다. 쿵쾅쿵쾅하는 소리가 울려 옆을 봤다. 그러자 폴 액스를 짊어진 미노가 있었다. 조금 떨어진 곳에는 그레이트 해머를 짊어진 리저드가 있다. 쿠로노는 전력으로 달리고 있는 것인데, 미노와 리저드 쪽이 더 여유가 있어 보인다.

"쿠로노, 두고 가지 말아 줘."

"다들 발이 빠르군요."

반대편을 보니 리오가 달리고 있었다. 신위술을 쓰지 않았는데도, 호흡조차 흐트러져 있지 않았다. 선두를 달리는 타이가가 적진에 침입했을 때, 적 병사가 이쪽을 알아차렸다.

"적스──?!"

적 병사는 소리치려고 했지만, 타이가가 빨랐다. 대검을 내리쳐 명치까지 갈랐다.

"화염이외다!"

타이가가 소리치자, 부풀어 오른 화염이 병사를 날려버렸다. 수인은 마술을 쓸 수 없기에 화염은 매직 아이템── 후작 저택 창고에서 발견하여 레오에게 준 대검에 의한 것이다. 소란을 들은 것이리라. 다른 적 병사가 천막에서 나왔다.

"적습! 적──!"

타이가가 대검을 휘두르자 적 병사의 머리가 떨어졌다. 하지만 적 병사의 외침이 헛수고가 되지는 않았다. 천막에서 적 병사가 뛰쳐나왔다. 하지만 타이밍이 나빴다. 천막을 나오자마자 쿠로노의 부하가 우르르 밀어닥쳤다. 갑옷을 입지 않은 적 병사는 수인에게 절호의 먹잇감일 뿐이다. 쿠로노가 도착했을 때는 이미 적진 일각이 시체로 가득했다. 멈춰 서서 거친 호흡을 되풀이했다.

"대장, 간이 떨어지는 줄 알았슴다."

미안해, 하고 쿠로노는 검을 칼집에 넣으며 사과했다.

"좋아! 불을 붙여라!"

"염무(焔舞)!"

"염탄난무(炎彈亂舞)!"

미노가 목소리를 높이자, 두 엘프가 마술을 시전했다. 염무는 커다란 소리와 불꽃을 흩뿌리는 마술, 염탄난무는 무수한 불덩이를 표적에 부딪치는 마술이다. 두 마술에 의해 천막에 불이 붙었지만, 불의 기세가 영 별로였다.

"바람이 있다면……."

"선무(旋舞)!"

쿠로노가 중얼거리자, 엘프 여성이 마술을 썼다. 선풍이 불꽃을 부채질하여 불의 기세가 강해졌다. 쿠로노는 어둠 속에서 찬찬히 여성을 바라봤다. 가도에서 아리데드와 데네브와 이야기하고 있던 여성이었다.

"고마워."

"……아니요, 별말씀을."

쿠로노가 감사의 말을 전하자, 그녀는 부끄러운 듯이 고개를 숙였다.

"다들! 달려!"

쿠로노와 부하들은 하나가 되어 적진을 달렸다. 천막에서 나온 적 병사를 죽이고, 닥치는 대로 불을 붙였다. 하지만 쾌진격은 길게 이어지지 않았다. 적 병사가 냉정함을 되찾기 시작했다.

"대장, 이상하지 않습까?"

"유도당하고 있나?"

중앙까지 유인하여 퇴로를 끊으려 하는 것인가 하는 의심이 들었으나, 그런 것치고는 피해가 너무 컸다. 미노는 혼성부대를 지휘하며 10명 남짓 되는 적 병사를 죽였고, 타이가 부대와 리저드 부대는 이미 500명 이상의 적을 죽였다.

"시험해 보자."

"어쩌실 겁까?"

"적은 군량을 노리고 있다! 군량을 지켜라!"

"적은 군량을 노리는 중이다!"

"서둘러라! 방비를 굳히는 거다!"

쿠로노의 외침에 적 병사가 반응했다. 아무래도 적은 연계가 잡히지 않은 모양이다. 안도의 한숨을 내쉬면서 파우치에서 통신용 매직 아이템을 꺼냈다.

"아리데드, 데네브, 적 병사가 군량을 지키기 위해 이동하고 있으니까 저격해. 그리고 전령으로 보이는 녀석도 만약을 위해서 모두 죽여."

「지금 그야말로 쏘는 참인 것 같은!」

「으그극, 차폐물이 많아서 노리기 어렵고!」

쿠로노는 다시 통신용 매직 아이템에 대고 외쳤다.

"타이가, 리저드, 적은 혼란에 빠져 있지만 방심하지 말고 쭉 달려!"

「알겠소이다.」

「……알았다.」

쿠로노는 파우치에 통신용 매직 아이템을 집어넣고 달리기 시작했다. 적진을 달리는 도중에 뒤에서 털썩, 하는 소리가 울렸다. 다리를 멈추고 뒤돌아봤다. 그러자 리자드맨이 쓰러져 있었다. 대량의 피를 흘리고 있다. 적 병사의 모습은 없지만, 죽은 건 명

백하다.

"──읏!"

쿠로노는 숨을 삼켰다. 대열이 길게 뻗어 있는 걸 알아차린 것이다. 혼성부대── 종족에 따른 신체 능력 차이가 여기서 나타난 것이다.

"대장! 어떻게 하시겠습까?!"

"달려! 하여튼 전력으로 달려!"

쿠로는 목소리를 높였다. 다시 달리기 시작했다. 대열을 다시 짠다고 해도 시간이 걸린다. 이렇게 된 이상 끝까지 달려 빠져나가는 쪽이 피해가 적으리라 생각했다. 하지만 부하가 한 명, 또 한 명 쓰러져 갔다. 천막 뒤에서 튀어나온 창에 찔린 것이다.

아직 조직적인 공격은 아니지만, 기습으로 얻은 어드밴티지를 거의 잃었다. 하다못해 한 수 더── 적을 혼란에 빠뜨릴 아이디어를 생각해 둬야 했다. 쿠로노는 목을 베고 싶은 충동을 참으며 시체 옆을 달려 빠져나갔다. 파우치에서 통신용 매직 아이템을 꺼내 외쳤다.

"아리데드, 데네브, 원호를!"

「조금 전부터 필사적으로 하고 있고!!」

「천막이랑 그 밖의 여러 가지가 방해되고!!」

"퇴각 상황은?!"

「타이가 부대와 리저드 부대가 버티고 있는 것 같은!」

「하지만 적이 점점 오고 있고! 차폐물에 가려져 저격할 수 없는 것 같은!」

아리데드와 데네브의 대답은 비명에 가까웠다. 쿠로노는 입술을 꽉 깨물고 이 상황을 타개하기 위한 책략을 생각했다. 레이라의 마술──폭염무를 떠올렸다. 그거라면, 아니, 폭염무로는 전장 전체를 커버할 수 없다. 그때 문득 리오가 떠올랐다. 쿠로노는 시선을 이리저리 움직였다. 하지만 리오의 모습은 보이지 않았다. 쿠로노는 통신용 매직 아이템에 대고 외쳤다.

"리오! 리오는 그쪽에 있어?!"

「……있다.」

통신용 매직 아이템에서 리저드의 목소리가 울렸다.

"바꿔줘!"

「여어! 이쪽은 큰일인데, 그쪽은 어때!」

직후, 리오의 목소리가 울렸다. 이런 상황임에도 불구하고 태평한 목소리다.

"리오는 아리데드, 데네브와 합류! 신위술로 적이 숨어 있을 듯한 장소를 날려 줘!"

「알았어. 내가 빠지면 공격이 격화되겠지만, 살아남아 달라고.」

"불길한 말은── 히이이익!"

별안간 옆쪽에서 창이 튀어나와 쿠로노는 몸을 뒤로 젖혔다. 창날 끝이 가슴을 스쳤다.

"무오오오오오!!"

미노가 날카로운 기합 소리와 함께 폴 액스를 내리쳤고, 적 병사가 그 자리에 쓰러졌다.

"방심은 금물임다! 야습이 성공해도 대장이 죽으면 저희의 패배임다!"

"처, 처음부터 방심 같은 건 하지 않았어!"

쿠로노는 엎어지고 넘어지면서 적의 공격을 피했다. 뒤돌아보니 적 병사가 창을 상단으로 들고 있었다. 내리칠 속셈일까. 적 병사가 발을 내디뎠고——.

"키에에에에엑!"

쿠로노가 괴성을 지르자, 적 병사는 몸을 움츠렸다. 그 틈을 노려 검을 마구잡이로 내리쳤다. 적 병사의 머리가 함몰되고 안구가 튀어나왔다. 박살(撲殺)에 가까운 상태다.

"달려! 달려라! 달려어어어어어!"

"대장도 달려 주십쇼!"

미노가 소리쳤고, 쿠로노는 뛰기 시작했다. 잠시 후 리오의 말이 사실임을 알게 되었다. 옆에서 튀어나오는 적의 수가 늘고, 쓰러지는 부하의 수가 늘어난 것이다. 대체 얼마나 되는 적을 묶어 두고 있었던 것인가. 근위기사단 단장이라는 직함은 겉멋이 아니라는 건가.

"대장!"

미노가 적 병사의 머리를 깨부수며 소리쳤다. 점점 적을 처리하기 버거워지기 시작한 것이다.

"리오를 믿는 거야! 리오는…… 할 때는 하는 여자라고!"

"나, 남자임다!"

쿠로노와 미노가 아우성치고 있자, 소리가 울렸다. 피리에서 나는 것 같은 소리다. 직후, 녹색 빛이 천막에 꽂히고, 작렬했다. 적 병사가 대량의 흙모래와 함께 하늘 높이 날아올랐다. 마치 영화의 한 장면 같다. 적 병사는 지면에 패대기쳐졌고, 꿈쩍도 하지 않게 되었다.

"리오 최고! 사랑해!"

「나도야.」

쿠로노가 통신용 매직 아이템을 꺼내 외치자, 리오는 쿡쿡 웃었다. 다시 피리에서 나는 듯한 소리가 울렸다. 반사적으로 하늘을 올려다봤다. 녹색 빛이 밤하늘을 가르고 있었다. 한둘이 아니다. 적게 잡아도 열 이상. 빛이 쏟아져 내려와 작렬했고, 그때마다 적 병사가 날아갔다. 전황이 순식간에 변했다. 리오가 그늘진 곳에 숨어 있는 적 병사를 몽땅 날려 준 것이다. 쿠로노는 평정을 되찾고 적진을 달렸다. 앞으로 조금만 더 가면 숲인 상황에서, 적 병사가 튀어나왔다. 창을 손에 든 남자다. 하지만 공격을 가해 오지는 않았다. 등 뒤에서 베인 것이다. 남자가 그 자리에 쓰러지고, 적 병사를 벤 남자의 정체가 드러났다. 타이가였다. 적 병사한테서 튄 피를 맞은 것일까. 온몸이 피로 더러워져 있다.

"이쪽이외다!"

타이가가 팔을 크게 흔들었다. 숲은 코앞이다. 달리면 10초도 걸리지 않을 것이다. 안전지대로 도망칠 수 있다. 휴, 하고 안도의 한숨을 내쉰 다음 순간——.

"대장!"

"——!!"

미노가 외쳤고, 쿠로노는 반사적으로 뒤돌아봤다. 그러자 엘프 여성이 적 병사 네 명한테 가로막혀 있었다. 선무로 불의 기세를 강하게 만들어 준 여성이다. 그녀는 쿠로노를 보더니, 고개를 돌렸다. 마치 쿠로노가 구하러 오지 않으리라고 확신하고 있는 듯한 태도였다.

"——큭!"

쿠로노는 이를 악물고 달렸다. 조금만 더 가면 안전지대로 도망칠 수 있다. 지휘관이 죽으면 이 기습에 의미는 없다. 전부 알고 있는 상황에서 엘프를 구하기 위해 뛰었다.

"천추신악!"

관자놀이에 둔통이 느껴졌고, 마술식이 폭포처럼 흘러 떨어졌다. 칠흑 구체를 날렸다. 칠흑 구체가 적 병사의 머리를 뒤덮자, 주먹을 꽉 쥐었다. 소리도 빛도 없이 적 병사의 머리가 소멸했다. 하지만 안심할 수는 없다. 적 병사는 아직 세 명이나 있는 것이다.

쿠로노는 단검을 뽑아 적 병사의 허리에 꽂았다. 엘프 여성이 눈을 휘둥그레 떴다. 그걸로 쿠로노의 존재를 알아차린 것이리라. 적 병사가 동시에 뒤돌아봤다. 척추가 파괴당해 서 있을 수 없게 된 적 병사를 들이받아 밀쳐냈다. 반사적으로 한 행동인지, 두 명의 적 병사는 그를 받아내려 했다. 쿠로노는 장검을 뽑아 휘둘렀다. 칼끝이 동료를 받아내려던 적 병사의 목을 꿰뚫었다. 남은 한 명이 검을 뽑았다. 적 병사의 목에 꽂힌 장검을 뽑아내려 했지만, 좀처럼 뽑히지 않는다. 적 병사가 검을 치켜들었고——.

"염탄난무!"

엘프 여성이 마술을 시전했다. 무수한 화염이 직격하여 적 병사는 눈 깜짝할 사이에 불꽃에 휩싸였다. 지면을 뒹굴며 불을 끄려고 했지만, 이윽고 움직이지 않게 되었다. 쿠로노는 장검을 뽑아 칼집에 넣었다. 엘프 여성에게 손을 내밀었다.

"덕분에 살았——!"

"대장!"

미노가 쿠로노를 잡아끌어 자빠뜨리고 쿠로노 위로 엎어진 다음 순간, 불꽃이 엘프 여성을 집어삼켰다.

"미노 씨! 이거 놔!"

"이미 늦었습다!"

"아직, 아직 늦지 않았어!"

"저 애는 죽었습다, 죽었단 말입다!"

엘프 여성은 화염 속에서 몸부림쳤고, 불꽃이 꺼지는 것과 동시에 쓰러졌다. 지면에 닿을락 말락 한 타이밍에 재가 되어 부스러져서 바람에 날아갔다. 손에서 힘이 빠졌다.

어째서, 하고 쿠로노는 중얼거렸다. 어째서 자신은 이렇게나 약한 걸까. 검도, 마술도 제대로 쓸 수 없다. 특별한 힘 같은 건 하나도 없다. 눈앞에 있는 여성 한 명조차 지키지 못했다.

"이런 곳에서 재회할 줄이야."

그 목소리는 부자연스러울 정도로 명료하게 들렸다. 남자가 천천히 다가온다. 진홍의 갑옷을 입은 남자에게는 오른팔이 없다. 옷 소매가 하늘하늘 흔들리고 있다. 남자의 이름은──.

"……이그니스, 포말하우트."

"나를 알고 있는 건가?"

이그니스는 의외라는 듯이 눈을 크게 뜨고는 의아해하는 듯한 표정을 띠었다.

"너는 에라키스 후작령──"

"쿠로노다. 쿠로노 크로포드."

이그니스의 말을 가로막고, 쿠로노는 이름을 댔다. 원래라면 에라키스라는 이름을 대야 하리라. 하지만 쿠로노 크로포드라는 이름을 대야 한다고 생각했다. 미노가 일어서서 폴 액스를 들었다. 불퇴전(不退轉)의 결의를 느끼게 했지만, 혼자서는 이길 수 없다.

"대장, 제가 시간을 벌겠습다."

"아니, 여기선 귀족으로서 물러날 수 없어."

"야습을 감행해 놓고서 귀족을 논하는 건가, 쿠로노 크로포드."

이그니스는 얼굴을 찌푸리고는 검을 뽑았다. 폭이 넓은 검을 왼팔만으로 들었다. 칼끝은 미동조차 하지 않는다. 신위술은 쓰고 있지 않다. 기본적인 신체 능력으로 검을 지탱하고 있다. 인간의 영역을 벗어난 체력이다. 하지만 이그니스는 검을 든 채, 공격해오지 않았다. 그제야 쿠로노가 일어서기를 기다리고 있는 것임

을 알아차렸다. 쿠로노는 일어나서 미노 앞에 섰다.

"신이시여, 제 검에 축복을."

이그니스가 엄숙하게 말하자, 칼날이 진홍빛에 감싸였다. 신위술·축성인—— 신의 힘을 무기에 둘러 공격력을 강화하는 기술이다. 진홍이자 파괴를 관장하는 전신의 축복을 받은 칼날은 플레이트 아머조차 손쉽게 녹여 가른다. 쿠로노는 쓴웃음을 짓고는 와인병을 꺼냈다.

"그 병으로 싸울 생각이냐?"

"고향의 관습이라서 말이지."

쿠로노는 병을 던졌다. 이그니스는 낙담한 것처럼 한숨을 내뱉고는 완만한 포물선을 그리며 날아오는 와인병을 베었다. 다음 순간, 이그니스는 불꽃에 휩싸였다. 안에 들어 있던 액체가 불타오른 것이다.

"크악! 누, 눈이!! 네놈, 뭘 한 거지!"

이그니스는 괴로움에 찬 표정을 띠었다. 쿠로노는 말없이 몸을 부딪쳤다. 단검이 이그니스의 옆구리에 깊숙이 꽂혔다. 이것에는 참지 못하고 이그니스는 검을 떨어뜨렸다.

"큭, 아악————!!"

이그니스의 얼굴이 고통으로 일그러진다. 평범한 상대라면 이걸로 끝이다. 하지만 그는 평범한 상대가 아니었다. 왼팔만으로 쿠로노를 붙잡아 올린 뒤 지면에 패대기친 것이다.

"이, 이 비겁한 놈이! 귀족의 긍지는 어떻게 한 거냐!"

"그런 건 진작 개나 줬다!"

쿠로노가 단검을 비틀자, 이그니스의 힘이 느슨해졌다. 그 틈을 타고 이그니스를 발로 차 떼어냈다.

"미노 씨!"

쿠로노가 외치자, 미노는 달려 나갔다. 폴 액스를 치켜들고——.

"신이시여!"

"바람이여!"

이그니스와 미노가 동시에 외쳤다. 빨간 벽과 폴 액스가 격돌했다. 다음 순간, 폴 액스가 빛을 내뿜었다. 녹색 빛이다. 유리가 깨지는 듯한 소리와 함께 빨간 벽이 부서지고, 재차 타격을 주는 것처럼 내뿜어진 충격파가 이그니스를 날려버렸다. 이그니스는 트럭에 치인 것처럼 날아가 지면에 내동댕이쳐졌다.

"미노 씨, 도망치자!"

쿠로노가 일어나서 뛰기 시작하자, 미노는 폴 액스를 짊어지고 따라왔다.

"대장, 조금 전은?"

"단순한 알코올이야."

알코올? 하고 미노는 의아하다는 듯이 고개를 갸웃했다. 상처를 소독하기 위해 만든 것이지만, 의외의 상황에서 도움이 되었다. 쿠로노와 미노는 숲으로 뛰어들었고——.

"몇 명 죽었어?"

"……10명."

"20명이외다."

"제 부대는 조금 전의 엘프뿐임다."

"총 31명인가……."

피해를 확인하고 입술을 깨물었다. 처음부터 리오를 숲에 대기시켜 뒀더라면, 확실하게 협의해 두었더라면, 부대 편성을 빈틈없이 생각해 두었더라면, 조금 더 힘이 있었더라면, 하고 후회의 마음만이 솟구쳐 오른다.

"어쨌든 야습은 성공했슴다. 이제부터 어떻게 하시겠슴까?"

"퇴각하고 싶지만, 해보고 싶은 게 있어."

인간으로서 좀 어떠려나 싶지만, 하고 쿠로노는 자조했다.

※

각성은 갑작스러웠다. 이그니스는 펄떡 일어나 격통에 몸부림쳤다. 온몸이 뜨겁고, 머리 중심이 멍해진다. 마치 열에 달떠 있는 것 같다.

"이그니스 장군, 정신이 드셨습니까?"

"여기는?"

로브를 입은 남자의 물음에 시선을 이리저리 옮겼다. 아무래도 자신은 침대에 눕혀져 있는 모양이다. 하지만 그 기억이 없다. 분명——.

"야전병원입니다. 제국군은 이곳저곳에 불을 질렀습니다만, 이곳에는 손을 대지 않았습니다."

"그래! 야습은? 제국군은 어떻게 됐지?!"

로브를 입은 남자── 의사의 말에 기억이 이어졌다. 어젯밤, 이그니스는 쿠로노와 싸워 진 것이다. 그것도 비겁한 수단으로 허를 찔려서. 일어서고자 하다가 신음했다. 격통이 옆구리를 타고 올라온 것이다. 통증을 참으며 침대에서 내려왔다.

"아직, 움직이시면……."

"문제없다."

이그니스는 천막 밖으로 나가, 눈을 휘둥그레 떴다. 야영지는 처참한 상황이었다. 3분의 1 이상의 천막이 불타고 야전병원 주변은 부상자로 넘쳐나고 있었다.

"이, 이그니스 장군님!"

"반! 살아있었구나."

반은 고참 병사였다. 작년에 이그니스와 함께 케페우스 제국에 침공하여 생환한 역전의 용사다. 그는 휘청휘청 다가오다가 힘이 다한 듯이 무릎을 꿇었다. 그리고 눈물을 뚝뚝 흘렸다. 이것에는 이그니스도 놀람을 감추지 못했다.

"이, 이그니스 장군님. 저, 저희는, 저는 무엇과 싸우게 된 겁니까?"

"잠깐 기다려라, 무슨 일이 있었던 거지?"

"저, 저것을……."

반은 말문이 막히면서 천을 가리켰다. 부풀어 오른 상태로 추측건대 천 밑에는 사체가 있는 것이리라. 이그니스는 옆구리 통증을 참으며 사체에 다가가, 그 옆에 무릎을 꿇었다. 천을 걷고, 얼굴을 찌푸렸다. 사체는 짐승한테 잡아먹힌 것처럼 훼손되어 있었다. 내장이 없었다. 안구는 입에 처박혀 있고, 가슴에는 모독적인 문장이 새겨져 있었다. 죽은 자의 존엄을 더럽힌 것에 분노해야만 하리라. 하지만, 이그니스의 마음에 솟아오른 것은 공포였다.

"어, 어째서, 이런 짓을……."

"어, 어젯밤에──"

혼잣말로 내뱉을 생각이었지만, 반은 어젯밤에 일어난 일을 띄엄띄엄 이야기하기 시작했다. 어젯밤 그 뒤로 아인들은 숲속으로 도망쳤다는 듯하다. 한동안은 아무 일도 없었다. 이 상황에 다시 쳐들어올 리가 없다고 다들 멋대로 생각하고 있었다.

그때 악몽이 갑작스럽게 막을 열었다. 보초 병사가 화살에 허벅지를 꿰뚫렸다. 반은 화살에 맞은 동료를 구하려 했지만, 화살이 계속 날아와 구하러 갈 수가 없었다. 이대로는 죽고 만다. 결국 반은 천막 그늘에 숨어, 모든 것을 목격했다. 움직이지 못하게 된 병사는 몇 번이고 몇 번이고 화살에 꿰뚫렸다. 마치 가지고 노는 것처럼 급소를 빗맞혀서 말이다. 달려간 사람은 예외 없이 화살에 꿰뚫려 죽거나, 다음 먹잇감이 되었다. 이윽고 아무도 움직이지 못하게 되었다.

"동료를, 저버린 거냐."

"어쩔 수 없었습니다! 숲에, 숨어 있는 적을 쓰러뜨리려고, 했던 녀석들도 있었지만——!"

"전부 이렇게 되었다는 건가…….."

반이 떨리는 손가락을 사체에 향하고, 이그니스는 신음했다. 아마도 이건 쿠로노가 명령한 것이 틀림없다. 무엇을 위해 병사를 가지고 놀고, 사체를 욕보이는 듯한 짓을 한 것인가. 자신들에게 원한이라도 있는 것인가. 아니, 원한이 없을 리는 없다. 하지만 얼마나 큰 원한을 사면 이런 꼴을 당한다는 것인가. 생각해도 답은 나오지 않는다. 나올 리가 없다. 답이 나온다면—— 쿠로노의 생각을 이해한다면 자신의 인생이 부정당하고 말 것 같은 느낌이 들었다.

※

베틸은 기사 가계에서 태어났다. 영지는 없고, 옛날부터 제국을 섬기고 있는 것만이 장점인 궁정 귀족이다. 젊었을 적에는 검실력으로 가문을 부흥시키고자 수행에 몰두했었다. 노력을 쌓으면 보답받을 것이라고 믿고 있었다. 그런 걸 10년이나 믿고 있었으니 젊었다고밖에 말할 도리가 없다. 이윽고 베틸은 근위기사가되고, 상관한테 아첨하게 되었다. 저항감은 없었다. 파벌에 소속되는 것에도, 파벌을 갈아타는 데도 저항감은 없었다. 다들 그렇게 하고 있었고, 자신의 지위를 높이는 것이 옳은 일이라고 생각한 것이다.

베틸이 지금처럼 된 것에 이유는 없다. 적어도 계기라 부를 만한 것은 없었다고 생각한다. 친구나 연인, 상사에게 배신당한 적도 없다. 굳이 이유를 든다고 한다면 현실을 이해할 수 있을 정도로 나이를 먹었다는 것이리라.

지금의 자신을 어떻게 생각하냐고 묻는다면 만족하고 있다고 대답할 것이다. 그럭저럭 괜찮은 집안의 아내와 나름대로 행복한 생활을 영위하고 있다. 배에 돛을 단 듯 순조로운 인생을 보내고 있다고 생각한다. 애인을 두어도 금방 헤어지는 처지가 된다는 것을 제외하고서——.

문득 페이 물리파인을 떠올렸다. 재능은 분명히 있었다. 하지만 너무나도 특출했다. 거기다 어리석기도 했다. 기사단은 조직이다. 다른 단원과 보조를 맞출 수 없는 재능은 필요 없다. 포기하지 않는다면, 하고 쓸데없는 노력을 하는 모습에 짜증을 감출 수 없었다.

하지만 그녀에게 한 처사는 도가 지나쳤던 게 아닐까 하고 생각한다. 그녀가 에라키스 후작령에 이동한다는 것을 알고 있었다면 좀 더 편의를 봐주었을 것이다. 미안한 짓을 했다고 반성하고 있다. 어째서, 이런 생각을 하는 것인가. 당연하다. 사느냐 죽느냐의 갈림길에 서 있기 때문이다. 그렇지 않다면 말똥녀한테 미안한 짓을 했다는 생각 따위 하지 않는다. 그렇다. 자신은 그녀가 싫었던 것이다. 그래서 냉대했다. 그뿐인 일이다.

"……에라키스 후작은 잘 해냈을지."

베틸은 말 위에서 중얼거렸다. 전방── 바로 눈앞에서는 궁병이 화살을 쏘고 있다. 적의 화살이 여기까지 닿을 가능성은 별로 없지만, 전혀 없는 건 아니다. 어째서 이렇게 되고 만 것인가 하고 탄식했다. 결국, 배치전환은 이루어지지 않았다. 알포트가 레온하르트를 가까이 두고 싶어 한 탓이다. 마음은 이해한다. 자신이 알포트의 입장이라면 레온하르트를 가까이 배치하고 싶다고 생각했으리라. 하지만 장식이라고는 해도 알포트는 군단장이다. 좀 더 군단장으로서의 기개를 보여 주었으면 했다.

신이시여, 하고 베틸은 중얼거렸다. 에라키스 후작이 신성 아르고 왕국군에 뼈아픈 타격을 입혀 주었기를. 가능하면 이그니스 장군을 죽음에 이르게 하였든지 중상을 입혔기를, 하고. 덧없는 바람이다. 적의 수는 줄고 있지만, 에라키스 후작은 돌아오지 않았다. 아마 죽었다고 생각하는 게 옳으리라. 불현듯 적의 화살이 멈췄다. 돌발 상황인지, 아니면 함정인지. 베틸은 망설이고는──.

"에에이! 사격 중지! 나를 따르라!"

말을 몰아 달렸다. 이그니스 장군이 나오면 손 쓸 도리도 없이 죽고 만다. 그렇다면 하다못해 적에게 피해를 주고 죽자고 생각한 것이다. 자포자기가 되어 있었던 것일지도 모른다. 2백 기 남짓의 기병이 뒤따랐다. 이걸로 적에게 유효타를 입힐 수 있을까, 하고 불안감이 솟아올랐다. 기승 돌격은 집단으로 돌격해야 비로소 진가를 발휘한다. 속도를 낮추고 인원수가 모이는 걸 기다려야만 하지 않을까. 그렇게 생각했지만, 말을 멈추면 저격당한다. 말을 달리게 할 수밖에 없다. 경사면을 달려 올라가서, 어떤 점을 알아차렸다.

적 병사가 베틸을 보고 있지 않은 것이다. 시선을 약간 옮기자, 적 병사의 시선 끝에 이상한 집단이 서 있었다. 풀로 된 괴물이다. 그렇게밖에 표현할 방도가 없었다. 풀로 된 괴물—— 그중 한 마리가 검을 들고 달리기 시작하자, 다른 괴물도 함성을 지르며 달리기 시작했다. 설마 에라키스 후작인가? 어째서 저런 이상한 꼴을 한 것인가. 전혀 이해할 수 없었다. 하지만——.

"아, 아인들이다!"

"젠장! 아, 악마 놈들! 그만큼 죽여 놓고서 아직도 부족하다는 거냐!"

적 병사한테는 위협을 주는 효과가 있었던 모양이다. 거기에 화살이 날아왔다. 마치 옆으로 들이치는 비와 같았다. 적 병사는 짧은 비명을 지르며 픽픽 쓰러졌다. 수평으로 발사하여 갑옷을 관통하다니, 엄청난 위력이었다.

"도, 도망쳐라!"

"히이이익!"

"괴물 놈들, 우리가 뭘 했다는 거야!"

한 명이 무기를 손에서 놓고 도망치기 시작했다. 나머지는 총체적 붕괴였다.

"돌진한다! 단, 풀로 된 괴물은 죽이지 마라! 저건 아군이다!"

베틸은 도망치는 적 병사를 향해 안심하고 돌진했다.

※

"대단해, 대단하다고! 베틸 부군단장!"

베틸이 전과를 보고하자, 알포트는 어린애처럼 기뻐했다. 베틸은 필사적으로 무표정을 연기했다. 대단한 일은 하지 않았다. 패주한 적을 추격한 것뿐. 전투라고는 부를 수 없는 일방적인 살육이었다. 이걸로 실점을 회복할 수 있었지만, 죽은 부하와 그 가족을 생각하면 암담한 기분이 든다.

"알피르크에 돌아가면 포상…… 영지를 가질 수 있도록 알코르 재상한테 상담해 볼게."

"정말입니까! 아, 아닙니다……."

베틸은 몸을 내밀었다가, 금방 생각을 고쳐먹었다. 영지를 받을 수 있는 건 기쁘다. 하지만 지금의 알포트는 라마르 5세의 서자에 지나지 않는다. 물론 알코르 재상은 가능한 한 노력해 줄 것이다. 하지만 신귀족의 예도 있다. 그들처럼 미개척지를 떠맡게 될 가능성도 전혀 없지는 않다.

애초에 영지를 받아도 운영할 수 없다. 고생하리라는 건 눈에 선하다. 지금의 생활을 잃을 리스크를 무릅쓰고 싶지 않다는 것이 솔직한 감상이다. 하지만 알포트의 체면을 구겨 원한을 사고 싶지도 않다. 아무도 손해를 보지 않는 타협점은 없을까 하고 생각을 거듭하다가, 누구도 손해를 보지 않는 멋진 아이디어를 떠올렸다.

"황공하오나 알포트 전하. 자세히는 말씀드릴 수 없지만, 이번 전과는 에라키스 후작의 진력이 있기에 가능했던 일입니다. 까닭에 영지는 에라키스 후작에게 내려 주십시오."

"알았어."

베틸은 내심 흡족하게 미소 지었다. 에라키스 후작과의 약속을 깰 생각은 없지만, 영지를 받을 수 있다면 과도한 요구는 하지 않으리라. 게다가 에라키스 후작에 대한 알포트의 인상도 좋아졌으니까 말이다. 자신도 리스크를 무릅쓰지 않고 그쳤다. 대만족이다.

※

쿠로노는 31명 몫의 묘를 앞에 두고 가만히 서 있었다. 적은 이미 철수하고 있었다. 오히려 그런 상황이 아니라면 느긋하게 부하를 매장할 수 없다. 매장이라고 해도 작업은 부하들이 했지만. 쿠로노가 한 일이라고는 눈을 감겨 주고, 손깍지를 끼워 준 것 정도다. 그렇게 해주지 못한 사람도 있다. 그 엘프 여성이다. 재로 변하여 바람에 휩쓸려 날아가고 말았다. 이름을 들어 두면 좋았을 것을. 그런 생각을 하다가, 작게 고개를 흔들었다. 수면 부족 때문이리라. 머리가 멍했다.

"대장, 괜찮으심까?"

"괜찮아. 그것보다도, 모두는?"

"예입, 내일부터 행군이기에 쉬게 했슴다. 뭐어…….."

미노는 말을 흐렸다. 경솔하게 쓸데없는 말을 하고 말았다. 그런 감정이 전해져 온다.

"뭐어, 아주 약간 대장을 무서워하고 있는 것처럼 보이지만 말임다."

"그렇겠지……."

쿠로노는 한숨을 내쉬고는 어젯밤의 일을 떠올렸다. 어젯밤, 궁병에게 적을 저격하도록 명령했다. 한 명을 부상시키고, 구하려고 한 적 병사를 공격한다. 원래 세계에 있었을 무렵, 영화에서 본 전술이다. 아마 놀림낚시라고 부르던가. 잔인하고 교활한 전술이다. 그걸 숲에서 보고 있었다. 인제 와서 새삼스럽지만——.

"……나도 미쳐 있는 걸지도 모르겠네."

쿠로노는 자신이 제정신이라는 생각이 들지 않았다. 사람을 죽이는 순간, 망설이기는 한다. 하지만 사람을 죽여도 죄악감을 느끼지는 않았다. 납덩어리 같은 피로감을 느낄 뿐이다. 이대로 사람을 계속 죽인다면 이 납덩어리 같은 피로감도 사라질까.

"……대장?"

"괜찮아. 나는 비겁자라 매도당해도, 모두에게서 무서움을 받아도, 괜찮아. 어떤 잔혹한 짓이든 태연히 할 수 있어. 그걸로, 한 명이라도 부하가 죽지 않고 그친다면."

괜찮아, 하고 쿠로노는 계속해서 중얼거렸다.

《 제 6 장 》 『횃불』

행군 개시 엿새째 저녁―― 제국군은 전투로 장병을 잃고, 8,500명이 약간 안 되는 규모로 축소되면서도 행군을 재개했다. 바닥을 쳐 가던 군량은 제9 근위기사단 덕분에 보충되었다. 단장인 리오가 일을 내팽개치고 야습을 나갔는데도 말이다.

그 정도로 움직일 수 없게 되는 인간은 제9 근위기사단에서 임무를 수행할 수 없습니다, 라는 것은 리오의 할아범인 부관이 한 말이다. 군량을 받아들 때, 쿠로노는 리오의 부관과 말을 나눴다. 불과 십수 분 정도의 대화였지만, 그가 얼마나 리오를 소중히 생각하고 있는지가 전해져 와서 정말이지 바늘방석에 앉은 듯한 기분이었다.

리오 님을 배신하면 죽는다, 라며 그는 헤어질 때 쿠로노의 어깨를 두드렸다. 온화한 미소를 띠고 있었지만, 오싹할 정도로 차갑게 얼어붙은 빛이 두 눈동자에 깃들어 있었다. 그런 그가 얻어낸 정보에 의하면 신성 아르고 왕국은 왕도에 가까워질수록 고지가 늘어나고, 필연적으로 가도는 그 틈 사이로 빠져나가는 듯한 모양새가 된다는 모양이다.

쿠로노는 바위에 걸터앉아 가도 옆을 바라봤다. 리오의 부관이 말한 대로, 가도 옆은 급경사로 되어 있었다. 절벽이라고 평해도 좋으리라. 계절이 봄이라면 하이킹을 하고 싶어질 듯한 풍경을 즐길 수 있겠지만, 지금은 겨울이다. 경사면에 핀 풀과 꽃은 시들었고, 나무들은 잎이 떨어져 있다. 그 탓인지 대지가 육박해 오는 듯한 압박감을 느껴졌다.

그런 식으로 느끼는 건 적의 기습을 경계하고 있기 때문이다. 그만큼 적이 습격해 오거나, 거대한 바위가 굴러떨어지는 광경을 상상하기 쉬웠다.

나라면 여기서 맞받아쳤을 텐데, 하고 생각하며 부하에게 시선을 이동했다.

"오늘은 여기서 야영이다! 얼른 천막을 쳐라!"

미노가 명령하자, 부하들은 척척 천막을 치기 시작했다. 갓 부하가 된 부대원은 요령이 좋지 않다. 역할 분담을 이해하지 못하고 있는 탓이리라. 고참 부대원이 솔선하여 말을 걸고 있는 덕분에 고립된 사람은 없는 모양이다.

"……에라키스 후작령에 돌아가면 이동(異動) 신청을 해야겠어."

"쿠로노 님이 복잡한 표정을 짓고 있고."

"또 그걸 시킬 생각인 것 같은."

아리데드와 데네브가 다가왔다. 그것이란 저격 전술── 놀림낚시를 가리키는 것이리라.

"둘 다 작업은?"

"이미 끝났고."

"인원수도 많고, 편한 것 같은."

므흣, 하고 아리데드와 데네브는 콧김을 거칠게 내뿜으며 대답했다.

"그래서, 어떤 것 같은?"

"그게 신경 쓰이고."

"기회가 있으면 하고 싶지만, 그게 어쨌는데?"

"저격이나 사체를 사용한 심리 공격은 유효한 전술이라고 생각하지만, 무조건 찬성할 수는 없고."

"너무 잔혹한 짓을 하면 이쪽의 사기가 내려가는 것 같은."

확실히, 하고 쿠로노는 고개를 끄덕였다. 듣고 보니 그런 느낌은 든다.

"둘은?"

"우리는 비교적 비참한 과거를 짊어지고 있으니까 괜찮은 것 같은."

"마음을 떼어 놓고 움직일 수 있고."

"......알았어."

쿠로노는 조금 뜸을 두고 대답했다. 아리데드와 데네브의 주장은 지당하다. 아무리 유효해도 이쪽의 사기를 깎으면 본말전도다. 사기를 유지하기 위해서도 적성이 있는 부하를 선발하여 저격대를 조직하는 편이 좋으리라.

"뭐, 뭔가, 알았다는 듯한 표정이 아니고."

"사, 사악한 분위기가 감돌고 있고."

"그렇지 않아."

""으음, 수상해.""

아리데드와 데네브는 미심쩍어하는 시선을 향했다. 예리하지만, 잠자코 있었다. 그때——.

"에라키스 후작!"

베틸이 다가왔다. 아리데드와 데네브가 일어서서 등을 쭉 폈다. 쿠로노도 일어서려고 했지만, 베틸은 그대로 있으라고 말하는 듯이 손바닥을 향했다. 저항감은 있지만, 명령이라면 어쩔 수 없다. 베틸은 쿠로노 앞에 멈춰 서서 헛기침했다.

"아, 아~, 에라키스 후작?"

"무엇입니까?"

쿠로노가 되묻자, 베틸은 좌우—— 아리데드와 데네브를 봤다. 이야기를 꺼내는 것을 망설이는 듯이 보인다. 두 사람에게 시선을 향했으니 야습 건이리라.

"두 사람은 참가했습니다."

"그, 그런가."

구태여 야습이라는 단어를 쓰지 않고 말하자, 베틸의 표정이 누그러졌다.

"아, 아~, 으음~, 그 건은, 훌륭했다."

"감사합니다."

"실은 알포트 전하께서 영지를 하사해 주신다는 이야기가 되어서 말이지."

"축하드립니다."

"음, 정말로 감사한 말씀이었지만, 에라키스 후작을 추천했다네."

"'쿠로노 님의 영지가 늘어난다는 거?!'"

아리데드와 데네브가 몸을 내밀자, 베틸은 불쾌한 듯이 얼굴을 찌푸렸다.

"그렇게 생각해도 되겠지. 물론, 치료와 보수 건은 긍정적으로 대응하겠다만……."

베틸은 쿠로노에게서 고개를 돌리고, 수군수군 중얼거렸다. 잘 알아들을 수 없었지만, 잘 부탁한다고 말한 듯한 느낌이 든다.

"영지로는 불만인가?"

"아뇨, 감사합니다."

쿠로노는 머리를 숙였다. 솔직히 말하면 조금 의외였다. 베틸은 약속을 지키지 않는 타입이라고 생각했다. 페이한테 불합리한 짓을 하거나, 아리데드와 데네브를 죽이려 했기에 나쁜 인상만이 앞서고 있었지만, 악인은 아닌 것 같다.

"아니, 나는 약속을 지킨 것뿐이다. 그래, 약속을 지킨 것뿐이야. 여러 일이 있었지만, 하다못해 이 전쟁 하는 동안만이라도 양호한 관계를 유지하고 싶다고 생각하네."

"네, 좋은 관계를 쌓고 싶군요."

"으, 음. 그 말대로다."

쿠로노는 베틸과 굳은 악수를 나눴다.

"그러면, 나는 이걸로 실례하지."

베틸은 그렇게 말하고는 자신의 천막으로 향했다.

"으그극, 수염이랑 사이좋게 지낸다든가 말도 안 되고."

"입으로는 그럴듯한 말을 해서 우릴 속일 생각이고."

"그렇게 나쁜 사람은 아니라고 봐."

""우리는 저 수염한테 죽을 뻔했고!""

아리데드와 데네브는 몸을 내밀며 가슴을 퍽퍽 두드렸다.

"다른 대대장에 비하면 이야기가 통하고 말이야."

"설마 했던 상대평가 같은!"

"소매치기와 강도를 비교하는 듯한 이야기고!"

아리데드와 데네브가 소리쳤다. 지당한 의견이지만, 이야기라도 통하는 게 차라리 낫다. 대가를 제대로 지불할 생각이라면 얼마든지 이용당해 줄 수 있다.

자 그럼, 하고 쿠로노는 일어섰다.

"저녁까지 시간이 있으니까."

"드, 드드, 드디어 침대로 불려가는 것 같은?"

"부, 부드럽게 해주면 기쁘겠고."

아리데드와 데네브는 부끄러워하는 것처럼 몸을 배배 꼬았다.

"……회의하자."

"네, 네! 그런 거겠지 싶었고!"

"으그극, 언제가 되면 우리한테 봄이 오는 건지 알려줬으면 하고."

아리데드는 분한 듯이 발을 쿵쿵 굴렀고, 데네브는 고개를 푹 숙였다.

※

이그니스는 경사면에 등을 기대고 거친 호흡을 되풀이했다. 내장에 상처를 입은 것이리라. 내쉬는 숨에서 피비린내가 났다. 이그니스가 신앙하는 진홍이자 파괴를 관장하는 전신은 그 이름대로 파괴를 관장하는 신이다. 치유술을 쓸 수 없는 건 아니지만, 그 힘은 다른 신들에 비해 뒤떨어진다. 움직일 수는 있게 되었지만, 그게 한계였다. 사실 그만한 상처를 입고도 죽지 않은 게 신의 가호를 받은 거나 마찬가지였다.

이그니스는 고통에 얼굴을 찌푸리며 시선을 이리저리 옮겼다. 병사들도 이그니스와 마찬가지로 경사면에 등을 기대고 있다. 수는 2천도 채 되지 않으리라. 다들 만신창이다.

어쩌다 이렇게 된 것인가. 아니, 이유는 알고 있다. 야습을 당했기 때문이다. 500 이상의 병사가 죽고, 살아남은 병사도 적의 비열한 전술에 전의가 처참하게 꺾였다. 다음 날 전투에서는 전열이 눈 깜짝할 사이에 붕괴하여 전투가 아닌 살육이 벌어졌다고, 살아남은 병사들은 공포에 떨면서 말했다.

자신이 쿠로노한테 지지 않았더라면, 하다못해 의식을 유지했더라면 이렇게 무참히 패주하지는 않았을 것이다. 끝까지 도망칠 수 있을까, 하고 이그니스는 만신창이인 병사들을 바라봤다. 마르카브에서 구릉 지대까지 사흘이나 걸렸다. 부상병을 떠안고 있는 지금은 그 이상의 시간이 걸리리라고 생각해도 좋을 것이다.

"이그니스 장군!"

히스테릭한 목소리가 울렸다. 신기관의 목소리다. 달려가야 하겠지만, 몸이 여의치 않았다. 잠시 후 신기관이 뛰어왔다. 야습을 받아 대패했는데도 신기관은 상처 하나 없이 멀쩡했다. 신관복이 약간 더러워져 있을 뿐이었다.

병사들이 증오에 찬 시선을 향했다. 당연했다. 이 남자는 야습을 당했을 때 누구보다도 빠르게 도망쳤다. 물론 이튿날의 전투에서도.

"어, 어째서, 국경 요새로부터, 아니, 마르카브에서도 원군이 오지 않지!"

"……알 수 없습니다."

이그니스는 솔직하게 대답했다. 요새 쪽은 가도가 봉쇄되어 있기 때문이라고 추측할 수 있다. 하지만 후자는 알 수 없었다. 누군가가 신기관의 실각을 노리고 있거나, 근린 마을에서 군량도 농민도 모으지 못하는 사태에 빠진 게 아닐까 하고 상상할 수는 있지만…….

"큭! 이런 곳에서 죽을까 보냐. 서둘러서 마르카브로 돌아간다."

"아마도 곧 적한테 따라잡힐 겁니다."

"그럼 어쩌라는 건가!"

신기관은 히스테릭하게 소리 질렀다. 그리고 뭔가 방법은 없나, 뭔가 없나 하며 이그니스 앞을 왔다 갔다 했다. 처음부터 그리 열심이었으면 좋지 않았나 하는 생각이 들었지만 이미 늦은 일이었다. 그때 갑자기 신기관이 걸음을 멈췄다. 그러고는 조용히 고개를 숙였다. 그 눈동자에 비열한 빛이 깃들어 있는 것을 이그니스는 눈치채지 못했다.

※

행군 이레째 이른 아침—— 제국군은 마르카브를 향해 진군을 재개했다. 군량이 막 보급된 참이기에 그전까지와 비교해서 식사의 양과 신선도가 개선된 듯한 느낌이 들었다. 신선도는 바랄 수 없다 쳐도 식사의 양은 중요하다. 식사의 양이 적으면 전황이 좋지 못한 것 아닌가 하고 상상하고 만다. 적어도 쿠로노는 그렇다.

꽤 뜯겼군, 하고 쿠로노는 가도를 나아가며 한숨을 내쉬었다. 부하가 늘어나는 바람에 여주인한테 딱딱빵을 추가로 주문했지만, 상당한 액수의 품삯을 요구당했다. 물론 교섭은 했다. 몸으로 내겠다고 했는데, 그걸로 깎아 주면 자기가 대손해라며 각하 당하고 말았다. 원통하다. 그건 그렇다 치고 저렇게나 빈틈없이 착실한데, 어쩌다 금화 100닢의 빚을 진 것일까. 세상사는 불가사의로 가득 차 있다.

갑자기 시야가 기울어졌다. 돌에 발이 채인 것이다. 눈을 크게 떴다. 주먹만 한 크기의 돌이 시야에 온통 흩어져 있다. 손을 짚으려고 해도 어디에 짚으면 좋을지. 이젠 틀렸다며 피를 보는 걸

각오한 그때, 턱 정지했다. 어깨너머로 뒤를 보니 미노가 망토를
붙잡고 있었다.

"대장, 괜찮으십까?"

"고마워, 미노 씨."

미노가 일으켜 주어서, 쿠로노는 가슴을 쓸어내렸다. 고개를
들고 가도를 봤다.

"돌이네."

예입, 하고 미노는 고개를 끄덕였다. 돌이 가도 전체에 흩어져
있었다. 눈을 찌푸려가며 멀리 살펴보았지만, 쿠로노의 시력으로
는 어디까지 돌이 흩어져 있는지 알 수 없었다.

"낙석일까요?"

"아마, 이그니스 장군이야."

"어떻게 아시는 검까?"

"돌에 탄 흔적이 있으니까 말이지. 아마, 경사면 위쪽도······."

경사면을 올려다보니 일부가 타서 눌어붙고, 크게 떨어져 나가
있었다.

"옆구리를 찌르고 충격파로 날려버렸는데도 살아있다니······."

"불덩어리가 됐다는 점이 빠져 있슴다. 뭐, 신위술사인 만큼 신
의 가호가 있었던 것 아니겠슴까."

"이쪽은 몸 하나로 싸우고 있는데, 치사하군."

쿠로노는 자신도 모르게 불평했다. 푸후—, 하고 미노가 코에
서 콧김을 내뿜었지만, 무시했다.

"이렇게까지 나오다니, 상당히 궁지에 몰려 있는지도 모르겠네."

"방심은 금물임다."

"그래. 정신을 한층 더 바짝 차리고 나아가자. 모두에게도……
아니, 직접 전하는 편이 나으려나?"

쿠로노는 파우치에 손을 뻗었다가, 생각을 고쳤다.

"그럼 제가 전하고 오겠슴다."

"미안. 무슨 일 있으면 통신용 매직 아이템으로 연락할 테니까."

예입, 하고 미노는 고개를 끄덕인 뒤 쿠로노에게서 멀어졌다.
잠시 후 시야에 그늘이 졌다. 미노가 돌아온 건가 싶었는데, 측두
부에 충격이 느껴졌다. 참지 못하고 무릎을 꿇자, 피가 방울져 떨
어졌다.

"어머, 어디선가 본 광경이네요?"

상처를 누르며 얼굴을 들었다. 그러자 베틸의 부관── 세실리
가 말 위에서 쿠로노를 내려다보고 있었다. 등자에서 발이 빠져
있다. 조금 전의 충격은 발차기에 의한 것이 분명하다.

"……음험한 짓을."

"저는 평범하게 말을 몰고 있었던 것뿐이에요. 애초에, 귀족 된
사람이 도보로 행군하는 것이야말로 있을 수 없는 일이니까, 저
한테 잘못은 없네요. 어머, 실례. 당신은 비천한 용병의 아들이
었죠."

쿠로노가 내뱉듯이 말하자, 세실리는 물 흐르듯이 비아냥을 퍼
부었다.

"그래서, 비천한 용병의 아들을 걷어찬 것에 대한 사죄는?"

"오히려 당신이 제 발을 더럽힌 걸 사죄해야 하는 것 아닌가요?"

세실리는 그렇게 말하고는 검을 뽑았다. 사죄하지 않으면 베겠다는 것인가.

"어떻게 할 거죠?"

"글쎄 어떻게 할까?"

"조금만이라면 기다려 드리겠어요. 저는 자비 깊은 귀족인걸요."

세실리의 미소는 한층 더 깊어졌다. 이쪽이 사과할 거라고 확신하고 있는 모양이다. 하지만 쿠로노는 사과할 생각이 없었다. 고민하는 건 다른 이유였다.

"……정했어."

"일대일로 결투라도 할 생각인가요?"

"아니."

쿠로노는 세실리의 손목을 붙잡고 강하게 끌어당겼다.

"무슨 짓을 하는——!"

세실리는 숨을 삼켰다. 화살이 목덜미를 스친 것이다.

"적습이다!"

쿠로노는 세실리를 말에서 끌어 내렸다. 그대로 경사면으로 끌고 가서 세실리를 덮다시피 위로 엎어졌다. 그러자——.

"지, 짐승!"

"구해줬는데 그게 무슨 말투야!"

쿠로노는 세실리를 구한 것을 후회하며 통신용 매직 아이템을 꺼냈다.

"적습! 다들, 경사면에 몸을 숨겨! 군량은 신경 쓰지 않아도 돼!"

"무슨 제멋대로인 말을 하고 있나요! 군량을 잃었다가는──"

세실리가 히스테릭하게 소리쳤다. 하지만 끝까지 말을 이을 수는 없었다. 쿠로노가 입안에 손가락을 처넣었기 때문이다. 그렇게나 고귀한 척 굴던 세실리도 눈을 희번덕거리고 있다.

"안주인과 의사는 무슨 일이 있어도 지켜!"

다음 순간, 화살의 비가 가도에 쏟아져 내렸다. 화살에 꿰뚫린 병사가 픽픽 쓰러지고, 말이 미친 듯이 날뛴다. 말 근처에 있던 병사가 말한테 얼굴을 걷어차여 경사면에 패대기쳐졌다. 쿠로노와 세실리 바로 옆이다.

"커, 헉!"

"히이익!"

병사가 피를 토했고, 세실리는 비명을 질렀다. 하지만 두 사람을 신경 쓰고 있을 여유는 없다.

"다들 무사해?!"

「전원 무사함다!」

통신용 매직 아이템에서 미노의 목소리가 울렸고, 쿠로노는 안도의 한숨을 휴 내쉬었다. 하지만 안심하고만 있을 수는 없다. 화살이 계속해서 비처럼 쏟아져 내리고 있기 때문이다. 적의 기습으로 제국군은 패닉에 빠졌다. 일부 병사들이 우르르 뛰쳐나가다가 마치 장기짝이 쓰러지듯 한데 겹쳐 넘어졌다. 누군가가 돌에 발이 채인 것이리라. 당연히 적은 그걸 눈감아주지 않는다. 집중적으로 화살이 쏟아져 내렸다. 짧은 비명이 간헐적으로 일어나고, 주위는 눈 깜짝할 사이에 피바다로 변했다.

「대장! 어떻게 하시겠슴까!」

"적이 화살을 다 쏘면 아리데드와 데네브는 하늘을 향해 염무를 발사해! 그걸 표식으로 집합! 그 뒤에는 원형진을 짜서 대비!"

쿠로노는 세실리 위를 덮으며 화살이 그치기를 기다렸다. 두려운 시간이었다. 몇 번이고 이대로 화살은 그치지 않는 것 아닐까 하는 불안감에 굴복할 것만 같았다. 불현듯 화살이 멎고, 폭음이 울렸다. 아리데드와 데네브가 염무를 쓴 것이다. 쿠로노는 일어서서 소리가 난 쪽을 봤다. 100m 정도 떨어져 있나. 1초라도 빨리 부하와 합류하고 싶지만, 쿠로노는 세실리를 봤다. 그녀는 경사면에 누워 멍하게 있는 채다. 손을 내밀었다.

"자, 멍하게 있지 말고 일어서."

"됐어요."

흥, 하고 세실리는 콧방귀를 끼며 일어섰다. 하지만 아무리 지나도 뛰려고 하지 않는다. 어쩔 수 없이 세실리의 손목을 잡았다.

"달린다."

"처, 천박한 용병의 아들 따위가 저를 만지지 마세요!"

"닥치고 뛰어!"

쿠로노는 호통을 치고 뛰기 시작했다. 등 뒤에서 우렁찬 함성이 울렸다. 어깨 너머로 뒤를 보니 적의 집단이 경사면을 달려 내려오는 참이었다. 인원수는 100명이 채 되지 않는다. 전원이 부상을 입은 상태다. 본대가 도망칠 수 있도록 후위로서 남은 것이리라. 하지만 위화감이 있었다. 이그니스라면 솔선해서 남았을 텐데. 아니, 그런 생각을 하고 있을 여유는 없다. 적 병사는 경사면을 완전히 내려와 제국군을 덮치고 있으니까.

대장! 하고 미노의 목소리가 울렸다. 목소리가 난 쪽을 봤다. 쿠로노의 지시대로 부하들은 원형진을 짜고 있었다. 세실리의 손을 잡아끌며 원형진 안으로 뛰어들었다.

"대장, 용케 무사하셨군요."

"어찌어찌 말이야."

쿠로노는 원형진 중앙에서 여주인의 모습을 발견하고 가슴을 쓸어내렸다.

"용케 무사하셨군요, 가 아니에요! 빨리 도우러 가야만……!"

세실리가 손을 뿌리치려 했지만, 쿠로노는 손을 놓지 않았다.

"이거 놓으세요!"

"도우러 갈 필요는 없어."

"어째서 그런 말을 할 수 있죠?"

쿠로노는 전투의 양상을 지켜봤다. 적 병사는 잘 싸우고 있지만──.

"저만한 부상이라면 어차피 금방 체력이 떨어질 거야."

""오오! 마치 지휘관이고!""

"지휘관이거든."

아리데드와 데네브가 손뼉을 쳤고, 쿠로노는 작은 목소리로 중얼거렸다.

※

이그니스는 신기관의 멱살을 붙잡았다.

"네 녀석! 무슨 생각인 거냐!"

"나, 나는 지휘관의 책무를 다한 것뿐이다!"

"네 녀석이 말하는 지휘관의 책무란 병사한테 개죽음을 시키는 거냐!"

"그, 그렇지 않아!"

이그니스가 추궁하자, 신기관은 살짝 까뒤집힌 목소리로 소리쳤다.

"그, 그런 게 아니다. 그런 게 아니라고. 나는 대를 살리기 위해 소를 희생할 결단을 한 거다! 그들은 다른 병사들보다 깊은 상처를 입고 있었어! 그들을 감싸면서 진군하고 있어서는 다른 병사가 희생되고 만다! 나는 살을 깎는 심정으로 결단한 거라고! 그들 역시 그걸 이해하고 있었을 터다!"

신기관의 목소리는 서서히 열을 띠어, 마지막에는 흡사 그것이 진실이라는 듯한 어조가 되어 있었다. 전혀 모르고 있다. 확실히 지휘관은 대를 살리기 위해 소를 희생할 결단을 해야만 한다.

하지만 그것이 자기 보신을 위한 것이어서는 안 된다. 그걸 잊으면 신기관처럼 착각을 낳는다. 이그니스는 경사면을 폭파하여 돌 파편으로 가도를 뒤덮음으로써 제국군의 진행 속도를 둔하게 했다. 신기관은 그걸 알고 있었는데도 다섯 곳에 600명의 병사를 배치했다. 필요 이상의 인원수다. 쓸데없는 짓이라고밖에 말할 도리가 없다. 지리에 밝거나, 산길에 익숙한 병사를 선발하여 일격을 가한 뒤 이탈을 반복하는 편이 효과적이며 병사가 살아남을 가능성도 크다.

이그니스가 손을 놓자, 신기관은 그 자리에 주저앉았다. 평생을 보내도 이 남자와는 서로 이해할 수 없으리라. 그리고 600명의 병사를 생각했다. 아마도 그들은 살아남지 못할 것이다. 그들의 죽음에 보답하기 위해서라도── 마르카브에 도착하여 태세를 재정비해야만 한다.

※

제국군은 대열을 변경하여 행군을 재개했다. 선행하는 것은 쿠로노가 이끄는 리자드맨 중장보병 20, 타이가가 이끄는 수인 보병 50, 엘프 궁병 1백의 혼성부대. 궁병을 이끄는 건 고참 엘프 병사인 나스르라는 남자다. 머리카락은 수확 직전의 보리 같은 색깔에 번듯한 이목구비를 지니고 있다. 지금까지의 전력(戰歷)을 말해 주는 것처럼, 손은 상처투성이고 팔에도 오래된 상처가 몇 개나 남아 있었다.

"큭, 이 제가 걸어서 행군하다니 굴욕이에요."

"말이 도망쳤으니까 어쩔 수 없잖아."

"그 말은 아버님께서 키우신 최고급 말이라고요! 어쩔 수 없다는 말로는 끝나지 않아요!"

"아리데드, 데네브, 적은?"

쿠로노는 세실리를 무시하고 통신용 매직 아이템에 대고 말했다.

「……여긴 아리데드. 적을 발견한 것 같은.」

「여긴 데네브. 이쪽도 발견한 것 같은.」

두 사람이 낮게 눌러 죽인 듯한 목소리로 대답했다. 두 사람(정확히는 아리데드와 데네브가 이끄는 엘프 궁병과 수인 혼성부대)이 있는 곳은 경사면 위다.

"생포할 수 있겠어?"

「어렵지만, 명령이라면.」

「나도.」

쿠로노가 묻자, 두 사람은 역시 낮게 억누른 듯한 목소리로 대답했다.

"알았어. 생포는 하지 않아도 돼."

「오케이.」

통신이 끊어졌다. 잠시 후 통신용 매직 아이템에서 폭발음이나 금속이 부딪치는 소리, 목소리 같은 것이 들려왔다. 어느 것이고 불명료하지만, 격렬한 전투가 이루어지고 있는 건 분명하다. 이윽고 가도를 따라 존재하는 경사면에서 적 병사가 달려 내려오기 시작했다. 궁지에 내몰려, 하다못해 반격이라도 하고자 생각한 것이리라.

"인원수는 5, 60 정도인가. 중장보병, 보병은 언제든 움직일 수 있도록 대기! 나스르?"

"정렬! 2열 횡대!"

쿠로노가 부르자, 나스르는 재빨리 지시를 내렸다. 전열과 후열이 겹치지 않도록 궁병이 2열 횡대로 전열을 짜고――.

"쏴라!!"

나스르의 호령과 함께 화살이 발사되어, 경사면을 내려오던 중인 적을 향해 날아들었다. 적 병사가 화살에 꿰뚫려 경사면을 굴러떨어진다. 하지만 무력화할 수 있었던 건 10명 정도다. 나머지는 이쪽을 향해 달려왔다.

"후열…… 쏴라!!"

후열 궁병이 화살을 쐈다. 그렇다. 처음에 화살은 쏜 것은 전열뿐이었다. 타이밍을 바꾸게 한 것은 다음 화살을 쏠 때까지의 시간을 줄이기 위해서다. 화살의 밀도는 줄지만, 쉴 틈 없이 공격할 수 있다. 모든 적 병사가 쓰러지고, 나스르는 직접 활을 들어 쓰러진 적 병사의 팔다리를 꿰뚫었다. 살아남은 건 다섯 명뿐이었다.

"……포획을."

"타이가 부대는 적 병사를 포획! 무장을 해제시켜 포승줄로 묶어! 화살에 팔다리를 맞긴 했지만, 절대로 방심하지 마! 궁지에 몰린 쥐는 고양이도 죽이는 법이야!"

나스르가 살짝 중얼거렸고, 쿠로노는 목소리를 높였다.

"알겠소이다! 각자들, 방심하지 마시게나!"

타이가가 이끄는 수인이 나무 곤봉을 들고 적 병사에게 슬금슬금 가까이 다가갔다. 적 병사는 필사적으로 저항했지만, 부상한데다 수적 차이가 있다. 수인한테 나무 곤봉으로 얻어맞고, 움직일 수 없게 된 상태에서 포박당했다. 쿠로노는 통신용 매직 아이템으로 아리데드와 데네브에게 말했다.

"둘 다 피해는?"

「부상자, 사망자 없음.」

「내 쪽은 경상이 10명이지만, 중상자 및 사망자 없음.」

쿠로노는 휴, 하고 안도의 한숨을 내쉬었다.

"포로를 심문할 테니까 둘은 그곳에서 대기해."

『알았어.』

쿠로노는 통신용 매직 아이템을 파우치에 넣었다.

"타이가, 따라와."

"알겠소이다."

쿠로노는 적 병사에게 다가갔다. 다섯 명 모두 손이 뒤로 묶여 있다. 한 명에게 말을 걸었다.

"너, 이름은?"

"……카일."

소년—— 카일은 망설이면서 대답했다.

"나이는?"

"······열다섯."

"정규병이야?"

"아니. 너희와 싸우기 위해 마을에서 징집됐다. 친구도 함께 였어. 하지만 최후의 생존자도······ 지금, 죽었어."

카일은 힘없이 고개를 가로저었다. 딱히 증오의 기색조차 없었다. 그저 비탄에 잠겨 있다.

"어째서, 쳐들어, 온 거야."

"무슨 말을 하나요! 당신들이 쳐들어오니까 어쩔 수 없이 맞서서 공격한 것뿐이에요!"

카일이 막혀 가는 목소리로 말하자, 세실리가 고함을 쳤다.

"나는, 우리는 아무것도 하지 않았어!"

"잘도 뻔뻔하게!"

세실리는 검에 손을 대었다가, 그대로 움직임을 멈췄다.

"왜, 벨 생각 아니었어?"

"포로를 베는 건 부끄러운 일이에요!"

세실리는 팔짱을 끼고 고개를 돌렸다. 갑자기 다른 사람의 측두부를 걷어차는 건 OK고, 포로를 베는 것이 부끄러운 일이라니. 솔직히 부끄러운 일의 기준을 알 수 없다.

"얼른 포로를 데리고 가세요! 불쾌해요!"

"타이가, 제12 근위기사단에 인도하고 와."

"알겠소이다."

타이가는 고개를 끄덕이고, 부하들과 함께 포로를 연행해 갔다.

점수 벌기로서는 노골적이려나 싶었지만, 이 정도로 노골적으로 하면 베틸도 이해하기 쉬우리라.

"뭔가요, 저들은?!"

"비천한 용병의 아들한테 묻지 마."

쿠로노가 넌덜머리가 난 기분으로 중얼거리자, 세실리는 이쪽을 노려봤다.

"당신한테 묻지 않았어요!"

"그럼 뭔데?"

"그, 그건…… 그래요! 혼잣말이에요! 혼, 잣, 말!! 제 가슴속에 소용돌이치는 이 분노를 말로 표현한 것뿐이라고요! 당신 따위한테 말 건 게 아니고말고요!"

세실리는 얼굴이 시뻘게져서는 말했다.

"저 애는 어떻게 되는 걸까?"

"용감히 싸웠으니 명예 있는 취급을 받을 거예요."

"고문당하지는 않나 보네?"

"다, 당신은!!"

세실리는 깜짝 놀라서는 눈을 크게 떴다.

"정말 안 해?"

"이러니까 용병의 아들은. 제국의 귀족을 뭐라고 생각하나요?"

세실리는 눈썹을 곤두세우며 성난 표정을 지었다.

"뭐, 안 한다면야."

"할 리가 없어요!"

세실리는 짜증이 난 듯한 어조로 말했다.

※

행군 여드레째 아침—— 다섯 명의 포로가 죽어 있었다. 감시하던 병사는 상처의 상태가 악화되었다고 말했지만, 상처의 상태가 악화되어 손톱이 떨어져 나가거나, 이빨이 빠지거나, 손가락이 꺾일 리가 없다. 게다가 대열이 재변경되었다면 어지간히 얼빠진 게 아닌 한 무슨 일이 있었는지는 쉽게 짐작이 간다. 야영지 철수가 진행되는 가운데, 세실리는 새파래진 얼굴로 시체가 매장되는 모습을 지켜보고 있었다.

"고문하지 않는다며?"

"이, 이건! 무언가 실수가 있었던 거예요!"

쿠로노가 말을 걸자, 세실리는 소리쳤다. 불쌍할 정도로 당황하고 있다. 쿠로노는 머리를 매만졌다. 세실리한테 걷어차인 부분이다. 가볍게 만진 정도지만, 통증이 느껴졌다. 앙갚음하고 싶다는 마음이 부글부글 솟아오른다.

"뭔가 실수가 있어서 고문했다? 약간의 착오로 죽여버렸다? 이 천박한 용병의 아들이 이해할 수 있도록 설명해 주지 않겠어?"

세실리는 대답하지 않는다. 입술을 꽉 깨물고는 고개를 숙이고 있다.

"대대장 중 누군가가 감시하는 병사한테 뇌물을 줘여 주고 고문한 거겠지. 어째서? 그런 건 뻔하잖아. 복병의 위치를 알아내서 어제의 우리처럼 전공을 얻기 위해서야. 그만큼 유연하게 대응할 수 있다면 꼭 좀 야습에 찬동해 줬으면 했는데 말이지."

"이, 입 다무세요!"

세실리는 쿠로노의 뺨을 올려붙이고자 손바닥을 날렸다. 하지만 손바닥은 허공을 갈랐다. 쿠로노가 피했기 때문이다. 이만큼 혼란 중이라면 피하는 건 쉽다. 아니, 피할 필요조차 없었나. 조금 더 괴롭혀 줄까 하고 입을 연 그때――.

"에라키스 후작, 그 정도로 넘어가 줄 수 없겠나?"

"이거, 베틸 부군단장님. 안녕하십니까."

쿠로노는 머리를 숙였다. 베틸은 쓴웃음을 짓고 세실리에게 시선을 향했다.

"세실리, 나는 에라키스 후작과 할 이야기가 있다. 저쪽으로 가주게."

"알겠사와요."

베틸이 수염을 매만지며 말하자, 세실리는 그 자리에서 떠나갔다.

"역시, 고문이 있었던 겁니까?"

"뻔한 사실을 묻지 말아 주게. 레온하르트 경에게도 같은 질문을 받아서 내가 책임지고 조사하겠다고 약속하여 겨우 물러나 준 참이야."

"심정은 이해합니다."

팔라티움 공작가의 적남을 소홀히 대할 수도, 행군을 늦출 수도 없다. 타협점으로서는 전쟁이 끝난 뒤에 포로를 죽인 사실이 판명되고, 전공과 상쇄되는 느낌인가.

"심정을 이해하는데 내 부관을 추궁한 건가."

"몇 번이고 비아냥을 듣고, 발차기까지 당했기에 앙갚음을 해주고 싶어서 말이죠. 그건 그렇다 치고 귀족의 긍지 운운하며 말했던 주제에 지독한 짓을 하는군요."

"녀석들이 입에 담는 긍지는 자신의 기분이나 행동을 정당화하려는 방편에 지나지 않아. 긍지의 본질이란 자기희생인데도 말이야……."

어리석게도, 하고 베틸은 한숨을 내쉬듯이 말했다.

※

행군 열흘째 저녁── 제국군은 마르카브에 도달했다. 정확히는 좁은 길을 빠져나간 끝에 있는 마르카브를 한눈에 내다볼 수 있는 언덕이다. 쿠로노는 옆으로 쓰러진 나무에 앉아 부하들의 모습을 바라봤다. 부하들은 요령 좋게 천막을 쳐 나갔다. 그 때문인지 미노도 한가한 모양이다.

"대장, 복잡한 표정을 짓고서 왜 그러심까?"

"계획대로 흘러가질 않아, 조금 불안해서 말이지."

"전쟁이란 그런 검다."

"뭐, 그렇긴 하겠지만."

전쟁이 계획대로 흘러가지 않는 건 잘 알고 있다. 당초 예정으로는 나흘 만에 도착할 예정이었지만, 배 이상의 시간이 걸리고 말았다. 영 진정이 되질 않는다. 정말로 여기서 야영해도 괜찮은 건가 하는 생각마저 들기 시작한다. 지나친 걱정이라고 생각하지만——.

"미안! 야영지를 길 부근으로 변경해줘!"

"오늘은 풀 위에서 잘 수 있다고 생각했는데 유감 또 유감이고."

"그런 식으로 느끼면서도 순순히 따르는 우리는 부하의 귀감 같은."

아리데드와 데네브가 천막을 접기 시작했다. 그러자 부하들도 그에 따랐다. 쓸데없는 일을 늘려 미안하다고 생각하지만, 아무래도 영 불안했다.

"나는 마르카브의 낌새를 보고 올게."

"알겠슴다. 이곳은 제가 감독해 두겠슴다."

쿠로노는 미노한테 뒷일을 맡기고 언덕 정상으로 향했다. 언덕 중턱 정도까지 갔을 때——.

"기다리세요!"

뒤에서 익숙한 목소리가 울렸다. 세실리의 목소리다. 무시하고 갈 길을 서둘렀지만, 세실리한테 따라잡혔다. 그녀는 몇 미터 정도 앞서가더니, 우아하게 반전했다.

"어째서 기다려 주지 않는 거죠?"

"비아냥을 듣거나, 천박한 용병의 아들이라고 욕을 먹고 싶지 않으니까."

"제, 제가 불러 세웠으니까 멈추도록 하세요!"

세실리는 새빨개진 얼굴로 말했다.

"그래서, 무슨 볼일이야?"

"따, 딱히 볼일 같은 건 없어요! 그저, 조금, 이야기하고 싶었던 것뿐이에요."

세실리는 거친 목소리로 말하고는 고개를 돌렸다.

"불안해?"

"무슨 말을 하는 거죠?"

세실리는 의아하다는 듯한 표정을 띠었다. 귀족의 긍지도, 위광도 의미를 지니지 못한다는 것을 자각하고 몸을 지키기 위해 다가온 건가 싶었는데——.

어쩔 수 없지. 지켜 줄까, 하고 쿠로노는 작게 한숨을 내쉬었다. 세실리는 그다지 좋아하지 않지만, 비참한 꼴을 당했으면 좋겠다고까지는 생각하지 않았다.

쿠로노와 세실리가 언덕 정상에 도착하자, 그곳에는 먼저 온 손님이 있었다. 레온하르트, 베틸, 알포트 세 사람이다. 셋에게서 거리를 두고, 마르카브를 바라봤다. 유감스럽게도 마르카브의 낌새는 알 수는 없었다. 이럴 줄 알았으면 아리데드와 데네브를 데리고 올 걸 그랬다.

"내일은 저곳을 함락시키는 거네."

"옙! 시급히 마르카브를 함락시켜 제국의 힘을 보여 주겠습니다."

알포트와 베틸의 대화가 들려왔다. 그 직후, 마르카브의 외연부(外緣部)에 불이 붙었다. 꽃을 피우는 것처럼 불이 퍼져, 눈 깜짝할 사이에 마르카브 주변을 가득 메웠다. 횃불이었다. 그것도 수를 세는 게 바보 같아질 정도로 많은.

쿠로노는 혀를 찼다. 불안감이 적중했다. 신성 아르고 왕국은 매복 공격을 경계시킴으로써 시간을 벌고, 태세를 재정비한 것이다. 아니, 그렇게 생각하는 건 성급한가. 태세를 재정비하였다면 횃불을 피우는 의미가 이해되지 않는다. 이쪽이 방심하고 있는 차에 공격을 펼치는 쪽이 효율적이다. 그렇다는 건 저것도 블러프인가? 그러고 보니 원래 세계에서 토쿠가와 이에야스가 타케다 신겐한테 참패했을 때 일부러 성문을 활짝 열었다는 이야기를 들은 적이 있다. 갑자기 부부북, 하는 소리가 울리더니 이상한 냄새가 퍼져 왔다. 어쩌면, 이건——.

"아앗——!"

"기다려 주십시오, 알포트 전하!"

갑자기 알포트가 경사면을 뛰어 내려갔고, 베틸이 그 뒤를 쫓았다. 약간 뜸을 두고 레온하르트가 이쪽으로 다가왔다. 저런 일이 막 벌어진 참인데도 표정 하나 변하지 않았다.

"쿠로노 경, 어떻게 생각하지?"

"알포트 전하께서 똥을 지리신 모양입니다."

풉——! 하고 세실리가 웃음을 터뜨렸다.

"알포트 전하가 아니라, 횃불을 말하는 거다."

"블러프라고 생각합니다."

"어째서지?"

"이만한 병사가 있다고 알리는 건 좋은 책략이 아닐 테니까요."

"나도 같은 의견이다. 그렇기는 해도, 블러프라 단정 짓고 행동할 수는 없는 노릇이지만 말이지."

"확실히."

"그럼, 나는 먼저 가도록 하지."

레온하르트는 그렇게 말하고는 언덕을 내려갔다. 나도 가고 싶지만, 하고 옆을 봤다.

옆에서는 세실리가 멍해진 것처럼 횃불을 보고 있었다.

"멍하게 있지 말고, 군사 회의에 참석하러 갈 거야."

"멍하게 있지 않았어요!"

세실리는 발끈한 듯이 말하고는 혼자서 언덕을 내려가기 시작했다. 쿠로노는 작게 한숨을 내쉬고, 파우치에서 통신용 매직 아이템을 꺼냈다.

"미노 씨, 형세가 변한 것 같으니까 적습에 대비해."

「……알겠슴다.」

쿠로노는 파우치에 통신용 매직 아이템을 집어넣고 천막으로 향했다. 천막에 들어가니 저번과 마찬가지로 대대장과 부관이 테이블을 둘러싸고 서 있었다. 어째서인지 알포트의 모습도 있었다. 이번에도 졸도할 것 같을 정도로 안색이 나빴고, 의자에 앉은 채 몸을 떨고 있다.

"그러면, 군사 회의를 시작한다."

베틸이 선언하고 회의가 시작되었다. 군사 회의는 당초 예정대로 마르카브를 공략하는 방향으로 이야기가 진행되었다. 거기에는 알포트한테 용맹함을 어필하고 싶다는 의도도 있을 터이지만, 구릉 지대에서 이긴 것도 원인 중 하나일 것이다. 이거라면 이길 수 있는 것 아닐까, 하고 쿠로노가 생각할 정도로 사기가 오르고 전의가 고양되어 있다. 하지만 알포트의 한마디로 군사 회의의 방향성이 바뀌었다.

"퇴, 퇴퇴, 퇴각이다! 도, 도도, 도망치는 거야! 모, 모모, 모두는 마르카브를 둘러싼 횃불의 수를 보지 못했으니까 이길 수 있다고 말하는 거라고!"

"알포트 전하, 적이 우리를 압도하는 병력을 갖추고 있다면 횃불을 피울 필요 따위 없습니다. 저건 시간 벌이를 꾀한 술책이겠지요. 가령 퇴각한다고 치더라도 적에게 손해를 입히고 나서 퇴각해야만 할 것입니다."

레온하르트는 알포트를 달랬다. 횃불을 마냥 블러프로 치부하고 넘길 수도 없는 노릇이지만, 알포트처럼 진지하게 받아들이는 것도 문제였다. 최악인 건 문외한인 알포트가 군단장이라는 점이었다. 어떤 계획을 세워도 알포트의 승인이 없으면 움직일 수 없다. 하다못해 이곳에 있지 않았다면 말주변으로 속이는 방법도 있었겠지만.

"시, 시끄러워! 지, 지지, 짐한테 거역하지 마라! 파, 팔라티움 가의 적남이라도 지금은 짐의 부하다! 지, 짐한테 거역한 자의 말로를 잊었다고는, 마, 말하지 않겠지!"

"기다려 주십시오! 레온하르트 경 없이는 전하의 옥체를 지킬 수 없습니다!"

베틸은 레온하르트를 감쌌다. 아무리 그래도 공작가의 적남을 처형하는 것은 지나친 횡포. 노우지 황제직할령의 전선 기지에 왔을 때는 쭈뼛쭈뼛하고 있었는데, 엄청난 변모다.

아마도 조제프 건으로 알포트는 자신의 권력이 얼마나 큰지, 그 크기만은 이해한 것이리라. 일이 성가시게 되었지만, 해결해야만 문제가 있다.

"마르카브는 감시하지 않아도 되겠습니까?"

"그, 그래! 가, 감시다! 이, 이러고 있는 동안에도 적이 다가오고 있을지도 몰라!"

쿠로노가 손을 들고 말하자, 알포트는 명안이라는 듯이 소리쳤다.

"누, 누누, 누가 감시를!"

"그러면, 제 부하에게 망을 보게 하지요."

자진하여 나선 것은 레오의 묘에서 폭언을 내뱉었던 남자였다.

"그, 그런가. 자, 잘 부탁한다."

"알겠습니다."

레오의 묘에서 폭언을 내뱉었던 남자는 머리를 깊이 숙였다.

"어, 어쨌든 퇴각이다! 이, 이견은 요, 용납하지 않겠어!"

"알겠습니다. 그렇게까지 의지가 굳으시다면 어쩔 수 없군요."

알포트를 설득하는 것이 어리석은 일임을 깨달은 것이리라. 레온하르트는 선뜻 물러났다.

"병사의 목숨을 헛되이 하지 않기 위해서라도 퇴각합시다."

"아, 알면 됐어. 아, 알면 된 거야."

알포트는 만족스러운 듯이 웃었다. 은근히 신랄한 한 마디라고 생각하는데, 그걸 눈치채지 못한 모양이다. 레온하르트는 천막을 나갔다. 쿠로노도 그 뒤를 따랐다. 이렇게 되리라고는 꿈에서도 생각지 못했지만, 귀국할 수 있는 건 기쁘다. 자연히 입가에 미소가 지어진다.

"기분 나빠요."

어느새 밖에 나온 걸까. 세실리가 내뱉듯이 말했다.

"살아서 돌아갈 수 있는 기쁨을 음미하고 있는 거야."

"어머, 무서운가요?"

"당연히 무섭지."

쿠로노의 대답이 의외였던 것이리라. 세실리는 눈을 휘둥그레 떴다.

"세실리는 무섭지 않아?"

"친한 척 이름으로 부르지 말아 주겠어요?"

세실리는 발끈한 듯이 말했다.

"귀족이란 명예를 위해 목숨을 거는 법이에요. 당신은 모르겠

지만요."

"그렇지. 난 명예를 위해서는 죽을 수 없어."

자기가 죽는 것도, 부하가 죽는 것도 무서워서 견딜 수 없다. 안 그래도 이 정도다.

명예를 위해 목숨을 거는 건 불가능하다.

"내일은 일찍 움직여야 하니까 얼른 자는 거다?"

"저는 어린애가 아니에요!"

"무서워지면 내 천막에 와도 되니까 말이야."

"그러니까, 저는 어린애가 아니라고요!!"

세실리는 거친 발걸음으로 그 자리에서 떠나갔다. 가볍게 성희롱을 한 속셈이었는데, 눈치채지 못한 듯하다. 귀족 아가씨니까 어쩔 수 없나, 하고 좁은 길에 있는 천막으로 향했다. 길 입구로 가까이 가자 미노가 달려왔다.

"대장, 어떻게 됐습까?"

"퇴각이 결정됐어."

"그건……."

미노는 콧등에 주름이 질 정도로 얼굴을 찡그렸다. 심정은 쿠로노도 마찬가지다. 이렇게 쉽게 퇴각할 생각이었으면 처음부터 전쟁하지 말라고 말하고 싶다.

"마지막까지 방심하지 말고 가자. 에라키스 후작령으로 돌아갈 때까지가 전쟁이야."

"예입, 알겠슴다."

미노는 크게 고개를 끄덕였다.

※

행군 11일째 이른 아침── 쿠로노는 말발굽이 울리는 소리와 비명에 눈을 떴다. 단검과 장검을 손에 들고 황급히 천막에서 뛰쳐나오자, 신성 아르고 왕국군의 기병이 언덕을 달려 내려오는 참이었다. 적 기병의 수는 아마도 500 이상은 될 것이다. 대체 무슨 일이 일어난 것인가. 어젯밤부터 적은 횃불을 피우고 존재감을 알리고 있었다. 제국군도 보초를 세우고 있었다.

"대장, 적습입니다!"

"알아! 리저드, 호르스 부대는 방패를 들고 길을 막아! 타이가 부대는 뚫렸을 때를 대비해서 창을! 아리데드, 데네브, 나스르 부대는 적 기병을 저격해!"

쿠로노가 명령을 내리자 부하들이 움직이기 시작했다. 적 기병은 언덕 위에 있던 장병을 우선적으로 노리고 있다. 결과론이지만, 천막을 길에 설치한 게 정답이었다.

"하지만, 어째서? 어젯밤은 마르카브를 감시하고 있었을 텐데…… 아리데드, 데네브! 언덕 위에 쓰러져 있는 건 엘프야?!"

아리데드와 데네브에게 소리쳤다. 두 사람은 부대를 좁은 길 입구── 경사면에 배치하고 기병을 저격하고 있었다. 지휘뿐만이 아니라, 그녀들 자신도 활을 손에 들고 있다.

"우리도 지금 자기 앞가림만으로도 벅차고!"

"인간이고! 언덕 위에 인간이 쓰러져 있고!"

"아, 진짜! 그 멍청한 자식이!"

쿠로노는 큰 목소리로 외쳤다. 레오의 묘에서 폭언을 내뱉었던 남자는 감시역에 엘프를 쓰지 않았던 것이다. 어째서 이런 바보 같은 실수를 하는 것인가. 실수의 여지가 있다면 그럴 수도 있겠지만, 이런 불 보듯 뻔한 실수를 저지르다니.

하지만 불평만 하고 있을 수도 없다. 길 쪽으로 도망쳐 오는 병사는 언덕 도중에서 공격당해 죽고, 저항하는 병사는 경사면을 내려오는 기병한테 부딪쳐 손쓸 도리 없이 날아가고 있으니까.

"치고 나갈 수밖에 없나."

적 기병을 퇴각으로 몰아넣지 않으면 필시 전멸하겠지만, 그렇게 쉽게 기병을 물리칠 수 있다면 고생은 하지 않을 것이다. 어떻게 해야 할지 고민하고 있자, 적 기병이 넘어졌다. 레온하르트가 말의 앞다리를 절단한 것이다.

레온하르트를 위협으로 인식한 것이리라. 기병 10기가 레온하르트를 덮쳤다. 하지만 레온하르트는 언젠가 페이가 그랬던 것처럼 신위술로 칼날을 늘여, 단칼에 베어 쓰러뜨렸다. 눈 깜짝할 사이에 동료를 사체로 바꾼 레온하르트에게 두려움을 느꼈는지, 적 기병의 움직임이 둔해졌다.

"지금이다! 저격해!"

""OK고!""

"……분부대로."

아리데드와 데네브는 기운차게 대답하고, 나스르는 담담히 화살을 쐈다. 다른 엘프는 세 사람보다도 실력이 떨어지는 모양이지만, 아군을 쏘는 얼빠진 실수는 하지 않았다. 제국군의 6할 가까이가 길로 피난했을 무렵, 적 기병이 말머리를 돌렸다. 깊숙이 추격했다가 호된 꼴을 당하기보다 본대와 합류하는 쪽을 선택한 것이리라. 경사면에 나뒹구는 사체 대부분은 제국군 병사였다. 알포트가 베틸과 함께 그 시체들 가운데서 다가왔다.

"그, 그러니까, 지, 지지, 짐은 퇴각하자고 말했는데."

"지금은 그런 말을 하고 있을 여유가 없습니다."

이쪽으로, 하고 베틸은 알포트를 바위 위에 앉혔다.

"임시 군사 회의를 연다! 각 대대장과 부관은 이곳에!"

베틸이 길 전체에 울려 퍼지는 큰 목소리로 말하자, 살아남은 대대장과 부관이 걸어 나왔다. 살아남은 대대장과 부관은 레온하르트, 베틸, 세실리와 그 밖의 한 조다. 레오의 묘에서 폭언을 내뱉었던 남자의 모습은 없었다.

"살아있었구나."

"사, 살아있으면 안 되는 건가요!"

세실리는 거친 목소리로 말했다. 플레이트 아머를 입을 여유가 없었던 듯, 근위기사의 증표인 하얀 군복을 입고 있다. 단추를 잘못 채운 것을 봐서 상당히 서둘렀던 게 분명하다. 군사 회의는 10분도 걸리지 않고 끝났지만——.

"납득할 수 없습니다."

"에라키스 후작, 누군가가 후방에 남아 적을 막지 않으면 전원이 죽는다."

쿠로노가 불만을 입에 담자, 베틸은 타이르듯이 말했다. 군사 회의에서 나온 결론은 퇴각이었다. 살아남은 병사가 부상자를 포함해서 5,000이 약간 안 된다면 퇴각할 수밖에 없다. 그건 쿠로노도 알고 있다. 알지만——.

"하지만, 어째서 인간만이 퇴각하는 겁니까?"

"인간의 목숨은 아인보다 우선된다. 에라키스 후작도 귀족이라면 알겠지?"

"모릅니다."

쿠로노는 힘없이 고개를 가로저었다. 베틸은 귀족의 본질이란 자기희생에 있다고 말했다.

베틸은 아는 것이다. 그런데도 자신에게 거짓말을 하고 있다.

자기 자신조차 속일 수 없는 거짓말로, 어떻게 다른 사람을 납득시킬 수 있을까.

"그것이 귀족이라면 귀족이 아니어도 좋습니다!"

"남아서 어떻게든 된다면 나라도 그렇게 했을 걸세! 하지만, 무리란 말이네! 지금 우리가 할 수 있는 건 1,500의 아인을 희생하여, 그들이 적을 막는 틈에…… 도망치는 것뿐일세."

베틸은 짜증이 난 듯이 말하고는 얼굴을 찌푸렸다. 입에 담아서는 안 되는 말을 해 버렸다. 그런 후회로 칠해진 표정을 띠고 있다.

"하! 왜 그러지? 남지 않는 건가?"

"네 녀석은 닥치고 있어라!"

살아남았던 대대장이 비웃듯이 말하자, 베틸은 고함을 쳤다.

"에라키스 후작, 지금 한 말은 신경 쓰지 마라. 인간은 그렇게 강하지 않아. 자네가 퇴각한다는 선택을 해도 나는 업신여기지 않겠다."

베틸의 목소리는 부드러웠다. 분명 이것은 그의 본심이리라. 아아, 그렇다. 죽음은 두렵다. 아직 하고 싶은 게 있다. 농업 개혁은 어중간한 상태고, 종이 공방도 이제 막 가동한 참이다. 새로운 병영도 보지 못했다. 이제부터, 이제부터다.

에라키스 후작령에 돌아가면 그걸 할 수 있다. 영지가 풍요로워진다. 여기서 죽어 갈 부하들보다도 아득히 많은 사람을 행복하게 만들 수 있다. 레이라나 엘레나, 여주인, 리오와 야한 짓을 잔뜩 하고 싶었다. 페이한테도 손을 대 둘 걸 그랬다. 무도회에서 술기운에 맡겨 티리아의 가슴을 주물러 둘 걸 그랬다.

"저는……."

쿠로노는 고개를 숙였다.

쿠로노 전기

이세계 전이한 내가 **최강**인 건

침대 위에서만인 것 같습니다

〈 종 장 〉 『약속』

쿠로노는 바위에 앉아 부하들의 모습을 바라보고 있었다. 부하들은 무기나 방어구를 주워 모으고 있다.

세실리는 마뜩잖은 표정이었지만, 시간을 벌기 위해서라고 설명했더니 납득해 주었다.

"쿠로노 님, 딱딱빵이 완성됐어."

"아아, 안주인인가."

목소리가 난 쪽을 보니 여주인이 우울한 듯이 서 있었다.

딱딱빵이 완성되었다고 말했지만, 아무것도 들고 있지 않다. 의아한 생각이 들어 고개를 갸웃하니――.

"딱딱빵은 미노한테 건네줘 버렸어. 아니, 진짜로 아슬아슬했다고."

"……그렇구나."

여주인이 가볍게 농담하듯이 말하자, 쿠로노는 일어섰다. 좁은 길 안쪽에는 본대가 있다.

베틸이, 레온하르트가, 세실리가―― 수많은 병사가 이쪽을 보고 있다.

"갈까."

"응, 그러네. 나 참, 돈이나 좀 벌 생각이었는데 최악이야."

쿠로노가 본대를 향해 걷기 시작하자, 여주인은 투덜거리듯이 말했다.

"뭐, 최악의 상황인 건 미노나 아인들이지만 말이지. 아아, 이건 쿠로노 님을 책망하는 게 아니야. 어쩔 수 없는 일은 세상에 잔뜩 있는 법인걸."

작전 개요를 알고 있는 것이리라. 여주인은 위로하듯이 말했다.

"남은 밀가루는 써 달라고 말해 뒀어. 쿠로노 님은 말하기 어렵잖아?"

"그렇지."

쿠로노는 멈춰 섰다. 본대는 이미 눈앞에 있다. 손을 뻗으려다가 멈췄다.

여주인은 한두 걸음 나아간 후에 뒤돌아봤다. 그녀의 손목을 붙잡고 끌어당겨 안았다.

겁을 먹은 듯한 표정을 띠고 있지만, 아랑곳하지 않고 입술을 탐했다.

치열을 벌리고 들어가, 혀를 휘감고, 풍만한 가슴을 애무한다. 그 바람에 단추가 튀어 날아갔다.

"푸핫! 갑자기 뭐 하는 거야?!"

여주인은 밀쳐내다시피 쿠로노에게서 떨어지고는 옷 소매로 입술을 닦았다.

"작별의 키스를 하려고 생각해서."

"작별이라니——!!"

여주인은 숨을 삼켰다.

"나는 미노 씨, 그리고 아인들과 함께 남겠어."

"이런 곳에 남았다가는 죽어!"

"그래, 죽을지도 몰라. 만약, 살아서 돌아가게 되면——"

"그런 말 하는 거 아니야!"

여주인은 거친 목소리로 말했다. 눈동자가 글썽글썽해져서, 당장이라도 눈물이 흘러넘칠 것 같다.

"만약, 살아서 돌아가게 되면 허릿심이 빠질 때까지 섹스하자."

"이, 이런 때 무슨 말을 하는 거야!"

"안, 되려나?"

"윽, 알았어. 그 대신 반드시 살아서 돌아오는 거다?"

"약속할게."

쿠로노는 여주인에게 등을 향하고 걷기 시작했다. 미노, 아리데드, 데네브, 호르스, 리저드, 타이가, 나스르가—— 1,500명의 부하들이 기다리고 있다. 그들의 표정은 공포와 불안으로 칠해져 있다. 어떤 얼굴을 하고, 어떤 말을 건네면 좋을까. 그걸 생각하는 동안에도 거리는 줄어들어 간다. 문득 양아버지가 한 말을 떠올렸다. 그걸로, 자기가 해야 할 일을 알게 된 듯한 느낌이 들었다. 쿠로노는 멈춰 서서——.

"다들, 살아서 돌아가자."

웃었다. 그렇다. 사지에 있을수록 오히려—— 웃는 것이다.

쿠로노 전기

이세계 전이한 내가 **최강**인 건
침대 위에서만인 것 같습니다

후기

이번에는『쿠로노 전기 4 이세계 전이한 내가 최강인 건 침대 위에서만인 것 같습니다』를 구입해 주셔서 감사드립니다. 응원해 주시는 여러분 덕분에 제4권입니다. 판매량도 호조인 듯하여 기획을 짜 주시거나, 캠페인에 참가시켜 주셔서 감사드리고 있습니다! 감격입니다!! 여기서부터는 감사의 말씀을. 담당 S님, 언제나 힘을 보태 주셔서 감사합니다. 적확한 지적 덕분에 퀄리티가 확 올라갔습니다. 무츠미 마사토 선생님, 이번에도 멋진 일러스트 & 캐릭터 디자인 감사드립니다. 베틸의 디자인은 최고라고 생각합니다.

이어서 선전이 되겠습니다.『쿠로노 전기』코미컬라이즈가 시작되었습니다. 연재 사이트는 소년 에이스 plus, 만화를 그려 주시는 분은 시라세 유우미 선생님입니다!! 만화판『쿠로노 전기』도 잘 부탁드립니다. 또한 HJ노벨에서『사십 줄 아저씨는 슬로우 라이프의 꿈을 꾸는가? 3』이 발매됩니다. 감상 포인트는 여관의 여주인 셰리와의 섹, 아니, 색욕── 크흠크흠, 박력 넘치는 전투 장면&주인공과 히로인(?) 유우카의 밀당입니다!! 이쪽도 잘 부탁드리겠습니다!!

쿠로노 전기

이세계 전이한 내가 **최강**인 건
침대 위에서만인 것 같습니다

Kurono senki 4 Isekaiteni sita boku ga saikyou nanoha bed no uedake no youdesu
©Ayumu Saito
Originally published in Japan in 2020 by HOBBY JAPAN CO., Ltd.
Korean translation rights ©2021 by Somy Media, Inc.

쿠로노 전기 4 이세계 전이한 내가 최강인 건 침대 위에서만인 것 같습니다

2021년 9월 15일 1판 1쇄 발행

저　　　자 사이토 아유무
일 러 스 트 무츠미 마사토
옮 긴 이 주승현
발 행 인 유재옥
본 부 장 조병권
편 집 1 팀 박서연 이준환
편 집 2 팀 박치우 정영길 조찬희 조현진
편 집 3 팀 곽혜민 오준영 이해빈
라이츠담당 이다정 한주원
디 지 털 김지연 박상섭 이성호 최서윤
미　　　술 김보라 서정원
발 행 처 ㈜소미미디어
인쇄제작처 코리아피엔피
등　　　록 제2015-000008호
주　　　소 서울시 마포구 토정로222, 403호 (신수동, 한국출판콘텐츠센터)
판　　　매 ㈜소미미디어
마 케 팅 최정연 한민지
전　　　화 (02)567-3388, Fax (02)322-7665

ISBN 979-11-384-0231-6
ISBN 979-11-6507-870-6 (세트)